August Šenoa

PROSJAK LUKA

August Šenoa

PROSJAK LUKA

Urednik
B. K. De Fabris

HRVATSKI📖KLASICI

PRIPOMENAK ŠTIOCU

Ne pišem rado pripomenka ili predgovora, ali mislim da nema toga pisca koji bi ga rado pisao. Kada si svoje djelce skinuo s duše i misli svoje stavio na papir, kad si dokraja iznio pred svijet plod koji je bud od sebe, bud od vanjskog dojma u tebi nikao, rastao i dozrio, odlanulo ti je srcu, i kao što čovjek težak od sebe baci motiku poslije danjeg posla, tako i pripovijedalac vrgne pero na stranu i veli: Hvala Bogu! To je dakako i posve naravski, jer nam se duša nekako priječi da dodamo svojoj pričici suh tumač, da pripovijedamo što smo htjeli i željeli.

Nu nije hasne priječiti se, kadšto se mora tumačiti. Ja sam tu potrebu iskusio ne jadanput, jer ima kod nas svijeta koji na laku ruku čita, na laku ruku sudi, a katkad i sudi čega ni čitao nije. Kod nas zavladala je zbilja kriva vjera da beletristici ne treba nego pera, crnila i hartije, riječju, da je beletristika samo igrarija, i zato zbilja i svatko misli da ima pravo o takovu književnu plodu izreći svoj sud. Kad pako pisac napiše nešto neobična, ili da reknem, kad ne piše po šablonu, viknut će namah i ovaj i onaj: Ta toga nema, to nije moguće, to nije naravski! I eto ti kritike. Ne pita se tu za izvore, da l' je to ikada bilo il' se zbilo, da li takovih pojava ima i danas u našem gradu. Za sve to ne pita se, već se samo onako baci riječ na papir, i eto ti suda! Sad neka pisac, u čijoj se duši već nova slika razvija, sjedne, neka uzme nevjerovanog Tomu za ruku, neka ga povede u onaj arkiv il' u ono selo, neka mu otvori ovu ili onu kroniku! – Na razloge odgovara se, na fraze nikad! Pisci kod nas imaju predosta drugoga posla, pače im vele malo vremena ostaje i za pisanje.

Naši su izvori malo poznati, naš narod vrlo malo proučen, navlaš se malo mari i misli za hrvatski jezik. Mnogo se doduše deklamuje i piskara o tom narodu, al' malo ljudi zavirilo mu je u dušu, ispitalo njegov značaj, razabiralo njegove rane – bome velike rane. Ljudi kod nas cijene da se naš puk tako ljubi, srdi, da tako misli u svojoj kolibici kao mi kaputaši u gradskom salonu i namjere li se na kakav slučaj, kojega njihova pamet odgonetnuti ne može, veli se samo bahato i ukratko: Naš seljak nije vrijedan života, on je marva!

Kad se kod nas govori o narodnoj umjetnosti, o narodnoj glazbi, smiju se ljudi, budući toliko tuđinstvom skroz i skroz opojeni, da nisu ni jaki pomisliti da Hrvat nešta osebna, karakteristična *imati može; zato i vide na našem puku samo mane, što mu ih je nevolja donijela, a ne vide vrlina kojih taj zanemareni hrvatski puk od prirode obilje ima, a što je karakteristički u narodu, čini se mnogim civilizovanim ljudima glupo i prosto, jer je seljačko. Često opisuju se naši seljaci u pripovijestima i pjesmama toli sentime-ntalno i nenaravski da se čovjek nehotice nasmiješiti mora ako je zavirio u seljačku kolibu. Mnogo puta moramo gledati i u našem kazalištu gdje se seljaci obično kao glupani, tupani i karikature prikazuju! Teško je, istinabog, proučiti puk. Sumnjičav je, mučaljiv, ne vjeruje gospodskom suknu, a nije ni čudo. Ta koliko muke se tomu narodu od vjekova naprćuje? Ali naš seljak ima srca, ima bome i koliko zdrave pameti: istina, dosta je divlji, neuk, al' poučljiv. U tim hrvatskim kolibama ima kadšto više tragičnih sukoba nego bi čovjek pomislio. Tko mi ne vjeruje, neka pomno čita rasprave karnih sudova. U tim kolibama ima mnogo izvorna gradiva za domaće noveliste, mnogo izvornih karaktera, ali na prvi mah nećeš ih naći. Već kad si duže vremena općio sa seljakom kad si sjedio za njegovim stolom, kad si mu bio kod krštenja, svatova, pogreba, kad si s njim u kumstvu, razgali istom pred tobom svoju dušu, otvori ti istom svoje misli, a muka isplatit će se, navlaš, ako imaš srca za taj puk; koji je napokon jezgro hrvatskog naroda. Kušao sam iz pučkog života izvaditi osobu, ponešto čudnu – prosjaka Luku sa cijelim njegovim selom. Ne mislite da se je rodio samo u mojoj fantaziji. Nije. Prosjak Luka bijaše živ čovjek, kao god i onaj "barun Ivica", koga predočih pred nekoliko godina hrvatskoj publici. Upoznao sam se s tim prosjakom ima tomu po prilici osam godina, i imao je uistinu punu torbu seljačkih obligacija. Pripo-vijedao mi je koješta iz svoga života. Sad ga već nema. Poznavao sam i seoskog nadripisara, poznavao pijanog starješinu i druge osobe ove pripovijesti. Sve su to živi ljudi bili. Spletoh sve te karaktere ujedno, i eto vam pokusa. To rekoh da mi tko ne rekne da takvi karakteri mogući nisu u našem puku. Čitalac pako neka sudi, je li vrijedno bilo pisati o prosjaku; ja mislim da jest. Ta i on je čovjek!*

U Zagrebu, mjeseca prosinca 1879.

August Šenoa

I

Tiho teče Sava krajem. Uz nju bijeli se vrbinje. Voda bije o niske bregove, zajeda se u zemlju, šumi grmljem, struže preko bijelih prudina. S one strane stere se nisko čupavo grmlje borovice, nad koje se izvija gdjegdje ljeskovina ili čislo nasađenih okresanih vrba, pod kojima su Cigani živičari razapeli svoje šatore. S ove strane viri iza vrbinja ovdje ondje pokoja siva drvenjara pod čađavim, slamnim klobukom. Selo je to, zove se Jelenje, rasijano je kao jato divljih golubova po polju. Jadno selo, Bog mu se smiluj! Tu stoji pod raščupanim krovićem na četiri stupa krušna ilova peć. Trbušina joj prepukla. Ondje sred dvorišta slilo se blatno jezerce, po kojem plavuču guske i patke. Uz kaljužne glibove vuku se pletene ograde. Na sto ih je mjesta marva raskopala rogovima. Oko kuća ispružila se rijetko gdjekoja kržljava voćka, gdje se pred ljeto goste gusjenice. Livade zamuljene, cjelina razgažena od stoke, uzrovana od krtice, polje rijetko, suho, prebrojit ćeš mu strn. Jelenje je blizu grada, Jelenjani zalaze često u grad. Ondje im je oblast, ondje sud; no ne nose iz grada dobrote, već sramotu. Na dobro slijepi, na zlo su oštrovidi. Pravdaši su, ljudi nemirne, zle krvi, za brazdicu poklala bi se rođena braća. Lijeni su do Boga, svaka druga kuća kupuje hljeb iz grada pa zapije prirod; ne znam, ima li u selu pet tkalačkih stanova, već se skup novac trati za kidljivu kramarsku tkaninu. Teče Sava, vrijeme ide, ide i svijest, al' Jelenje stoji ter stoji, kao što je stajalo pred sto ljeta, kadno Jelenjani kruto kmetovahu gradu. Samo da ne pogineš, više muke i ne treba. A to je sve zato jer selo nema duše. Nit' se vije zvonik crkve nad vrbinje, nit' se blješti škola iza grmlja. Al' ima krčmu, ima tri krčme, pa kad usfali vina, i rakija je dobra mada i nije šljivovica. Ima tu, istina, neki starješina, zovu ga Jankom, rastrijeznio ga Bog, još ga ne vidjeh trijezna. Gospoda ga drže na starješinstvu od milosti, bud ne nađoše boljega u selu, bud se poštenjak ne daje na taj posao. Prepoznat ćeš ga po ljeskovači i po crvenom nosu; najbolje poznavaju ga Cigani živičari, jer Janko ne vidi, kad ne treba, a i u traljama ciganskim nađe se grošić dobre ruke. To je selu glava, oprosti, Bože, pa šta ćeš kad riba od glave smrdi, a

7

Janko smrdi uvijek od rakije. Zato se i Jelenje malo diči po kraju. Ukrade li štogod, reći će gospoda pri sudu: "Da nije Jelenjanin?" Seljaci iz drugih sela malo će kad o proštenju sjesti za stol, gdje Jelenjani piju, a djevojka ne bi se pogotovo udala u Jelenje. Sad je upravo jesen, kasna jesen. Nebo se sivi od istoka do zapada. Kiša pomalo sipi, sipi cijeli dan. Uz Savu vlači se bijela magla grmljem. Daleko stere se polje rumenkasto, crno. Živice, kuće, vrbinje, sve se to miješa u sumraku kao klupko, iz koga strši po koja tanka šiba seoskog zdenca. Lagano, mučno gazeći, vraća se stoka od općinskog pašnjaka, čudno kuca zvonce prednjaka kroz pustinju, zgrbljeni tiskaju se bosonogi pastiri uz ogradu pod mokrim gunjem. Na hipove raste i raste mrak. Gotovo ne vidiš ni kuća, ni drveća, sve tone, gine više i više u tminu. Sad će zaspati mrka, tiha noć. Lišće dršće pod kapljicama, katkad zalaje koji pas, a jednakim mahom šumi Sava. Sad planu daleko pod gorom kroz tminu sto i sto žarkih iskrica. To ti je grad, gdje ljudi od noći prave dan. U to doba hoda pobrže čovjek od Save uz selo. Vidi se, žuri mu se. Hitro preskakuje jame, prevaljuje prijelaze, razgrće grmlje. Otprva ide stazom, potlje udari kroz živicu u polje. Čovjek poznaje tu svaku jamicu, svaku brazdicu. Sad dospije do kuće, koja nakraj sela među grmljem o sebe stoji. Krčma je to, da je dan, vidio bi nad vratima borovicu. Pred kućom savio se pas; ni uhom da makne, bit će da poznaje došljaka. Čovjek uniđe u kuću, iz koje nisi čuo ni glaska, kanda tu nema duše; al' ima.

U ovelikoj niskoj sobi sjede za dugim hrastovim stolom dva čovjeka. Ne govore ništa, bulje pred sebe u veliku bocu rujna vina, u malu uljenicu. Drhtavi joj plamečak reći bi plaho žmirka kroz taj sumrak na gole zidove, na dva–tri šarena sveca, na grdnu zelenu peć, nad kojom visi povjesmo i nekoliko struka kukuruze, kraj koje, zijevajući, prede vremešna debela baba, i stoji stisnutih očiju riđ mačak – plamečak igra čudno na licu gostiju. Jedan je seljak, to kaže očupana torba, otrcana čoha. Laktima je podupro glavu. Žućkasto lice mu se podsmjehuje žalostivo. Usko je, kratko, protisnuto. Sto se po njem crta križa i savija oko debelog crvenog nosa. Od debelih usta odbijaju se ispod nosa kratki, mačji brkovi, guste obrve srasle su nad nosom, čela i ne vidiš, pokriva ga čupava kosa. Čas zatvara oči, čas ih otvara, pokadšto šine prema vratima. Seljak je to, starješina Janko. Drug mu? Bijes bi znao! Ne možeš ga pravo uhvatiti ni s kojeg kraja. Nekakvo je kratko, tankonogo ševrdalo, da ga otpuhneš. Seljak nije. Po izlizanom plavetnom kaputiću, koji se pri svakom šavu bijeli, slutit ćeš na varošanina. Glava mu je kao jabuka, crvena, glatka, na tjemenu utisnuta. Gola je kao dlan, samo iza klempastih ušiju strše dvije crne čupice, lice nabuhlo, papreno, kanda ima vrbanac. Male crne oči, vrte mu se kao točkovi, obrve se samiču i razmiču, tanki, šiljasti nos dršće, široka usta previjaju se s jedne strane na drugu. Vrti se, vrze, kao da ga tko bode, popravlja si crveni ovratnjak, kašljuca i pljucka.

– Hvaljen Bog, ljudi! – pozdravi promuklim glasom došljak stresav sa klapastog šešira kišnicu. – Obojica lecnuše se.

– O ti, kume Luka! – odmuca Janko. – Pošteno te oprala kiša.

– Bome pošteno – potvrdi Luka.

– Eto baš zadnje boce! Kasno je, rekoh, neće ga biti.

– Neće ga biti! – nasmjehnu se Luka sjednuv za stol i baciv prokisli šešir na zemlju. – Zar me ikad nije bilo, kad sam reko da će me biti? Ej, Jano, kumo! Vina! Luka! Sira! – reći će Luka ženi – pojeo bih vuka.

Lijeno se pridignu žena te iziđe. Luka bijaše suh, košturav čovjek, ni velik, ni malen. Obraz mu je zahiren, kukavan, grižljiv, žut, Gospode, kao list na mali Božić, a po njem posijana rijetka, riđa brada kao požeta strn. Gleda ispod oka, kuči svoj vrat među ramena, pokazuje zube, prođe kadšto preko lijevog uha ili preko čupave kratke kose. Požutjela bijela čoha sa sto zakrpa počela se raspadati, kožna torbica bijaše masna, klapasti šešir probušen, a košulja davno nije vidjela sapuna. Bogalj, da mu pokloniš krajcaru.

– Luka! – zapiskuta onaj supijani rumenko – pazi se. Ti gaziš obnoć vražje putove. Daj da te jednom vrag ne odnese. Cigani su blizu, blizu je Sava.

– Eh! Eh! – izbijeli Luka svoje bijele, šiljaste zube. – Čuj ga Janko, čuj! Vraga se bojim! Što sam ja? Bogac, koji pobire krajcare. Cigani živičari imaju drugog posla. Al' ti, ti šuplje vedro, još i zvoniš? Hvali Bogu da si živ! Tebe, da, nosi il' anđeo il' vrag, kad se svaku božju noć vučeš u svoje gnijezdo. Noge te ne bi ponijele.

– Ne nosi me anđeo, ne nosi me vrag. Ak' sam vražji, lahak sam ko perce, a tebi torba puna. Pero pliva, olovo tone. Što ja! Živim na božjoj milosti ko vrebac na svakom smetištu i cvrkućem si "živ! živ!" Ima, hvala Bogu i vragu, jošte dosta milostivih glupaka na svijetu.

– Istina, istina! – potvrdi starješina glavom.

– Ali ti, moj Luka – nastavi mali – vrijediš u svojim krpetinama više nego mnogi gospodar u selu koji ima dva jarma volova. Na prste možeš sve Jelenjane prebrojiti koje ne držiš na svojoj uzici. Svi su ti dužni. Pitaj samo svoju masnu torbicu. Nisam li ti ja pisao sve obligacije, nije li Janko kao svjedok na sve to dao svoj križ?

– Istina, istina! – nasmija se Janko glupo. – Pa je i to. Nas pitaju za porez, za općinsku daću, za robotu i lukno. A tko pita tebe, moj Luka? Je li kada tebe tuča potukla, Sava poplavila, mraz opržio?

– K vragu! – udari Luka šakom u stol. – Koji te bijes za to pita, brbljalo jedno? Jesmo li zato amo došli da se pravdamo za kozju bradu, je l'? Žao vam je mojih krvavih groša, a? Da, ti grošići su rasli na mojem dlanu, i moja torba nije rešeto. Jesam li ja kriv da vam džepovi nemaju dna, da je vaše grlo suh pijesak? Nisam li te svaki put pošteno platio za svako pismo? A koliko si se puta reci, Janko, napio na moj račun za taj tvoj križ?

– Da, da! – zaklima Janko zažmuriv oči i cmoknuv jezikom – nisi mi dužan ostao ni jednog križa, i ja sam to reko kad se je tako govorilo. I pravo veliš. Šta bi se božji ljudi grizli rad' ništa? Recimo, pošto smo došli, pijmo, pa Bog! Uto Jana donese vina. Luka joj mahnu rukom, i žena opet iziđe iz sobe.

– Bez zamjere – dignu mali čašu – da se kucnemo, kume Luka! Znam, dobar si i plaćaš dobro. Samo te molim, ne dodirni me se. Ti znaš više puta čovjeka uraziti kao šilom, a ja ti imam od svoje matere tanku kožicu, od svoga oca zlu krv. Ostavi te svoje krpice, dosta me je okrpala huda sreća. Il' reci, nije li sramota, dvije sam latinske škole učio, s varoškim sucem išao sam u normalku – a sad sjedim u tom blatnom gnijezdu; sad moram piti s tim glupakom, s tim Jankom. Uh! Nije li sramota! Reci po duši? Jankovo se lice trznu, ljut zagriznu u kratki kamiš svoje lule, stavi ju na stol. Upirući se šakama u stol, dizao se polagano, izbulji oči, nagnu glavu i reče muklim glasom:

– Ti, ti si, Mikice, velika ništarija, a tvoja je latinska škola huncutarija! Jesmo li te mi zvali u to blatno gnijezdo, a? Govori! Uh, da mi nije te kapljice žao, da si je vrijedan, znala bi tvoja tikva, što je ova flaša! Viš ti njega! O, da je po pravu, sjedio bi ti odavna u drugoj školi, Lepoglavi, jer toga sapuna nema u čitavom gradu, koji bi tvoje nečisto lice oprao. Ti – ti kugo ljudska! – izmuca Janko i spusti se polagano na klupu.

– Mir! – zagrmi Luka – je l' te, Mikice, bijesno pseto ujelo?

– Ali ja ću – zaškrinu Mikica.

– Mir! Velim ti – lupi Luka šakom po stolu, a Mikica izbijeli zube i stisnu glavu među ramena.

– Lude! – nastavi Luka, rumen od gnjeva i vina. – Mislite li da imam kada gledati kako se razbijate? Zato li smo došli? Lude! Skupite pamet ako je imate. Bit će posla, bit će groša!

– A! – zinu Janko, a Mikica razvali oči.

– Da! – potvrdi Luka. – U gradu birat će nove asesore.

– Hm! – začudi se Janko iznova – ja o tom ne znam ništa.

– Je l' moguće – naruga se Mikica – varoška gospoda da ti o tom nisu ništa rekla?

– Ni crne pod noktom.

– Za to se još i među svijetom ne zna – šapnu Luka. – Doći će to kao grom s vedra neba.

– Pak zašto, molim te – zapita Mikica tajinstveno.

– Stari asesori nisu velikoj gospodi po volji. Nove treba birati, pak je i pravo. Što imamo, pitam vas, od našeg magistrata? Guli nas, dere nas. Je l' tako? Plaćaj i plaćaj. To je sva dobrota magistratske gospode.

– Gule bome i kruto – potvrdi Mikica.

– Hm! – zamuca Janko – da su mi bar veću plaću dali. Ali ni groša!

– Eto, Janko! Vidiš. Nisam li reko? Ti si pametna glava.

– Ho! Ho! – uzdahnu Janko iz dubine duše nasmjehnuv se glupo.

– Tomu carstvu mora biti kraj. Čekaj samo, dok nova gospoda dođu. Svaki će dobiti duplu plaću, a seljak će manje poreza plaćati.

– No! – zgrči Mikica pest – ja ću svoju pušku na jednoga ispaliti, na ćoravoga kancelistu Križanića.

– Aha! – dosjeti se Janko – za ono što ti je priskrbio.

– Aha! – nasmija se Luka – za onih dvadeset i pet vrućih radi krive obligacije. Pravo je, sad mu se možeš odužiti.

– I hoću, sveca mi! Al' gdje si, Luka, te novine pobrao? Bogzna je li to istina?

– Je li se Luka ikad opeko, beno – reče prosjak Luka srdito. – Daj si ti samo mira. – Na – nastavi izvadiv iz torbe crven rubac te iznese iz pera zauzlanog rupca nekoliko banaka – vjeruješ li sad?

– Vjerujem – odsiječe nakratko Mikica, i naočigled papirnatog novca stade mu nos drhtati i oči sijevati, dočim se je Janko pridizao te preko nosa izvaljivao mutne oči u kupić petača, koje su ležale pred Lukom. Prosjak primi sa dva prsta svake ruke po jednu banku od pet forinti i prinese ju k svjetiljci. Janko i Mikica gledahu novce kao pseto što gleda masnu kost. Napokon baci prosjak svakomu banku i kriknu kroz smijeh:

– Na vam kapare! Bene! Vjerujete li sad? Il' mislite da će prosjak koju krajcaru pokloniti od svojih krvavih novaca takovim pijancima ko što ste vi? Nisam, hvala Bogu, lude gljive pojeo. Jutros bio sam u gradu. Ciganin Ugarković reče mi jučer neka danas svakako idem u grad, jer da će me na trgu čekati fin gospodin, koji sa mnom govoriti mora. Krenuh zarana, nađoh svoga čovjeka. Velik gospodin, vjerujte, čovjek ne bi ni reko, da će na ulici govoriti s takvim traljavcem ko što sam ja. Reko mi je što će biti i kako treba. Za dva–tri mjeseca najdulje. Vrag zna tko mu je reko što sam i kakav sam, al' to zna da je pola sela u mojoj prosjačkoj torbici. "Ti si naš čovjek, reče mi, ti već znaš pravu notu. Pa daj, evo novaca i radi. Tebi i tvojima neće biti žao. Groša, hvala Bogu, ima, za to se ne bojte. Za osam dana dođi opet pa da čujem jesi li za naš posao." To mi reče gospodin, a ja žmuks natrag u naše selo i poručio sam vam da dođete navečer amo, jer po danu to ne ide. Iz svakoga okna viri po jedan vrag. Eh, znate, treba tu mjeriti svaki korak, takvo je vrijeme. Magistratska gospoda gledaju jako na prste, a da su mi našli u svojoj crnoj knjizi kutić, znam predobro. No, hoćete li?

– Bijesa pitaš – nasmija se Mikica grohotom – ti znaš gdje groši rastu, tamo se spusti Mikica kao vrebac na punu pšenicu.

– A ti, Janko? – pogleda Luka starješinu ispod oka.

– Hm! – počeše se Janko za uhom i žmirnu na ostale banke.

– Znaš, Luka, ja bih – bogme bih – meni su gospoda krivo učinila –

– Dakako – potvrdi Mikica – koliko se ti, siroto, mučiš idući za magistratskim poslom – –

– I kruto – potvrdi Janko.

– Cijeli dan na nogama – doda Luka – ta ti podereš na godinu više opanaka, neg' ti tvoja plaća nosi. Pij, Janko!

– I kruto – kimnu starješina – teška služba, pa pomislite, i krstitke, i snuboci, i svadbe, i karmine. Jer pri tom mora biti starješina. To je vraški posao.

– Kako da nije! – viknu Luka – pij, Janko! Ja ne bih te vražje službe primio ni za sto forinti.

– Jest, jest, bogami, teška – potvrdi Janko postaviv čašu na stol.

– Dakle si naš? – viknu Luka oštro lupiv starješinu dlanom po ramenu.

– Pa da, da – zamuca plaho Janko razumjev oštrinu Lukinih riječi. – No što ću ja? Kako ću ja? Ja sam ipak službenik poglavarstva.

– S te se strane ne boj – reče prosjak. – Da vam kažem. Treba zasukati rukave. Svaki će dobiti svoj posao. Jedan će orati, drugi sijati, treći branati, a žnjeti ćemo svi. Ti si, Mikice, neoprana jezičina, gora nego pandurska šiba. Ti šibaj naš slavni magistrat kad dođeš među seljake.

– Šibat ću sve od načelnika do zadnjega pandura, ni krpice neće na njima ostati – hahaknu mali.

– Putovi su nevaljani – reče Luka.

– To je magistrat kriv – potvrdi Mikica.

13

– Ali to bi mi morali navoziti – bleknu starješina.

– Muč' ! – saleti ga Luka – magistrat je kriv. Djeca moraju u školu mjesto na pašu.

– To je magistrat kriv.

– Sava nam odnese svake godine kus zemlje, kvari nam sijeno, mulji livade.

– Magistrat – kimnu Mikica.

– Naši momci ne mogu se ženiti, već moraju u soldate.

– Magistrat ih tjera u soldate.

– Za droptinicu poljskoga kvara plijene nas građani, duhan smrdi, vino ne valja, rakija je skupa, porez velik; tko je tomu kriv?

– Tko drugi nego magistrat? – kriknu Mikica.

– Tako – nasmjehnu se zadovoljno prosjak – vidiš, to je prava žica. Tako gudi, Mikice moj. Naši Jelenjani su meki na riječ, a zakreneš li jezikom, upale se kao guba. Daj bocni ovoga, bocni onoga, gdje koga ranica peče. Piti se može koliko se hoće, al' tu se mora piti; u toj krčmi sve na božji račun. Zovni ovoga, zovni onoga, zovni dva, tri, makar i više, pa udri. Al' tiho, čuješ, ne reci zašto, ni da pisneš o tom gdje je repu kraj. Ti, Janko, stisni oba oka pa idi Mikici s puta. I to znaj, Miko, pazi, da ti se kosa ne namjeri na kamen. Ima kod nas tri–četiri tvrde glave, koje se ne bi dale pod naš jaram. Tih se kani! Jabuka nek ne padne dok nije zrela. Da ne bude samo dima i poslije nikakve vatre. U našem selu ima po trideset seljaka votum.

– Trideset i pet – popravi ga Janko.

– Dakle trideset i pet, ali bar trideset da je naših – odvrati Luka – a tvoja će briga biti, Janko, da se koji ukrpa, ma i nemao votuma, ako bi došlo do tijesna. Petar i Pavao, Martin i Luka, svejedno je. Pak ako ide za mrtvoga živ, ne škodi, mrtvac neće prigovarati, a gospoda će starješini vjerovati. Naša gospoda pobrinut će se već za glasove po gradu i drugom kraju. Radimo mi samo svoje. Sad znaš, Mikice, što je tvoj posao.

– A koga ću bijesa ja? – zapita Janko.

– Ti mi sada budi na miru. Drži se pred magistratskom gospodom glupo i slatko pričekaj dok zanjušiš na magistratu da popisuju birače. Onda je za tebe vrijeme. Reci onda gospodi, da si čuhnuo kako po selu idu ljudi iz grada, da govore ovo i ono. Reci da ih ne poznaješ, al' da paziš. Reći će ti da kortešuješ za stari magistrat među narodom, dat će i novaca. Ti ih primi.

– Da ih primim? – zabezeknu se starješina – ta to nisu oni pravi "naši"!

– A nego da ih primi! Pa kaži da je sve u redu, sve pokorno staromu magistratu, i svi do jednoga da će votum dati magistralnoj gospodi, samo neka ti se da tiskana cedulja, i pitaj koja je prava farba.

– Pa onda! Aha! – dosjeti se Janko smiješeći se – sad znam.

– Pa onda vrag i tri! – zakukuriknu Mikica – i ćoravi kancelist dobit će pašuš circumdederunt! Ha, ha! Vrag te posudio, Luka, šteta, da si takav traljavac, šteta da te nije majka rodila za gospodskoga čovjeka! Kakva ti je pamet, imao bi kuću u gradu i ženu u – – –

– Muč', beno! – otresnu se Luka. Spustiv glavu, zamisli se malo, njegovim čelom munu kao zlovolja. Zatim skoči brzo na noge, pokupi banke, istrusi ostatak vina, turnu šešir na glavu i, rekav: "Laku noć!" odjuri u noćnu tminu.

– Ha! – zijevne Mikica dignuv se, te pogleda Janka – bi li još?

– Hm! – odmuca Janko brišući laktom svoj šešir – mislim ne bih.

– Ta ima groša, ej!

– Imam dosta kapljice! Dugo smo čekali Luku. Sutra su kod Ivančića svatovi. Posla dost.

– Vraga! Dobro da znam. Dobra prilika. Gdje ima meda, ima i miša. Tu mogu navoditi nit da sašijem staromu magistratu mrtvačko pokrivalo.

– Pazi! Znaš da moram stiskati oči. Ja sam –

– Ti si magistratski čovjek! Ha, ha! Ne boj se! Ja ću samo iz prikrajka kuriti. Ajd'mo.

Prijatelji uhvatiše se pod ruku, te se vrlo nestalnim korakom doturnuše do sela, nad kojim se sterao mir i mrak.

II

Nebo se razvedrilo kao staklo, sunce je veselo sjalo, kao da se veseli proljeću i ljetu mjesto da tužno očekuje zimu; no, bilo je, štono vele, bablje ljeto. Zemlja isticala je suho zarudjelo lišće i druge ostanke minule bujne ljepote o suncu, kao što uvela usidjelica varaka ličilom svijet, pače i gdjekoji drzovit vrabac uševrdao se cvrkućući po smetištu. Bilo je prilično prema podnevu, a baš na svetu nedjelju. U jami pokraj ceste, zaklonjen dobrano kupinovim grmom, sjeđaše prosjak Luka pušeći kratku ilovu lulicu. Luka malo je kada tužan bio, gledao je onako nehajno u svijet kao čovjek kojemu među rebrima samo kus mesa poskakuje, a pravoga srca nema, jer žalostiti može se samo čovjek u koga je srca. Nasmijao bi se ne jedanput kakvoj vragoliji, pače i lopovštini. Kad bi tko učinio kakvo zlo, rekao bi Luka: "Eh! valja mu posao, pametna glava", a kad bi tata uhvatili na krađi, primijetio bi zaklimav glavom: "Pravo mu je! Bena je! Nije se naučio pameti. Takvih glupana i ne treba na svijetu!" Srditi se je znao i kako, bjesnjeti je znao, i joj si ga duši, kad bi, u takov čas došla pod njegove ruke. Sve ga je smatralo u gradu prosjakom. Ljudi mu davahu milostinju više od navade negoli od milostiva srca. Tako je po koji groš pao u njegov klapasti šešir. Nitko nije pitao šta Luka uistinu radi, svatko je mislio da Boga moli. Tko će i pitati? Svijet ga je od puno godina obično viđao, najprije dječarcem, poslije mladi-ćem, najzad mužem, al' uvijek prosjakom. Luka bijaše zagrebačko dijete. Tu jest, živjeti mora, zatući ga ne smiješ, čemu dakle bez potrebe pitati? Je l' bio dobar, je l' zao? Može li takov čovjek dobar biti, a zao može samo onda ako ga na kakovu grijehu uhvati sud. Ne ište se od njega srce. Svijet prolazi kraj njega kao kraj drača, i ako slučajno na njem koje oko zapne, dosjeti se čovjek da ima i muha, krtova i crvi na svijetu, zašto da ne bude i takovih bogalja.

Danas bijaše Luka začudo turoban, nikad nisi na njem vidio takova lica. Obično sunčao se je tako poput guštera sjedeći u jami kraj puta i odbijajući polagano dimove iz svoje lule. Tako je često znao sjediti gledajući u zrak, te bi se katkada veselo nakesio, kanda mu je sinula "pametna" misao. Nije se klanjao svijeta, nije ni mario za ljude koji bi prošli kraj njega, pače kanda se je ponosio svojim krpama. Danas je buljio u zemlju ukočenim očima, samo katkad zirnuo bi ispod oka gledajući kako se bijeli koluti dima iz lule veselo dižu u zrak. Zaviđao je reći bi tim kolutima. Tuga, spustiv se na te surove crte, kanda je ublaživala nujno lice, samo kadšto zadrhtnule bi mu mišice lica čudno, gotovo od zdvojnosti. Jutro bijaše toli krasno i vedro, voljka toplina sterala se krajem, sunce bijaše danas sjajnije, svaka kuća, svaki grm, svaka stvarca treperila je danas jesenskim zlatom, samo njegove krpe bijahu o tom suncu odurnije, gadnije, bilo mu je da stoje na njem kao košulja od olova, koja ga pritiskiva k zemlji, bilo mu je da je kukavniji od onog crva koji se pred njim po zemlji previja.

"Šteta da si takov traljavac, šteta da te nije majka rodila za gospodskog čovjeka. Kakva ti je pamet, imao bi kuću u gradu i ženu." Te riječi kopale su mu po moždanima kao krtica. Nikad nije čuo tih riječi. Sad ih ču, sad mu upališe glavu. A, Bože, tko mu ih reče? Izmet, koji je njemu – prosjaku služio za novce, propalica koji je živio od prijevare, čovjek koga sudbina u prvim danima života nije bila nudila kamenom mjesto hljebom, pijanica koji se je svoje volje svalio bio u blato ovoga svijeta – taj mu se ruga! Bilo je Luku gotovo stid. A on sam, što je on? Zašto je na svijetu? Kako je ugledao svijet? Pao je na svijet kao zrno tuče, što padne s neba. Stražar gradski nađe nekog jutra golišavo novorođenče na ulici, dignu ga, ponese ga na varošku kuću. To bijaše on. Pa jer svaki ljudski stvor ime iz koledara nositi mora, okrstiše ga Luka, pa jer se više ljudi na svijetu Lukom zovu, te se nije znalo tko mu je otac, tko li mati, gdje li kuća, nadjenuše mu gradska gospoda prezime "Nepoznanić". Sve mu je to pripovijedao stari varoški kastelan, koji je preklani umro. Kamo sreće da je bar kopile! Kopile nema oca, al' majku ima koja ga grije rukama, koja mu daje onaj zalogaj crna kruha od srca. Ali ni to! Ni to! Prvu suhu koru, koje se je sjetio – a pamtio je sve od svoje pete godine – baciše mu pred noge, kao što se psetu baca kost. Prve riječi koje razumije iz ljudskih usta bijahu kletva na njega, na njegovu mater. Isprva dadoše ga na dojištvo grižljivoj baki, koja je stanovala u čađavoj komori. Bogzna, kako ga je nejaka tukla, kako li je u povojima gladovao. Luka se toga dakako ne sjeća, ali je valjda ćutio. Kad je postupao i još koju godinu kasnije, otkako je počeo pamtiti, doživio bi svaki dan šiba i glada, kokoši i mačke otimahu i onu koricu što bi mu baka na magistratsku plaću svaki dan bacila.

Bijaše tup, jadan, ni prekrstiti se nije znao. "Prokleto kopile!" to je bilo i sve što je svagda čuo od bake, a drugoga krštenog stvora nije ni viđao, jer bi ga baka, polazeći na nadnicu, ujutro zatvorila, te je tako čamio do mraka.

Prokleto kopile! Oh, da je samo kopile! Jednom se baba napila i pijana tukla ga. Krv mu se tiskala k srcu. Boljelo ga je. Da je što skrivio, al' čučio je mirno, plaho u kutu, i opet ga je tukla. Zakuhalo i u njem, pa kad baka ode ujutro na posao, razbi dječarac okno i skoči kroz prozor u svijet. Kratka li bijaše ta slobodica! Opet ga uhvatiše, opet ga povedoše na varošku kuću. Nisu ga vratili baki, šteta je novaca za takovo kopile, neka ostane u gradskoj kući, neka pere i mete za onaj kukavni zalogaj što ga ostaviše zatvoreni lopovi. Tu je ostao godinu–dvije i više godina. Dvorište gradske kuće bijaše njegov svijet, a društvo bijaše mu onaj izmet svijeta što ga je opačina, što ga grijeh skupio bio u dvorištu, iz koga se dječak nije maći smio. Čuo kletve propalica, čuo hripavi smijeh razbojnika, vidio iskipjelo lice varalice i ono bezočno čelo razuzdane žene koja ti dokazuje da u zvijeri ima više stida nego u čovjeka, a sav taj gad gledao je odrpanog dječaka oholo preko ramena, sav taj smet gurnuo bi ga šakom, doviknuo mu kroz pakleni smijeh: Kopile! O, da je bar jedno blago lice vidio, da je bar u zakutku jednoga oka uvrebao iskru prijaznosti, da je bar jednu suzu vidio koja je potekla iz srca, ali ni toga! Proljeće dođe, njemu se nije zelenjelo, i dođe ljeto, ali ljetnje sunce žeglo ga je nemilo te jasnije pokazivalo svu tu bijedu i kukavštinu, a zima stjerala bi ga u mračni, zadušljivi zrak zatvora da ne pogine od studeni, u onu bučnu vrevu zlotvora, koja se je svakim danom mijenjala i, mijenjajući se, nove opačine pred oči iznosila. Da, kad je imao poći k objedu, kad je imao s drvenom zdjelicom poći po onaj kukavni obrok, što se "jelom" zove, te samo toliko vrijedio da dječak ne pogine od gladi, i onda bi mu doviknuo tamničar: "Kopile, gdje si?" Ni hinjenog mu imena ne htjedoše priuštiti.

Srce mu se ukruti, živci otupješe. Kad se koji zlotvor previjao pod batinom pravde, kad je jaukao, da se je svakomu duša tresla, sjedio je Luka i gledao, i nije pri tom ništa ćutio ni straha ni smilovanja. Zašto ga gospoda ne dadoše u školu? To stoji novaca. Zašto ga ne dadoše u zanat? Valjda ga zaboraviše. Ljudi su ga toliko puta vidjeli, i bili bi na njega posve zaboravili da nije jednom lupio kastelanovo pseto. Hoteći mu se osvetiti, viknu: "Čekaj, kopilane! Dat ćemo te u školu, gdje će biti svaki dan dvadeset i pet masnih!" te pođe ravno k bilježniku: "Car traži od nas soldata, već smo pohvatali dosta bitanga, al' domaću neku kukavicu, odrpanog Luku posve zaboravismo, spectabilis. Kako bi bilo da ga spravimo pod pušku? Zar ćemo ga dovijeka badava hraniti?" Bilježnik pohvali tu pametnu misao kastelana, no kad Luku dovedoše pred komisiju, nasmija se vojnički doktor od srca te reče: "Kakvo ste tu strašilo doveli? Mislite da caru treba mušketira od kojih se ne bi mačka poplašila? No, vidite te sabljikaste noge, te kržljave ruke. Idi, grdobo, ti nisi za naš posao."

Drugi dan pako pozva ga stari gradski kapetan pred sebe.

– Čuj, Luka – reče – ti nisi ni za šta na svijetu, ti si izmet. Dosta smo te hranili, sto puta više za tebe potrošili nego si vrijedan. Dalje nećemo. Tornjaj se u svijet. Na ti dva groša na put, pa radi što znaš.

Izagnaše ga iz gradske kuće. Bilo mu je kao ptici koju pustiš u zrak, bilo mu je kao psetancu koje baciše u vodu. Šta će? Kamo bi se djeo? Da radi? Čudno pogleda svoje ruke. Čega da se primi? Kad ništa ne zna. Išao je, išao, ogledavao kuće. Dođe i na trg. Tu opazi baku, gdje prodaje kruh. Položi na stolčić svoja dva groša, baba žmirnu i dade mu hljeb. Luka stisnu svoj hljebac, pođe dalje, iziđe iz grada, sjedne pod drvo kraj ceste i pojede krušac, pa onda je gledao u svijet, gledao i zadrijemao. Čudna li bijaše ta prva noć slobode, pod starim drvetom, pod vedrim nebom u noćnoj rosi. Neobični sni miješahu se Lukinom glavom kao što crnim, burnim nebom. Razmišljajući o svojoj budućnosti, bješe usnuo, zato mu se je i snilo o budućnosti, o gustoj magli, kojom je hodao i hodao, iz koje nije izići mogao. Žamor, prodirući kroz san kao daleka grmljavina, probudi ga. Već je na nebu stajalo sunce, a cestom štropotahu silna tovarna kola. Seoski svijet prolažaše kraj njega idući u grad ili vraćajući se iz njega. Mladić pogleda, i opet stisnu oči, i opet pogleda. Začudi se, to ne bijaše mračna tamnica, već svijetli zeleni svijet. Kamo ću? upita Luka taj krasni svijet. Strese se od prepasti, kao čovjek prije nego će prvi put skočiti u vodu. Zatim oćuti glad i žeđu. To bijaše prvo njegovo čuvstvo, briga dosele nepoznata. Kako da to čuvstvo smiri? U svijetu nije poznavao nikoga, van ljude koji ga otjeraše, njegovo srce ležalo je u svijetu kao onaj samotni kamen sred prašne ceste. Dok je tako žeđajući i gladujući razmišljao, prođe kraj njega mljekarica vraćajući se iz grada. Pošav tri–četiri koraka dalje, ustavi se, povrati se k Luki, baci mu dvije krajcare i dade komad kuruzna hljeba.

– Na, uzmi – reče.

Luka se prepa. Al' se brzo dosjeti i izmuca:

– Hvala.

– Bogu hvala – odvrati žena i pođe putem dalje. – Sad je imao šta jesti, imao je novaca. Kako mu je to došlo onako iz vedra neba, baš u najgori čas? Da, da, žena je mislila da je prosjak. Zar je Luka znao što je prosjak? I kako. Na stotine ih je viđao na gradskoj kući, slušao njihov razgovor. To bijaše dobra škola. Osobito jedan, hromi Mato iz Resnika, bijaše majstor. Ponedjeljkom bi ga stražar obično doveo na varošku kuću, jer se nedjeljom napio bio u "prosjačkoj krčmi" u Ilici. U utorak bi ga pandur protjerao iz grada, a u petak – to bijaše u Zagrebu prosjački svetak – prosjačio Mato već po Zagrebu, pa je u ponedjeljak došao opet na varošku kuću kao parcov, koji ti se među nogama vraća u kuću, u čas kad si ga istjerao bio. Toga se je Luka sit naslušao iz prikrajka kad bi onako pričao zatvore-nomu izmetu.

– E – znao je reći – moja meštrija nije zla, a tjeram ju, Bog i duša, trideset i pet godina, otkako mi je koliba izgorjela. Prije su dakako dvogroške kao ploha padale, sada cure samo krajcare. Prije je narod luđi, milosrdniji bio, otkrio bi se pred svakim drvenim svecem; sada, sada jedva pozdravlja popa, a ne vjeruje pravo ni u svece ni u prosjake. Stari panduri bijahu dobri ljudi, pozdravili bi prosjaka, platili mu katkad čašicu rakije, dali po koju staru cigaru, nek si ju žvače. Sad – kuga ih odnijela, sad tjeraju čovjeka amo, pa tu moraš čitav dan bez posla sjediti i proštenje u Čučerju zanemariti, a radšta? Za tu pušljivu prosjačku juhu, za taj crvljivi kruh? Lude, imam ja boljega smoka u svojoj torbici, nije Mato naučen na takovu rđavu koštu, nek si ju gospoda senatori sami pojedu. Mudre glave! Ti da će popraviti svijet? Prosjačiti se ne smije, istrijebiti valja prosjake! Ha, ha! Možeš li istrijebiti buhe i miševe? Il' će svakomu sagraditi palaču, davati slanine, rakije i pšenična kruha? Učinit će to! Pazite, ja ne bih rekao tri puta da će to učiniti, kako su ludi. Ja neću toga doživjeti, vi možete. Meni toga, hvala Bogu, ne treba. Ja se držim stare prosjačke slobodice. Radija mi je rosna tratina negoli suha blazina. Torbu na rame, štap u ruke, pa šepaj, moj Mato, u bijeli svijet "za krajcarak, malen darak". Tko će se sa mnom, tko? Svakoga petka imam svoje mušterije, koje mi u lončić davaju jela. Gotovo mi je lončić premalen. Na prste znam svaki svetak, svako proštenje, svaki sajam, kao da u glavi nosim "šoštar–koledar". Pak se tu bome jede i pije, da se masti brk. Nema proštenja ispod purana, a vina, brate, toči pa loči. Samo treba razumjeti svoj zanat, dakako po staroj školi, nova ne vrijedi pušljiva boba. Ja vam znam i zadnju krajcaru isprešati iz bablje kesice. Mladi toga ne znaju, to vam je traljava vojska. Ja vam to kažem da znate. Ne boji se Mato iz Resnika, da će mu tko kvariti posao, pak su mi i kotači zarđali, jama mi nije daleko. Malo nas već ima starih. Još pokoji slijepac. E, slijepcima je bolje, njima ne treba toliko komedije. Slijepac zagudi, zapjevne o Kraljeviću Marku, pak se sjati ludi svijet kao pčela na med, i bakar sipa se kao tuča, pa kapne i mrva srebriša. No vidite, mi šepavci već smo komedijaši. Sjedni, stisni glavu među ramena, nakrivi lice ko ranjeni svetac, drži svoju nogu rukama uvis, vrgni preda se šešir pak mucaj, brate, i previjaj se, kao da si octa popio. E, malo, malo je našega naroda, nestat će ga. Al' to znajte, prosjaka neće biti, bit će razbojnika. Pak gospodi na čast.

Tako i više toga znao je govoriti stari Mato iz Resnika. Luka je sve to pozorno slušao, sve dobro upamtio, a sad ga je sjetila ona mljekarica. Sunce je žešće pripecalo, sve je više ljudi išlo po prašnoj cesti, a Luka naheri glavu nalijevo, pruži desnu ruku i stade mucati:

– Darujte me, milujte me;

"Siromah!" – pomislili bi ljudi i bacili u kapu po krajcaru, po dvije. Tako je Luka postao prosjakom ne znajući ništa pametnijega. Dobivao je više nego mu je trebalo, pa se Luka tomu čudio i sav suvišni sitniš stavio u torbicu, a kad se je više pribralo sitniša, promijeni ga Luka u papir. Jednom prođe kraj njega i stari šeponja Mato iz Resnika. Nije htio vjerovati očima. Sagnuv kuštravu glavu, zapilji sive male oči u Luku te će grohotnuti:

– Pomozi, Bože i Majko božja! Vidim li pravo? Eh, eh! Da! Kopilan se upisao u torbonoše pa ide brazdom kud se ne sije i ne žanje. Ajd' amo, kukavče, da te poljubim! Vidi se, još ima na svijetu pametnih glava. A koja te je kuga turnula u naš odrpani ceh?

– Eh – slegnu Luka ramenima – tako je došlo, oče Mato.

– Znam ja, znam – zakukuriknu šeponja. – To je moja škola od varoške kuće, je l'? He, he! Dobro sjeme ne pogine, kopilane! To Bog zna. Al čuj! Skupi se, pak 'ajd sa mnom u selo da ti pametnu reknem, neće ti biti žao! Meni je nešto sijevnulo u glavi. Kod Židova ima dobre rakijice, peče vraški. Nasuho se ne da govoriti, a ovamo sletjela se sva svjetska prašina. Ajd, kopilane!

Pođoše u selo pod gorom k Židovu. Kad su sami bili sa mjericom one vražje kapljice, gucnu Mato, obrisa si brkove i prošapnu ovo:

– Kako se zoveš, kopilane?

– Luka se zovem.

– Dakle pij, Luka, u dobro zdravlje, pa čuj. Ti nisi još ni djetić, pa već hoćeš majstorom biti. Naučit ću te ja što treba. Ja sam star vuk. Odavna sam već mislio neće li mi sveti Brcko poslati koga–toga u nauke. Evo je tebe poslao. Ti ne smiješ ostati u ovom kraju. Već idemo malo dalje za Sveti Ivan i još dalje. Ondje nas ni vrag ne pozna. Ja ću biti otac, ti ćeš biti sin, ja sam hrom, ti ćeš biti slijep.

– Kako ću biti slijep, kad su mi zdrave oči?

– Joj, joj, ali si lud, kopilane! Slijep ćeš biti kao što je sova. Po danu, pred svijetom stiskat ćeš oči, po noći možeš se nagledati mjeseca, možeš makar i zvijezde brojiti. Ja tvoj otac – vidiš, sad si bar dobio oca – vodit ću te na štapu za slijepca, pa će biti groša. Ne boj se!

– Aha! – kimnu Luka mudro.

– No, sad mu je, hvala Bogu, puklo među očima. Ali nećemo odmah. Kupit ću ti gusle, pa da te učim pjevati. Za toga ćeš biti u šumi, u mojoj kolibi, pa kad se jednom naučiš potezati gudalom po konjskoj struni i na nos pjevati o Kraljeviću Marku, onda idemo na štapu u drugi kraj. Pak da je čist račun, svakomu pol.

To je Luki milo bilo, bar je imao uz koga biti, s kim govoriti kako ljudi govore. Tamo u gori stoji stara hrastova šuma. Tu jedva vidiš hajduka, jedva vuka. Gdje je grmlje najgušće, stoji nad zemljom krov od kukuruzinja, gotovo misliš šator je. Sprijeda je škulja, da se krštena duša jedva provuče, no, prava kusnica. To je Matin stan. Izrovao si ga iz zemlje, podstavio šušnjem, pokrio kukuruzinjem. Krpa ga svakog ljeta, krpa ga trideset ljeta, pa je dobro. Amo je šeponja doveo Luku, nosio hranu za dan, za dva, za tjedan. Donio mu i gusle, i kad je bila tiha, tamna noć, na uru ni ljudske duše, kad je samo cvrčak slagao svoju pjesmu učio je šeponja kopilana kako slijepci gude, kako pjevaju po sajmovima. Luka nije bio tupoglavac, bio i dosta grlovit, staromu Mati nije dakle trebalo puno znoja. Kad je onda bila jasna, tiha noć, kad su zvijezde gledale kroz tamno granje, pustio bi Luka pjesmu od srca u taj noćni zrak, a pri tom mu se duša tresla. Mato ga slušao i slušao sjedeći pred kolibom i klimao glavom. Jednom zaskoči ga usred pjesme.

– Luka, čuj me! Jesi li čuo za svog oca?

– Nikad.

– Za majku?

– Nikad – mahnu Luka i nož mu prođe srcem.

– Ta odakle si se pobrao?

– Na ulici me nađoše.

– To ti je svijet. Baci te na zemlju kao kamen u vodu. Pravo si učinio. Budi prosjak, ostaj prosjak.

– A ti, oče Mato?

– Ja? – pogleda ga starac bijelo – a šta me pitaš, šta me pitaš? Eh, da! Pravo, i zašto me ne bi pitao. Trideset godina ovo je moj krov, trideset godina vučem se na ovom štapu što si ga odrezah prije nego što sam otišao iz svijeta. Nekad sam živio među živim stvorovima. Al' to nisu bili ljudi. Bijahu kršteni, da, ali zmije, lisice, vukovi. Pojeli su mi srce. Sad ga nemam. Dosta, dosta! Samo ne idi stanovati pod ljudski krov, idi radije među nijemu zvijer. Znaš li da sam si sam zapalio svoj krov pa onda odrezao ovaj prosjački štap? Ne idi među ljude. Oni će te oklati. Ostani tuj, tu ćeš biti svoj. Tko ti može šta? Sutra ćemo na put. Vodit ću te po sajmovima. No, jesi li čuo? Kad vidiš da mi nije dalek kraj dopremi me amo, tu hoću umrijeti. To si zapamti, neće ti biti žao. Luka je svoga novog oca gledao u čudu, slušao u čudu. Čovjek zapalio je sam svoj krov! Kršteni ljudi da su zmije, vukovi! Možda jest tako, možda nije? Možda je Mato poludio, možda je govorio pravo? Mnogo je Luka o tom razmišljao, u misli usnu ležeći na šušnju pod prosjakovim krovom od kuruzinja. I snilo mu se o tom, mutno mu se snilo. Šta je on znao, što li da je svijet, šta li ljudi? Što da je dobro, što li zlo?

U cik zore drugoga dana digoše se Mato i Luka na put. Krenuše gorom preko kose u drugi kraj, u strani kraj, gdje ih nitko poznavao nije. Kad prevališe sljeme te dođoše silazeći do pol brda, ustavi se Mato i reče: "Eno, Luka, vidiš u dolu prvi dim i čuješ prve pse. Ljudi su blizu, valjda ćemo sresti u tom hrastovlju dušu koja se je digla u drvariju. Sad da si mi slijep! Stisni oči, uhvati zadnji kraj štapa. Glavu drži visoko! Tako. Koracaj pomalo, plaho, zadjeni se kadšto za šalu o kamen, o korijen. Ti slijep si, jesi li čuo, slijep!" Luka učini kako Mato reče. Dođoše u selo, a pred njih izletješe psi, hudi zubati psi, ter udariše bijesno lajati na prosjake. Pseto mrzi na svakoga zabogara, navlaš kad je tuđ. Ali ih Mato ošinu drenovačom preko gubice, i kudrovi stisnuše repove te umakoše skunjene glave u živicu. Obrediše kuće. Al' se je taj Mato nacvilio pred svakim pragom dozivajući Boga i Bogorodicu. To da mu je sin, slijep od poroda, on sam da je hrom, nevolja velika. Iz Pokuplja da su, gdje im je koliba izgorjela, a oni da stoje na božjoj i ljudskoj milosti kao pšenično zrno na kamenu. Hrom vodi slijepa. To je bajao Mato, stara lija, a Luka se čudio kako hromac silno laže, većma se čudio kako ljudi sve to vjeruju. Od nijednih vrata ne odoše prazni. Tu pao sirac, tu hljebac, tu jaje, tu dvogroška, a svagdje samilost i božji blagoslov. Navlaš od ženskih, koje su bile meka srca te su klimajući glavom kroz suze sažaljevale jadne pogorjelce. Tako su išli sve dalje i dalje od kraja do kraja, a svaki su kraj poželi, jer je bio Mato oštrovid, pa je znao gdje puna kuruza raste, gdje li pust sirak. Po sajmovima i na proštenjima gudio je Luka i pjevao i izvijao vrat, kao da ga je mati bez očinjega vida rodila. Ljudi bi se oko njegovih gusala sjatili kao žedni oko izvor–vode a Mato bi tada klimajući glavom žalostivo rekao: "Vidi, vidi, božji narode, ovo je slijepo izišlo na svijet ko mače ili pseto i slijepo ostalo i ostat će, Bog mu zapalio nebesku svijeću! Ne vidi sunca ni mjeseca nit onog zalogaja, što mu ga milostiva ruka daje. Darujte ga, milujte ga. Hvala, hvala, dobre dušice moje, Bog vam platio!"

Pa vidite, kako je to padalo u Lukinu kapu sve po groš, po dva i po više. Slijepci po svem kraju zamrziše na Luku. Grlo mu je bilo jače, a dok su oni sve staru te staru pjesmu gudili, Luka je novih sipao kao iz rukava, i tako im osta kapa pusta. "Koja ga je kuga donesla, rekli, te nam otkida svagdanji hljebac od usta. Nema li svaki slijepac pravo na svoj kotar? A ludi svijet jagmi se za njim kao za međedom. Tko mu je dopustio, da pjeva nove pjesme? Kukavica jedna, mora obijati za groš tuđe krajeve, što se ne hrani kod kuće!" Tako i sto puta gore govorahu slijepci na Luku. Ali koja hasna? Badava je psetu lajati kad grmi grom; što je prije kapalo u njihove šešire, sad je plohimice palo u Lukinu torbu.

Tri godine obilažahu Mato i Luka gore i dolove, što po Međimurju, što po Slavoniji, sve koneći se Zagreba, gdje bi Matu svako dijete prepoznalo bilo. Ujedanput spopade Matu hud kašalj. Davio ga je svaku noć. I reče starac Luki: "Ču li, Luka! Djeni gudalo za gusle. Kašalj me davi, kao da mi tko rebra stiskuje gvožđem. Zlo je, vidim, do kraja nije daleko. Pođimo k Zagrebu. Dvanaest ura je blizu. Pazi da ne zakasnimo, čuvaj torbu, dosta je teško, ti si jači." Luka u čudu pogleda starca, al' posluhnu. Pođoše zbilja prema Zagrebu. Već je Mati mučno bilo. Morao popostajati, zraka poimati. Kad se uspinjahu na onu zadnju goru, reći će Mato Luki: "Sad gledaj, slobodno, sad nisi više slijepac. Samo do Sljemena da dođemo, ondje ćemo sjesti, počinuti. Da, stare noge nisu za put." Na Sljemenu sjedoše oba pod hrast. Pred njima pukao vidik široko, daleko. Bilo je vedro i toplo, bilo je duši lako. Mato spusti glavu, zapilji tužno oko u svijet, kanda si ga onako ljudski, ljudski pogledati hoće, jer Bog zna – – Obojica šućahu. Nijedan nije našao prave riječi. Al' je bio Mato srčaniji, pak će ovako: "Da, da! To je opet moj kraj. Eno ti i mojega sela, gdje mi je kuća bila. Sad borovica i šipak onuda raste; ta nije ni čudo. Trideset i više godina. Sad još sve to vidim, još jedanput, pa onda, vjeruj, nikad više. Ne mogu se toga sit nagledati, i sad mi se čini da je vrijeme proletjelo kao ptica."

– Zar nemate nikoga u selu, oče Mato? – Prihvati Luka.

– Ni žive duše.

– Već mi više puta rekoste da ste imali kuću. Zašto ste ju ostavili?

– Pusti, sinko – mahnu Mato – to su crni dani. Ali zašto da ti ne reknem sve? Tebe još imam, tebe sam na putu našo, ja ću ionako skoro sa ovoga svijeta. Ja sam bio pošten seljak, imao sam samo malu kolibicu, krpicu zemlje, kravicu i svoju ženu. Bila je lijepa. Zato se našao gospodičić, još je živ taj stari grešnik. Taj mi je ženu opojio, zaveo. Ja sam to saznao, ženu pitao, i ona ispovjedila je svoj grijeh. Tukao sam ju dan na dan, pio sam dan na dan, selo mi se smijalo, tužio sam zlotvora, gospoda mi se smijala. Pa sam opet ženu tuko i opet pio. Napokon mi je umrla. Stavio sam ju na odar, kraj odra zapalio dvije svijeće. Kad sam kraj odra stajao, navečer zijali ljudi u moje prozore, pa mi se rugali, čuješ, rugali. Zasjeklo me je u srcu. Tada sam vidio da su ljudi gori od zvijeri. Pođoh u vrt, odrezah si drenovaču, otjerah ljude, i kad je došla noć, zavirih još jednom izvana u moju kuću, gdje je žena među svijećama ležala. Ova kuća, ova žena, to mi je bilo sve na ovom svijetu. Sad već nisam imao posla među svijetom, koji je opak, iskvaren, koji mi je ubio srce moje. Nakresah vatre, zapalih gubu i stavim je pod slamnati krov. Sve neka ide k vragu. Pobjegoh u šumu, popeh se na brijeg, pa gledah kako mi kuća gori. Hvala Bogu, rekoh, sad već nemam sa svijetom posla i neću više staviti glave pod ljudski krov. Pođoh u prosjake, a prosjak sam i sad, i nikad mi nije žao bilo da sam ostavio ljude. Ne vjeruj nikomu, ni meni. Čovjek ima samo jednog prijatelja, a to si je sam. Svi su mislili da sam luckast, to mi je i drago bilo, zato su me i pustili na miru. Ja sam samo tražio da se okoristim svijetom, i jesam, hvala Bogu. Sad sam ti rekao što si me pitao, pa je dobro. Ajd'mo k mojoj spilji, bogzna kakova je, nećemo li vuka ili lisicu u njoj naći. Bolje i to, samo da nije čovjek.

U čudu je Luka ispod oka promatrao staroga prosjaka, al' se napokon dignu, i obojica spustiše se nizbrdo k onoj strani šume gdje je po prilici Matina koliba stajala. I dođoše do nje. Dakako, vjetar i kiša bjehu odnijeli krov, staro je leglo toliko vremena pusto bilo, i kamena palača se sruši ako u njoj ne stanuje živa duša, kamoli ne bi pokrov od kuruzinja. Mato zađe brzo u spilju i pogleda brižno u kut, opipa zemlju i kimnu zadovoljno glavom.

– Luka! – reče starac – ded popravi krov, nanesi suha granja i lišća, noći su hladne, ja sam slab, vrlo slab. Tu, tu me davi.

I Luka popravi krov, starac se pako zavuče u spilju i legnu na šušanj, jer ga je groznica tresla. Luka sjeđaše mirno na odsječenu panju gledajući kroz granje mjesec i zvijezde, slušajući žubor gorskog potoka. I reče si sam: "Starcu izmiču dani, i ja ću opet ostati sam."

– Luka! – zovnu ga hripavim glasom iz kolibe.

– Šta je, oče Mato? – zapita Luka prišav do ulaza kolibe.

– Kasno je, dođi unutra, legni.

– Hvala, oče! Vi ste bolesni, te ćete sami bolje počivati, ja sam mlad, mogu ostati pred kolibom.

Opet sjedne Luka na panj te poče razmišljati što će od njega biti, i usnu sjedeći na panju. Moglo je dosta vremena proći, kad ga je nešto silno gurnulo. Luka se trgnu iz sna, spazi pun mjesec na nebu, a do sebe Matu gdje čuči na zemlji. Bio je blijed kao krpa, kanda se je iz groba digao, drhtao je na svem tijelu, al' oči su mu gorjele kao žeravica.

– Luka! Luka! – hripaše starac.

– Što je, oče zaboga? Vratite se u kolibu, noć je hladna.

– Pusti, pusti – mahnu ljutito stari prosjak. – Ne brblji. Izvukoh se da te probudim. Meni je zlo, meni je kraj.

– Ali –

– Šuti, ludo. Začas me nema. Evo, to ti je papir. Drži. Kad umrem, uđi u spilju. U lijevom kutu zakopan je kamen. Iskopaj ga, kopaj dublje tri pedlja. Naći ćeš za dvjesta forinti banka i nešto srebra u željeznoj škrinjici, naprosio sam ih, tvoji su. Šuti. Dakle, kad umrem, strpaj novce u torbu, samo uzmi šest cvancika. Ponesi me dolje u selo u groblje. Tu me položi kraj velikog krsta, na prsa mi stavi papir – to je moj krsni list i šest cvancika za pokop. Zakuni mi se da ćeš to učiniti.

– Kunem se živim Bogom.

– Dobro, dobro, Luka. Samo bježi od svijeta – ostaj prosjak – bolje je tako – uh, kako me žeže, tu, tu – svijet ne valja, ne – – –

U taj par provali krv na starčeva usta, i mrtav klonu pred Luku.

Mladića je zeblo. Nije bio strašivica, ali pred njim ležaše bjelokos, bradat starac, blijeda lica, mrtav. U ukočenim očima, okrenutim prema mjesečini, trepetaše varavo svjetlo noćno hineći život i poslije smrti. Napokon se prenu, prodrma dva–tri puta starca, al' bešćutna uda klonuše u travu kao uvela biljka. Sad se zavuče Luka u spilju, izvadi iz torbe velik nož i poče kopati i kopati. Odvali kamen, posegnu nožem dublje, napokon dotaknu se nož gvožđa, i škrinja iziđe na svijet. Luka izleti na mjesečinu, rasklopi škrinjicu i prometnu je rukama. Zbilja, bijahu to novci, kako pokojnik reče. Luka izvadi šest cvancika, a druge novce stavi u torbu. Zatim iznese gunj i priđe k starcu. Potom baci gunj na starca, omota ga oko mrtvaca te ga ponese letimice nizbrdice prema selu. Ni žive duše nije čuti bilo. Luka uklanjao se kućama da ne zalaju psi. I dođe na samotno groblje do krsta. Kanda ga je vrućica držala, a niz čelo tekao mu je leden znoj. Starca, papir i cvancike položi pod krst, ogleda se dva–tri puta i uminu hrlim korakom u svijet. – – –

28

Toga, svega toga sjetiše danas Luku riječi: "Šteta da si takov traljavac!"; sve to pripovjediše mu iznova oni bijeli koluti dima, kad je turoban sjedio kod živice. Od njegova pamćenja prolazila je slika za slikom pred njegovim očima, nijedna vedra, nijedna vesela, sve mutne i mrke, a iz svake je virilo Matino lice, one ukočene oči ona kletva pred smrt. Bilo mu je da sve ovo grmlje i drvlje šapće: "Ti si traljavac!" a i one krpe, što ih je na sebi imao, potvrdiše glasno: "Ti si traljavac!" I ono nekoliko kuća, štono se o suncu veselo bijele, iz kojih se izvija srebroliki dim, kanda ga je gledalo toli milo, toli žalostivo. U njima vladala je tiha pobožnost, blaženi mir, u njima bilo je otaca, majki, djece, bilo je poljubaca, bilo i ognjišta, a i one suze žalosnice, što su njima tekle, padale su na vruće, ćutljivo srce. A on nije znao za smijeh, već samo za rug cijeloga svijeta; da je mogao plakati, suze bi mu bila popila suha prašina. I trznu se. Obrve kanda su mu se naježile, oči planule gnjevom, a njegovim licem drhtnule unakrst crte jarosti, kao što se munja piše po jarosnom nebu. Napokon nasmjehnu se zlorado, stavi ruku na torbu, uzdahnu duboko i dignu ponosito glavu, kao da se cijelomu svijetu suprotnuti kani. Pomno izvadi iz torbe svežanj prljavih papira, razveza ih pomno, stavi jedan za drugim na travu, poče brojiti na prste i, zadovoljno smiješeći se, klimati glavom. Odnekle se čuše koraci. Brzo strpa Luka svoje papire u torbu i poviri iza živice tko je. Putem iđaše seljak vraćajući se valjda iz crkve. Znajući za obično zaklonište prosjaka, koracao je plaho te je brižno gledao prema kupinovom grmu. Luka skunjio se pod grm. Već bješe seljak minuo kraj grma, već i poodmakao, Luka gledaše za njim pokunjene glave kao mačak kad vreba na miša. Sad nagnu i seljak hrlo stupati, kao da ga tko tjera, al' će ujedanput Luka izbijeliv zube:

– Ej! Ej! Đuro! Stani! – Seljak trznu se, kao da si ga bocnuo, i stane. Snužden okrenu se na peti i priđe ponizno do kupinja. Vidjelo se da nerado ide, kao da mu se stope na zemlju lijepe. – Pred grmom stane.

– No, Jure – nakašlja se zlorado Luka – ti kanda me ne poznaš, a nekad smo dobri znanci bili. Valjda ti je kratka pamet, pa si me zaboravio. Ne sjećaš li se kako si Luku nekad marljivo tražio. E, da, da, kad je nevolja, onda kuca i na prosjačka vrata. K tebi kanda se je sreća svratila, pa ti ne treba pomoći. E, pa hvala Bogu, kad ti je dobro u to zlo vrijeme. Nego znaš što, Đuro, ono šezdeset forinti, a? Što je? Tu je u mojoj torbi zapisano. Sad ćeš ih vratiti. Treba mi ih, treba silno. Minula je žetva, već je kuruza obrana i otava pokošena, a ti ništa. To ne valja, Đuro.

– A što bih te bio zaboravio kume Luka – reče snuždeni seljak – dosta me peče, da te jošte nisam isplatio.

– Dabome. Sram te je, Đuro, je l', da si prosjaku dužan?

– Nije to, bogami, nije. Svaki dug čovjeka peče i ne da mu mira, jer nije slobodan, nije svoj.

– Pa se oslobodi, plati.

– Plati, plati! To je lako reći, al' što ćeš kad nesreća dođe na čovjeka. Sijeno je Sava odnijela, otave i nije bilo jer je voda livade zamuljila. Jedva da sam nešto kuruze izbavio. Čekaj, dok to siromaštvo poprodam, povratit ću ti pošteno novce.

– A ja, ne mogu čekati – zanijeka prosjak glavom. – Treba mi novaca.

– Molim ti se lijepo, pričekaj me. Dat ću ti makar poviš glavnice pet forinti kamata, a za dva mjeseca dobit ćeš sve pošteno.

– A ja, dragi Đuro, gdje ti je pamet? Novaca, novaca za osam dana. Kamata neću, ti znaš da ne uzimljem kamata u gotovom.

– Znam ja, ti se za kamate daješ hraniti od dužnika. Nisam li te puna tri mjeseca pošteno hranio i davao ti noćište, pače i nove opanke?

– Jest, tako je ugovoreno bilo. Što mi tu spominješ svoju kašu i žgance? Il' ti je žao da sam tri mjeseca na tvom sjeniku spavao?

– Ti si jeo što i ja. A zašto si išao na sjenik, mogao si i u kući spavati.

– Ja nikad ne spavam pod ljudskim krovom.

– Zašto?

– To te ništa ne košta. Dakle, da je račun čist. Za osam dana da imam novce, il' će, bogami, doći bubanj.

– Nemoj tako – moljaše seljak. No Luka se okrenu ne mareći za seljaka, te je mirno pušio, kanda tu nikoga nema. Đuro, videći da je danas Luka ljut i da se umekšati ne da, reče: "Zbogom", i odšulja se žalostan.

Luka gledaše ispod oka za Đurom grizući bazgovi kamiš svoje lulice. Uto prolažaše kraj njega jedra bosonoga djevojka zasukanih rukava, noseći od susjedova zdenca vrč vode. Bijaše ovisoka, puna, okretna. Oko bijelog platnenog košuljka bila je ovila crvenu tkanicu, po prsima treptio joj koralj, a dvije crne sjajne kite bila svezala crvenom vrpcom. Lice bijaše dugoljasto, mrkoputno, oči crne kao kupinice, a žive kao žeravice, pa je gledala slobodno preda se – nikad u zemlju i pjevala si k tomu veselu pjesmu.

– Maro! – doviknu ju Luka.

– Što je, Luka! – zapita ga djevojka obustaviv se.

– Daj da se napijem iz tvojega vrča. Ožednio sam.

– Na, Luka, napijte se! – reče djevojka pristupiv bliže i podav mu vrč.

Luka potegne dva–tri puta, pa će povrativ djevojci vrč:

– Hvala, Maro!

– Bogu hvala! – kimnu djevojka pa da ode.

– Šta radi tvoj otac, kum Martin?

– Zdrav, hvala Bogu. Jutros bio je u gradu da se pogodi za postolarevu sjenokošu kod potoka.

– Eh, dakle kod vas ove godine nije pofalilo?

– Nije, hvala Bogu. Bolje neg smo se nadali. Da Bog da da ne bude dogodine gore.

– Pak je to lijepo. Marva kako?

– Zdravo, ne bojim se za zimu kad je sijena.

– Ti sama paziš na mlijeko?

– Eh, nego tko će? Otkad je mati umrla, krave su na mojoj brigi! Al' mi se žuri, otac me čeka. Zbogom, Luka!

– Zbogom, Maro! – odzdravi Luka, i djevojka se udalji lakim sitnim korakom.

Čudnim je okom gledao za djevojkom, kojoj se dugi, sabirani skutovi prelijevaju oko snažnoga tijela. Gledao je i gledao za njom kao lisac, dok djevojka ne zamaknu u dvorište svoje kuće, koja se je među voćkama bijeljela, jedina kuća u cijelom selu. Pa onda je gledao i samu kuću odozgor, odozdol, kanda ju okom omjeriti radi. Zamisli se časak držeći u ruci svoju lulu. I opet pogleda prema Marinoj kući. Sad povuče za kamiš, lula se bila utrnula. Prosjak ju zapali ljutit, pa je vukao i vukao silovito, sve gledajući pred sebe u zemlju. Oči su mu igrale amo i tamo po travi, nešto je mumljao, smiješio se, gla-vom klimao, napokon se ukoči, lula se opet utrnu, i Luka je zurio pred sebe zapiljiv oči u velik kamen kraj ceste.

Probudi ga malen, odrpan čovječac, koji se je straga preko polja dovukao bio. Bijaše to mrk kržljavac rutave crne prosijede kose i nečešljane brade, fina nosa i pecavih crnih očiju. Na glavi mu sjedio šiljast šeširić, na tijelu imao mrljavu košulju i modar suknen prsluk sa jajastim srebrnim dugmetima, a lomne noge bijahu mu utisnute u modre, zakrpane hlače i visoke jake čizme.

– Luka, more – šapnu došljak razmaknuv živicu za prosjakom.

Luka krenu glavom i reče:

– Što je, Ciganine?

– Luka more, dobri Luka, more, evo pazara, da vidiš. Past će četiri cvancika u Lukinu torbu! – nakesi se Ciganin dignuv četiri prsta svoje ruke, kojoj je palac odsječen bio.

– Govori, što je?

– Eh, dva riđana po četiri kopita, fina dlaka, živa vatra. Kod Brežica, eh, Luka, more na paši stala, pa Cigan Janković mali, prosti, bože, razrezao spone i šuk na Sutlu i preko Sutle.

– Okani me se, Ugarkoviću. Ukro konje, pa nek ih tjera na pazar.

– Eh, ne budali, Luka, žica je brza, žandar je ljut, oko je posudio od vraga.

– Gdje su konji?

– U Stenjevcu, Luka. Ti znaš da Ciga ne smije imati lijepa konja. Ukrao ga crni vrag, viče svijet, pa se ide u rešt, pomiluj Bože! Danas bit će mjesečina, konji će doći na Savu. Već ti putuj, Luka more, u malu Bunu, reci kumu Lacku nek počeka dva puta četiri kopita, da ih vodi u Lekenik, pa dalje u granicu, u Tursku, u ime božje i naše zdravlje.

– Id' zbogom! Neću.

– Nećeš? Ma kako nećeš, Luka, more! Šest cvancika brojim. A ma si vazda putovao za Cigane i ciganske poslove, i dobra je ruka bila.

– Neću.

– Eh! Eh! – zaklima Ugarković – što si gospodin, velik milostiv gospodin? Pljuvaš na krajcaru, Luka, more, pljuvaš na cigansko poštenje.

– Idi sam!

– Uh, Bože i Bogorodice! Ne smije Cigo preko Save u varmeđu. Tamo milostivi gospodin sudac nasadio šumu ljeskovače, a sve za jadne Cigane, pa vuci i tuci božju dušu, da zemlja pod njom gori. I šiša milostivi gospodin sudac cigane muško i žensko do kože, pa si gol miš. Luka more, slatki Luka more, evo brojim devet cvancika. Ej, božja ti pamet, naš si kum.

– Pak da mi daš cijeli Zagreb, ja ne idem danas. Vidiš, kume Cigane, ovu moju drenovaču, jača je od ljeskovače, a ja ću biti gori, jači od goričkoga kotarskoga suca ako me danas ne pustiš na miru. Već znaš što? Idi ti k Mikici u selo, i nek dođe amo. A i ti dođi s njim, pa idite u krčmu nakraj sela. Tu će biti razgovora o pazaru.

– Ma Mikica – počeša se Ciganin za uhom.

– No što je?

– Mikica je lopov.

– Idi, velim ti, Mikica je, istina, lopov, al' se boji moje batine.

– E pa dobro, Luka more. Na duši ti bilo – reče Ciganin i odšulja se brzo.

Za jednu uru sjeđahu sva trojica, Luka, Mikica i Ciganin Ugarković u krčmi.

– Mikice! – reče Luka, ti da mi smjesta pođeš na Bunu k Lacku. Da bude o polnoći na velikom pašnjaku za savskim mostom. Dobit ćeš od Ugarkovića šest cvancika. Da mi ne ideš kroz sela, već poljem. Sutra da si mi ovdje u zoru i trijezan, jer će inače batina posla imati. Sutra ujutro ćeš u grad u gruntovnicu, pa vidi koliko ima kum Martin duga na svojoj kući i komu je što dužan. Sve lijepo ispiši pa mi donesi amo.

– Ali, Luka – htjede pisarčić prigovoriti.

– Tako da bude – odreza prosjak – a ti, Ugarkoviću, poruči u Stenjevac da konje dotjerati mogu.

III

– Što je? – zapita drugog jutra kod živice prosjak Mikicu.
– Jesi l' bio u gradu?
– Jesam.
– U gruntovnici?
– Da. Ispisao sam sve za Martinovu kuću.
– Pa?
– Eh, čist kao djevica. Ni krajcara ne duguje nikomu.
– Do vraga! – škrinu prosjak – imao bih volju zadaviti te za taj glas.
– Zar sam ti imao lagati? Nisi li mi reko da ti javim istinu?
– Ta da, da! Ali to je vragu spodobno! Baš ni krajcare, veliš?
– Ni krajcare. I nije čudo. Martin dobar je gospodar, ne zalazi u krčmu, drži se svoga reda i meće groš za groš. Ni sitna slamka neće kod njega poći po zlu. Za to ti zna i cijelo selo. Pa pogledaj mu kuću, krave, pogledaj mu polje. U cijelom Jelenju nema mu para. Ta i sam znaš da ne stoji u tvojoj torbi zapisan.
– Znam, znam! – škrinu Luka zlovoljno.
– Pak štaviše, Mara, njegova kći, gospodarica je kakve nema u tri sela. Prodaje mlijeko i povrtlje u grad, ide sama prigledati na polje težake, pa se ne plaši ni srpa ni motike.
– Znam, znam! Što mi tu baješ! Ta to je, to je! – viknu Luka srdito udariv dlanom po koljenu.
– To je? Što je? – zapita Mikica radoznalo. – Ja te, bogami, ne razumijem. Žao ti je da Martin nema duga i da je Mara dobra gospodarica. Što te košta Martin? Što Mara?
– Ne razumiješ? Da, da, kako bi ti to razumio – reče Luka smiješeći se. – Ti si lud! Ti si – – pa onda se zamisli Luka, a Mikica pomisli da se Luki zbilja miješa.
Ujedanput doviknu prosjak pisaru:
– Sjedi do mene! Amo!
Mikica uplaši se i sjednu. Tad ga uhvati Luka za ruku i šapnut će:
– Vidiš li ti ovu batinu?
– Vidim – izmuca Mikica.

– Tom ću ti batinom slomiti rebra, razbiti glavu, ako pisneš o tom što ću ti reći.

– Ne boj se, Luka.

– Ti ćeš na sud, jesi li čuo?

– Koga tužiš?

– Sve ću tužiti.

– Sve? A zašto?

– Ne treba mi više tih prnjaka, tih obligacija. Novaca hoću.

– Šta će ti novci? – upita ga Mikica gledajući ispod oka prosjaka – ovako ti je sigurnije, i bolje prolaziš. Tvoje leglo ne košta te ništa, a hraniš se tuđom žlicom, živiš kao ptica nebeska. Neka ti tkogod ukrade pisma. Što će s njima? Za svakoga dužnika živ sam svjedok ja, svjedok je Janko i bez pisma. Neka ti tko ukrade novce, otišli su, propali bez traga. Na forintači ne vidiš čija je bila. Pa gdje ćeš ih pohraniti? Ta nemaš kuće, nemaš krova.

– Imat ću – odreza Luka.

– Ti?

– A da! Pa zašto ne? Ne mogu li?

– Možeš, ali – –

– Šuti! Čuj me! Ti si poznao dosta toga života, ti si se dosta kotrljao po svom svijetu, a?

– Jesam, hvala Bogu. Znam kakva mu je podstava.

– Jesi li se kada u svijetu namjerio na žensku?

– Na sto ženskih, valjda i ti?

– Ludo, ne mislim ja tako.

– Već kako?

– Ta k bijesu! Koja bi ti draga bila.

– Imao sam sto dragih, Luka.

– Eh – lupi opet Luka dlanom po koljenu – ne ovakvih kakav si ti sad – već prije, dok si pošten čovjek bio, u očevoj kući.

– Ta da. Jedanput, mislim. Al' se pravo ne sjećam, tomu je davno. Susjedovoj kćeri – susjed nam bio opančar – nosio sam cvijeća i licitara. Bila je djevojka ko jabuka.

– Pa kako ti je bilo?

– Dobro. Kad god ju spazih, nešto me je bocnulo u srce, krv mi je išla u glavu, bojao sam se svakoga miša, al' najviše one djevojke. Pa kad bi se nasmjehnula preko plota, bio bih se dao za nju zaklati. Morala je za drugoga poći, i sreći bio je kraj. Ali šta? To su ludorije, stare historije. Tko za to pita?

– A ti se toga nikad ne sjećaš?

– Hm – zamisli se Mikica – samo jedanput u ovom životu. Bilo mi je vrlo zlo, ležah sam. Ni oka nisam mogao stisnuti, a kod susjeda bila svadba, pa se vikalo i pilo. Onda sjetih se doma svoga, svoje majke i one opančarove kćeri i rekoh si: Ej! da si oženjen, Mikice! Da si sad u svojoj kući, da te dvori žena, oj Mikice, ne bi ti ležao ovako kao pseto, ne bi možda poginuo, kao – eh! – nastavi pisar prošav rukom preko glave – to je ludo, ludo! Tko će na to i pomisliti? Ne daj mi Bog više takovih misli. A što me ti za to pitaš?

– Ja o tom mnogo mislim. Ni ja neću da poginem za plotom. Hoću da se ženim.

Pisar skoči uvis, pogleda preko ramena i udari u grohotan smijeh:

– Ti? Ti? Ha! S tom paradom? Jesi li lude gljive pojeo! Koja bi pasja baba tebe htjela?

Prosjakovo lice porumeni. Zaškrinuv, uhvati iznova pisara i pritisnu ga kraj sebe na zemlju, da je Mikica, problijediv na smrt, drhtao kao šiba.

– Uh! – riknu Luka – izmete! Ja ću te zdrobiti, ako mi još jednom pokažeš te svoje pasje zube. Hoću, hoću, moram, makar se srušio svijet.

– E, pa daj! Daj! – zapenta Mikica krotko.

– Da! Zašto ne bih? Je l' mi sila povlačiti se po crnoj zemlji kao zmija, na žegi se pržiti, na mrazu drhturiti, glodati kost, koju drugi bacaju? Ja hoću sjediti kod tople peći, hoću vina piti, bijela kruha jesti, ženu ljubiti kao i drugi, ja hoću da budem čovjek, da, čovjekom hoću biti.

Luka podignu glavu visoko, po njegovom licu letnu živa rumen, a oči mu sijevahu divljim žarom, kao da se želi porvati sa cijelim svijetom. Pisar gledaše plaho toga čovjeka, jer ga nije razumjeti mogao. Luka nastavi brzo, spustiv glavu na prsa.

– Da znaš. Sto forinti možeš zaslužiti. Pomagati me moraš. Neću da budem prosjak. Svući ću ove krpe, baciti torbu i štap. Za koga da prosjačim? Za sebe? Meni ne treba. Koga imam na svijetu? Da mi po smrti zagrabe novce? Ne, ne, ne. Kupit ću kuću, uzet ću ženu, nosit ću bijelu košulju kao i drugi ljudi, kao pošteni ljudi. Dosta me se je bijeda nadavila. Kako rekoh, dobit ćeš sto forinti, nije to šala, ako mi priskrbiš ženu – onu koju si ja želim, jer da znaš – šapnu prosjak tajanstveno prignuvši se k pisaru – ja si ju nađoh, da, da.

– Gdje?

– Ovdje u selu.

– Koju?

– Maru – istisnu Luka.

– Ma–a–ru? – zapanji se pisar – čuješ, Luka, to je vraški posao. To će teško biti?

– Mora biti.

– Ali...

– Ali sto forinti.

– Misliš li da ih neću? Nisam lud. Oho! – nasmija se pisar dodirnuv se kažiprstom čela. – Sad znam zašto sam bio u gruntovnici. Ti si pitao za Martinove dugove.

– Da.

– Ti si ih kupiti htio?

– Da.

– I zavući se u Martinovu kuću?

– Da.

– Zavući se k Mari?

– Da, da, da.

– Al' od toga neće ništa biti.

– Ništa, ništa! K vragu! – razjari se prosjak.

– Čuješ, Luka – reče Mikica – zar to mora baš Mara biti, ne bi li i koja druga za te dobra bila? Ta ima ih dosta. Drugdje bi se lakše pokucati moglo, jer su žene lakome na novac kao pčele na med.

– Samo Mara. Nikoja druga.

– Hm! Ja ne znam kako bi se čovjek do te jabuke popeti mogao. Vragometno visoko na grani stoji. Snubili su je i drugi, dobro stojeći ljudi, da, već dva puta mogla se je udati u drugo selo, a to za Jelenjanku nije šala, al' je svima okrenula leđa. Ne znam zašto, al' tako je. Pak stari Martin k tomu. To ti je glava ko kamen i diči se svojom kućom, taj ti gleda i na finijeg kao sveti Martin na prosjaka, pa sad mu dođi ti, ja kriv ako psa ne nahuška na te.

— Je l' skup?

— Eh, baš nije skup, al' se drži reda. Ti znaš kakvi su naši Jelenjani. Njihova je riječ: Kud sto, tud i to! Svakoga možeš kupiti, al' Martina nećeš. Martin je dobar gospodar. Daj okani se Mare.

— Neću, ne mogu.

— Al' kako je to za ime Boga došlo?

— Kako? Došlo je na mene, na moje oči, na moje uši, na moju pamet, pa sad neće iz te lude glave. Šta je znam kako je bilo. Zatuci me tu na mjestu, i opet ću reći: Mara i nikoja. Jer bi baš ona spretna., prikladna bila. Nije meni za novac. Nek si ga stari zakopa u svoju škrinju, neka ga baci u Savu. Meni ne treba ništa, samo kćer nek mi da.

— Hm! Tebi dakle nema lijeka, kako vidim. Ti si to lijepo zamislio bio, ali ravnim, glatkim putem neće ići, jer — jer — no, jer si prosjak, komu se ne zna ni za oca ni za mater. Onako nekako po tvojem moglo bi ići — al' stranputice, pak to ne ide brzo. Prepusti to meni, valjda znaš da imam dobar nos. Možebit se štogod dogodi, jer je zlo brže od dobra, i nisu čovjeku svi dani u koledaru crveni. Strpi se. Da vidimo neće li i taj oholi Martin doći na Lukin rovaš, onda ćemo lakše s njime govoriti. Samo se strpi.

— Dobro. Ti skupi svoju pamet. Smisli štogod poštena da iziđe na moju volju. Ja ti opet velim, sto forinti gotovih, ni krajcara manje, al' možebit više. Pamti, ja hoću poštenim čovjekom postati.

— Eh, kad te je baš volja.

— Jesi li javio u Buni da će konji doći?

— Da, već su i daleko za Lekenikom.

— Dobro. Idem. Imam posla u gradu, znaš radi onoga. Opet će biti novaca kao blata. Veseli se, Mikice. No jesi li već koju dušu prekrstio?

– Eh, nego. Đuru, Petra i Šimuna, pa trojicu ili četvoricu zakapario sam napol. Kad vrijeme bude, svi će biti u mojoj torbi, al' moram ih čuvati. Seljaku nije vjerovati, danas kaže bijelo, sutra crno, a Bogu i vragu odgovara na svaku: Istina je!

– Daj, daj! Drž' se! Neće tvoja škoda biti. Jesi čuo! Po podne naći ćemo se u krčmi – ali sami. Ni Janka ne treba. Sve ćemo dugove popisati, pa ti ih daj na sud.

– Sad?

– Sad, sad.

– To bi bilo ludo.

– Zašto?

– Pričekaj dok ne izaberemo gospodu – poslije možeš. Dok koji dužnik ne zna da ćeš ga tužiti, bolje ti je u strahu i vjerno te sluša. Ako je došlo do pravde, svi će krivo raditi.

– Eh, eh, vidi ga! – nasmjehnu se Luka dižući se – kanda moja božja pamet na to mislila nije. Znam ja, što treba. Tužiti ih treba pa im se groziti da ćeš im poslati bubanj, onda su istom u pravom strahu. Tajiti ne mogu, imam njihov križ. Pusti ti mene, nije mi vrana ispila mozak. Idi samo na svoj posao, Mikice, ja ću sada na svoj. Zbogom!

– Zbogom, Luka!

Prosjak krenu prema gradu, a Mikica koracaše polagano k selu. Pisar poče razmišljati o svemu što mu je prosjak rekao te zavrti smiješeći se glavom. Njemu se je sve to u prvi mah toli ludo činilo. Luka da spava u mekoj postelji, da nosi cijele haljine, da ima kuću i ženu, onaj isti Luka, koji je dosele čamio u blatu! "Ta što bih ja biti morao, šapnu si, ja, toli pametna glava, kad ovakav traljavac postane čitavim čovjekom!" Al' Luka ima novaca, a Mikica ih nema. To ga je peklo, zašto da on nema Lukinih obligacija. Štoviše! Luka je najbolja njegova mušterija, gotovo sam hrani pisara. Sad neka bude pravi seljak, neka se da na kukuruz i pšenicu, mjesto na obligacije. Ta onda Mikica neće imati posla, bit će mu gore. Da je do tih novaca doći. Al' obligacije ne pomažu. Strpjeti se valja, paziti treba, Luka je mudar.

IV

Žurno išla je Mara iz grada. Već je sunce visoko na nebu stalo, bilo je blizu podneva, a do sela ima još dobar komad puta. U gradu prodala je mlijeka i sira i nakupila štošta za gospodarstvo, pa je tako prodavajući i kupujući zakasnila bila. Žuri se, gotovo ju je strah. Otac je oštar, kad u gradu podne zazvoni – a zvona čuju se do Jelenja – moraju i domaći težaci svoj objed imati, da, kum je Martin kao urica, to znadu i gospoda u gradu. Da prikrati put, udari Mara prečice poljem. Bila se je hrleći uznojila, lica su joj gorjela od brza hoda, pak je morala razvezati maramu. Sve je oko nje tiho i vedro bilo, sve joj se smijalo i čudilo, no ona nit je vidjela trna ni grma, već stupala, kanda si ju navio. Kad ujedanput netko za njom jujuknu i viknu:

– Oj Maro–o!

Cura lecnu se na taj nenadani doziv, mal' da joj nije pala košara s glave. Al' se brzo sabra – jer za strah nije znala – krenu glavom i pogleda tko je. Ali je imala šta gledati! Bože, Bože! Porumeni kao rumena pisanica i odrveni se kao onaj kolac u ogradi, reći bi, noge su joj zakopane u zemlji. Ali oči, oči! Bože! vrtjele se i sijevale, kanda je vrućica drži. Bogzna što je to i zašto je to.

Ona je stala, a laka koraka u pol skoka primicao se curi od gradske strane mlad čovjek, vit, visok, jak. Gledao je slobodno pred sebe kao prokšen gospodičić, dizao je glavu visoko, bacao je ruke nehajno, a zibao se kao da kolo igra. Na njemu je čoha seljačka i išaran prsluk, bijele gaće, visoke čizme, ali mu na glavi ne stoji pusteni klobuk, već crvena konjanička kapa vraški naherena, a za kapom kitica. Lijep je momak, bogami, jest. Mara kanda dvoji je li to taj pravi, pak stavi ruku nad oči. Jest, jest! Andro je, Pavlekovićev Andro. Sad se Mara po drugi put zažari, i jače zažari, i nastavi silno polagano poniknutih očiju koracati prema selu. Al' momak je vrag, nose ga vile, misliš. Ne bješe da možeš pol Očenaša izmoliti, već se stvori kraj nje!

– Hvaljen Isus, Maro! – reče Andro od srca, zavinu brk i žmirnu jednim okom na curu.

– Navijeke – vi? – tepala Mara gledajući u zemlju pa, uzdahnuv, pogleda Andru, pogleda ga onako nekako, bogzna kako. Andro se nasmjehnu, pa će pruživ djevojci ruku:

– A da! Ja, Maro! Je l' vam žao?

Djevojka pucnu jezikom, skrenu ramenom i pogleda ga kradomice ispod oka.

– Zašto bi mi žao bilo – odvrati i ustegne ruku, kanda ju je nešto zapeklo.

Poslije će cura mirno dalje:

– Kad ste došli, Andro?

– Ha, danas, jutros mašinom iz Mađarske.

– Zna li kum Pavleković da ste došli?

– Vjere, ne zna. Nada mi se o Novom ljetu. Ali nas koji smo služili na konjima pustili su prije doma, pak sam, hvala Bogu, ovdje prije računa.

– Daleko ste bili?

– Da, u Subotici tamo.

– I bilo vam lijepo?

– Eh! Hvala za tu soldačku ljepotu, kad si privezan kao tvoj konj. Vidi čovjek svijeta, da! Al' ja sam ga sit, na, dovrh glave. Svoje tri godine sam odslužio, hvala Bogu, sad sam svoj, sad se mogu makar i ženiti.

– I nećete više u soldate?

– To jest, ako bi se car s kim tuko, al' novine pišu da će biti mir.

– Pak dobro!

– Ćaća zdrav?

– Jest, hvala Bogu. Prošle zime bilo ga nešto spopalo, madron, šta li, al' sad je dobro.

– I kum Martin?

– Zdrav do božje volje, Andro.

– Kako u selu?

– Sve po starom. Nešto je glava pomrlo, nešto se narodilo. Samo su dvije zamuž pošle otkad vas nije bilo, Jaga i Dora.

– Dvije! Bogami, malo. Kako to?

– Zla su vremena, svadba skupa.

– A vi, Maro, ništa? Bar u vašoj kući ima božjeg blagoslova.

Djevojka pogleda u čudu momka. Bilo ju nešto uvrijedilo, jako uvrijedilo. Poniknuv nikom, odvrati živo:

– Ima ga, hvala Bogu, al' nije za mene sile.

– Doći će vrag po svoje, a? – hahaknu lijepi mladić pogledav zadovoljno djevojku.

– Što to govorite? Fine su vas stvari soldati naučili!

– E, vidiš je kako je mudra. Ja pitam za luk, ona odgovara za češnjak. Nije vam nitko ponudio jabuke?

– Jest, vjere, jesu dvojica.

– A vi?

– A ja! – zavrti Mara glavom. – Ćaća reče: Neka ti je po volji – a ja rekoh: "Neću."

– Zašto?

– E, kad to nije bio onaj pravi.

– A tako! Mislio sam da nećete nikada zamuž poći – pošali se Andro.

– Nisam luda. Zašto ne bih? Valjda neću ostati za sjeme! Kud sve, tud i ja, ako Bog da. Neg' zašto sam živa?

– E, pak se može i u opatice. Te nemaju muža.

– Pak bi l' vi u fratre? – rasrdi se djevojka. – Moja grešna duša može se i ovako Bogu pomoliti. Ne mora svatko već na zemlji svetac biti. Nego čujete! Lijepo ste se među soldatima prevrnuli, čisto su vam krzno izvrnuli.

– Ha! Ha! Ha! Vidi, vidi, kako se Marica puri. Nešta joj nije pravo.

– Dajte mi mira. Nisam se ja stvorila za šalu.

– Aj! Aj! – zaklima Andro – sad je šali kraj. Bogzna je li koja božja duša na mene mislila dok su me ondje u Mađarskoj motali i muštrali?

– Jest, pijani starješina. Svaki put je kod mise pitao kuma Pavlekovića: Šta piše Andro?

– Ah, pijani starješina! Nitko drugi?

– Pa da jest, bio je lud.

– A da je ženska glava mislila?

– Bila je još luđa.

– O–o–o! Jok! Tako se nismo pogodili. Ček! ček! – viknu Andro pa, skočiv pred djevojku, uhvati je za obje ruke, da se nije ni maknuti mogla.

– Maro! – reče – zar je ženska pamet zbilja kratka?

– Pustite me na miru – nakesi se u pol smijeha djevojka – ta vidite sad će mi košara pasti.

– Briga mene za košaru. Šta je ono bilo kad su me prije tri godine pod mjeru zvali, kad me onaj nekakav modri doktor lupio po ramenu?

– Eh! Ja nisam pri tom svijetlila – protepa Mara.

– Al' kad sam u selo došo idući mimo Martinove kuće i reko da su me zgrabili za soldata?

– Ej! pak ste bili soldatom – promuca cura.

– A tko je ono zadrhtao kao šiba, tko je u vrtu kod prijelaza po podne sjedio, pak plakao i plakao, da će mu oči iscuriti? Djevojka pogleda ga, zadrhta, usne zatreptješe, da će progovoriti, ali riječ joj zape u grlu.

– Govori! Govori! Jesi l' ti to bila? – viknu Andro krepko.

– Jesam! – šapnu Mara dršćući.

– Pak? Je li sunce sve tvoje suze popilo, il' ti ih je drugi obrisao?

– Bog ih je vidio, bogzna kamo su dospjele.

– A je li Bog čuo kako sam polazeći šapnuo preko prijelaza: Ako je božja volja, vratit ću se kad izmine treća godina, onda bi mogli doći pod mjeru gospodina župnika! Ta je šala bila na riječi, al' u duši sam to suzama zapečatio. Čuješ li?

– Čujem – dahnu Mara – pustite me, no pustite me, Andro – trznu se djevojka.

– Da te pustim? Ja da te pustim? – skoči Andro dva–tri koraka natrag i izmaknu konjaničku crvenkapu na šiju. – To je tvoja riječ? Eh! Eh! Tko te je prekrstio i od mene okrenuo? Da nije bablji jezik ili – ne daj toga Bog – da te nije koja muška glava na svoju stranu premamila?

– Ah! – planu Mara ponosito – nit muška nit ženska glava. Rado bih vidjela taj božji stvor, koji bi jak bio mimo mojega srca navesti me na svoj put. Mada si je jezik omazao medom, da mu iz torbe cure dukati moja je volja tvrda kao kamen, pa kamo zgađam, tamo i pucam.

– I ostala si tvrda mojoj vjeri?

– Teško li da sam se prevjerila.

– A što se, dušice, priječiš?

– Kad ste tako nagli, siloviti, Andro, pa spopadate siromašnu curu nasred puta. To je možebiti navada soldačka, al' nije vjere dika. Zapisala sam ja sve dobro u svoju pamet. Treća je godina, i više – dugo vrijeme – budi Bogu potuženo – da smo se našli. Znam još, Božić je bio, davali ste mi božićnicu, ja sam se nećkala, vi ste mi je na silu turnuli u džep, pa je nisam bacila nit vratila. A šta je to, Andro? To je: – moj si, tvoja sam, tako bar pošteni ljudi misle. Brojila sam tri pune godine dan za danom, gledala sam svaki dan kako zalazi sunce, pa kad je zašlo, bacila sam kuruzinje zrno u svoju škrinjicu, svako zrno bilo je jedan dan više službe. Brojila sam i stoput i stoput. I kako mi je pri tom teško bilo, osobito dok je kupić malen bio. Dala sam si to sračunati. Hiljadu devedeset i pet dana imala sam čekati, Bože! to je cijela vrećica kuruze. Al' ja sam brojila, i pri svakom zrnu Očenaš i Zdravomariju za vaše zdravlje molila. Kad je kupić rastao, Bože, kako sam sretna bila, molila sam dva puta više da dani što kraći budu, zato su mi zimski dani mnogo draži bili od onih dugih ljetnih, koji nemaju ni kraja ni konca. Na te srdila sam se baš od srca. Kad se tisuća napunila, onda sam pjevala i skakala, onda... – Djevojka zašuti, suze počeše ju gušiti, a trepavica joj se orosila – napokon završi: – Pa jesam li takvu šalu zaslužila? Sad mi je gotovo žao za moje Očenaše.

– Ha! Ha! Ha! Maro, dušo! Marice, dušice! – skoči Andro pljeskajući dlanima. – Da nas ne vidi sunce, tu bih te nasred polja poljubio, jer je šali kraj!

– Toga bi još trebalo, nije li vas sram? Samo da znate!

– Što da znam, curice moja mila?

– Dosta je bilo te ljudske napasti! Djevojke mi se rugale da sam svoje ufanje na vrbu objesila, jer da čekam kao mrtva dušica sudnji dan. Momci me bockali, gdje su me god vidjeli, i pitali kad li ću prišiti dvije zvjezdice na kožuh, jer da sam kaprolica, ili kanim li čekati na zlatnu portu, da budem gene-ralica.

Drugi su šaptali da je Andro ovakov i onakov, da je njegova vjera pljesniva, a soldat da je šaren, kao što je njegova haljina. No ja sam mučala i trpjela, i trpeći Boga molila za te – za vas. Nek si laju, rekoh si, ja znam što znam, a srce mi veli da Andro ne može biti takova grešna duša, da bi se mogao obrnuti kao dlan.

– Pravo je tako, pravo, djevojko – klikovaše Andro – ne brini se ti za zle jezike, pa ako ti koji što zabrblja, ti mu reci: Da, prišit ću si tri zvijezde, ako nisam generalica, bit ću stražmeštrica, i to bome nešto valja.

– Ah, da! – nasmjehnu se djevojka – kum Pavleković reče ocu da ste kaprol.

– Bio sam, bio. No malo prije nego odoh od regimente imenovali me stražmeštrom, jer da sam vrijedan. No marim ja za to! Sad sam Andro, od glave do pete Andro Pavleković, tvoj Andro. Je l' ti pravo, a?

– Pa kako da nije? – uzdahnu djevojka – samo da bude tako, da bude tvomu ocu pravo.

– Momu ocu? – zapita u čudu mladić. – Kako mu ne bi pravo bilo? Ne rekoh mu, doduše, ništa, a nije ni trebalo, dok kolač nije ispečen, ali znam da će mu drago biti. Tvoja je kuća poštena, dobro stojeća, kod tebe nema strina i baka, susjedi smo, naše polje drži se vašega, a ti si bome cura kakvoj para nema u svem selu. A tvoj otac?

– Od moga ne boj se, jer mi je od njega volja slobodna, samo da je dječak pošten, al' rad tvoga se bojim.

– A radšta?

– Eh, otkad si ti otišao u soldate, prevrnulo se koješta u selu. Prije su si starci dobri bili, zajedno pušili i pili u zdravlje, al' poslije je nekakov hud vjetar puhnuo među njih, a sad se gledaju kao pas i mačka.

– A što je to, zaboga?

– Ništa, upravo ništa – šljiva. Ti znaš da među našim i vašim vrtom nema ni plota ni živice. I dobro je tako. Tko je prav i čist, poštuje tuđe i bez plota. Tako je bilo odvajkada. Kad ne znam tko je to tvojemu ocu prišaptavo, reče najedanput, da će graditi plot među vrtovima. Kokoši, reče, da dolaze od nas, pa mu sve pojedu. Moj stari nije za to ni mario, jer zemlje u njega ima dost', a nije ni lakom na tuđe blago. Gradi si plot, reče tvojemu ocu, bar će biti mir. Kad su pako počeli graditi plot, dođoše do nesretne šljive. Tvoj otac reče da je njegova, a i moj da je ne da, da njegova. Prije smo ju lijepo zajedno brali, pa nikomu ništa, Al' sad počelo se oko te šljive mesti i plesti, pa se tuže, i komisija će mjeriti. Sad se je namjerio kremen na kremen, i starci stoje proti sebi kao napeta puška. Vidiš, Andro, toga ti se kruto bojim, jer gdje se komisija vodi, tu je prijate-ljstvo zbogom!

– Rad šljive? Rad šljive da se kršteni ljudi svade? Ha! Ha! Gdje im je stara pamet? Je l' to svijet ikada vidio? To da je priječka našoj sreći! Šta? Pak posijecite, zažgite tu ludu šljivu, pa je pravdi kraj.

– Eh, da! Ti to govoriš, onako na laku ruku, Pak si zaboravio ondje u svijetu kakvi su naši ljudi. Ja ti velim da je zlo, pazi!

– Nemaj brige, Maro! Znam ja kakvi su naši stari! – odvrati smiješeći se Andro. – Znam da bi se radi brazdice poklali kad uđe u njih taj pravdaški bijes. Ali nismo li mi tu? Ti pritegni svoga starca, ja ću svoga, pa mir i Bog! Neka mi samo dođe takov prokleti paragraf u kuću sa svojom repozicijom, pokazat ću mu ja vrata. Jao si ga seljačkoj kući na koju takova gusjenica u ljudskoj spodobi padne, pojest će seljaku sve do rebara, makar seljak i dobio pravdu. Otac bio je sam, nije imao koga pitati, pa ga valjda kakova krtica huškala na pravdanje. Al' sad sam ja tu, ja, pismen čovjek, pak ću ocu na prste sračunati da je bolje pokloniti komu vola nego se za njega pravdati po fiškalu, komu ćeš morati dati i kravu i tele. Za šljivu je lako. Svaki ju sebika, ne zna se čija je. Treba l' tu suda? Ne treba. Sami ćemo si ga krojiti bez fiškala. Oženit ćemo se, pa je šljiva i moja i tvoja. Je l' tako pravo, Maro?

– Jest mudro i pametno – potvrdi djevojka. – Čisto mi je lako pri duši da si došao, jer otac sinu više vjeruje negoli kakovu piskaru. Za moga oca me nije strah, al' samo daj ti svojega popadni. Bit će dosta muke, znam, jer je tvrde glave i vruće krvi, i viknuo je onomad preko plota: "Ma da i zadnju kravu zapravdati moram, te sramote neću doživjeti da mi Martin obire moju šljivu!" – No pusti već to. Ajdmo brže! Podne je već od- zvonilo, a otac me negdje teško čeka.

Mladi koracahu sad vesela srca usporedo, držeći se za ru- ke i govorkajući milo i slatko, dok napokon ne zakrenuše u selo. Na zavrtnici za svojim kućama rastaše se, i svako pođe k sebi, Mara pako hvalila je Bogu da je nitko živ vidio nije.

No Mara se prevarila. Ne dođe neopažena kući; iza živice opazi ju sa Androm pisar – Mikica, da, Mikica čuo je i dosta ri- ječi, da je posve dobro razabrati mogao, što se među mladima prede. To mu je vrlo drago bilo. Prepoznao je na prvih mah An- dru. Sad je istom znao zašto Mara svakoga mladića odbija. U prvi mah htjede potražiti Luku da mu sve natanku pripovijeda, al' se predomisli i ne pođe k prosjaku. "Čuvat ću tu tajnu, može služiti i za mene. Čekaj, da vidimo. Ti si sebi sam prvi", reče, "valja to najprije omjeriti, i na čijoj strani bude veći dobitak, na onu stranu nagnut će se jezičac moje vage."

Naravski se je cijelo selo uzmutilo čuvši da se je Pavle- kovićev Andro povratio i da je bome stražmeštar na konju. Nije to šala. Stari Pavleković jedva je svojim očima vjerovao kad njegov Andro osvanu pred njim, pa je uspinjao glavu od ponosa, kanda mu je sin u kuću doveo carevu kćer. Da, bilo je čudne priče po svem selu o Andriji, i kad god bi ljudi pred ocem spo- menuli sinovo ime, kimnuo je starac: – Da, da, Andro mi se vra- tio. Prvi je do oficira, pa može zaći u devet sela, svagdje će ga i bogate djevojke na meke ruke dočekati. Kakav je, nije mu sila pretražiti po Jelenju kuće, ne bi li se tu koja cura našla. Gospodi je svijet širok, a moj sin je gospodin. To da znate.

Ljudi govorili su o tom kojekako. Neki te neki zinuli od velikog čuda, neki pako zakrenuli ramenom, mahnuli rukom, veleći da je stari Pavleković lakoma, ohola luda, koji ne misli nego na groše, koji se sam diči i hvali rad svoga sina. Nitko nije ni slutio da su Andro i Mara već nešto utvrdili bili.

Jednoga dana po objedu poveze se Andro u grad. Stari Pavleković sjeđaše, pušeći kratku lulu, na klupi pred kućom gledajući ukočenim očima pred sebe, gdje su po pijesku kokoši navaljivale kljunom na mlada macana, koji je pile šapom nemilo ošinuo bio. Pavleković ne bijaše nimalo nalik na sina. Bijaše malen, debeo čovjek, rumena, nabuhla lica, debelih usnica, svijetlomodrih, mrtvih očiju, po kojima se je suditi moglo da starac baš ne misli mnogo. Bijaše sjedokos, samo guste svedene obrve i kratki brkovi crnjeli mu se kao kakvu mladiću. To mirno gledanje kanda mu je vrlo godilo. Svoj šešir bio je pomakao na šiju, prsluk raskopčao, a krupne, kratkoprste ruke počivahu mu na koljenima. Sjedio je tu kao kamen, ni da je okom trenuo, samo kad bi pojače potegao iz lule, vidjelo se da mu je lice živo. Al' nije dugo uživao tog blaženog mira. Ujedanput stvori se pred njim pisar Mikica, koji je, držeći ruke u džepovima, skutove olizanog kaputa razmakao bio, a niski dlakavi klobuk navukao na nos.

– Dobar dan, kume Pavlekoviću!

– Da Bog da, Mikice! – izmuca starac.

– Sami?

– Da!

– Vaš Andro?

– Išo u Zagorje na dva–tri dana.

– Valjda posla?

– Dabome posla. Kupuje zelje. Pofalilo je ljetos. Sjedite, Mikice.

– Hvala! Hvala!

– Valjda vam se nekamo žuri?

– Nije to. Al' imate valjda posla.

– Ah – mahnu starac lulom – danas je već poslu kraj. Sjednite. Da čujemo što je novina, vaša je torba uvijek puna.

– Ajde de! Neka vam je po volji, kume – reče Mikica sjednuv. – Šta tu radite?

– Eh, sjedim, pušim.

– Sunčate se ko gušter. Blago vama.

– Kad mi može biti – nasmjehnu se seljak.

– Da, da! Kad čovjek ima takova sina.

– Fin dječak, a? – reče Pavleković stisnuvši oči.

– I kako – kimnu pisar – nisam ga, bogami, ni prepoznao. Šta ćete? Ljeta idu. Kad pomislim, Bože moj, onaj mali tepac, što je guske po blatu gonio, kanda je jučer bilo, a sad? Gora.

– Pa stražmešter, eh!

– Ha! Ha! Sad će goniti djevojke. Šta?

– Ha! Ha! Ha! To je njegov posao. Ne branim.

– Valjda ćete ga oženiti?

– Eh, nego! To jest, ako bude dobre prilike, ako bude djevojka vrijedna.

– Hm! Ovdje u selu – ne bih znao – mahnu pisar rukom – van kad bi ga oči prevarile.

– U Jelenju? Ne daj Bog! Nije ta jabuka za naše cure.

– Da, da! Ali vrag ne spava, mlada se krv lako upali.

– Ne dam ja. Ako ga je volja uz mene gospodariti, birat će po mojoj volji. Kupit ću mu ja očale, da ga oči ne prevare.

– Pazite, kume, da ne bude prekasno.

– Šta prekasno? Vraga Andro na to misli. Istom je došo.

– Ništa zato. Ako bi bili, na primjer, stariji računi?

– Eh, da! Kakvi stariji računi? Ovakav vragometan dječak, soldat, pak će tri godine pamtiti curu.

– Al' kad vam kažem jest.

– Šta? – dignu se Pavleković naglo izvadiv lulu.

– Da, da! – nasmija se pisar nagnute glave motreći ispod oka seljaka.

– Kažite šta je? – odreza seljak.

Pisar ne odvrati ništa.

– No!

– Dajte mi vode! Žedan sam – reče pisar suho.

– Dođite u kuću. Ondje ima i vina. Tko će vraga vode piti!

Obojica pođoše u kuću i sjedoše za stol, na kom su zakratko dva vrča vina stajala.

– Dakle?

– Vidio sam Andru kako je prvi put došao u selo. A znate li koga je pratio? Martinovu Maru, za ruke su se vodili, slatko govorili kao dva goluba. Sve mi se čini da su se već pogodili.

– Martinovu Maru? – zinu seljak pa onda planu lupiv šakom u stol: – Martinovu Maru?

– Da, baš nju.

– Tu curu moga slatkoga susjeda?

– Koji vam otimlje vašu šljivu. Vašu zemlju.

– Koji me hoće orobiti.

– Lisica je ono i vuk. Kanda dosta nema, hoće vam na vašem vladati.

– Neće, bogami, neće. Kuga me izjela, ako još okusi jednu crvljivu šljivu sa mojega drveta.

– Pravo, kume, tako treba – potvrdi pisar ispiv vrč. – I ja mislim tako. Pravo je sveta stvar, a pravo je vaše, to vam ja kažem, a ja sam pismen čovjek, koji se u to razumije. To bi lijepo bilo da se ispukne ovaj ili onaj i da vam otkida po svojoj voljici sad ovdje, sad ondje komad od siromaštva, koje je po Bogu vaše. Zašto je onda zakon, zašto sud? Zar plaćamo zato tolike daće da nas svaki vrag oplijeniti može? Ja na vašem mjestu ne bih popustio, ja se ne bih dao.

– I ne dam ter ne dam! – viknu seljak ugrijan vinom.

– Jeste li bili kod suda?

– Jesam, prošloga petka.

– Pak?

– Pak su nam govorili, neka se mirno pogodimo. Neka si to premislimo, pak će nas opet pozvati.

– Opet pozvati? Ha! Ha! Ha! Poznamo se. Ciganija je to, kume, ciganija. Ja bih htio te škudice imati, koje su pale iz Martinove torbe u sučevu kesu. Fini su to ptići, ta gospoda suci, imaju dobar nos i znaju čija je kuća masna. Lijepa pravda! Da, da, zakoni su samo za bogataša.

– A i ja nisam prosjak. Ako Martin i ima koju brazdu više, imam hvala Bogu i ja gdje zabrazditi.

– He! Dragi kume, ali u njegovu zdencu ima više vode, njegova je kesa dublja. Kakva vražja pogodba? Kakov mir? Pravo je pravo, mora čisto biti. Kod svake pogodbe lomi se kruh nadvoje, i pravi gospodar ostaje pri tom gladan.

– I da je radšta, radi pušljive šljive.

– Ne, ne, ne. Nije tako. Ne pita se za šljivu već za pravo. Jer dajte danas šljivu, sutra ćete vrt, prekosutra polje, a najzad i kuću. Ne vjerujte vi Martinu. Velika je ono lisica.

– Istina, istina!

– No jeste li me, hvala Bogu, razumjeli? Nećete se s dobra pogoditi?

– Ne daj Bog!

– Pa osudi li vas prvi sud krivo, idemo na bansku tablu.

– Dakako, idemo na bansku tablu.

– Pa ako Martin bansku tablu podmiti idemo dalje do samoga cara.

– Da, do samoga cara. Ne bojim se ja troškova.

– Ah! – viknu Mikica lupiv dlanom po stolu – vidite, kume, to je prava riječ! Vi ste ipak pametna glava. Da sam ja na vašem mjestu – ili ne – da se i davim u cekinima, zadnju kravu, zadnji groš bih dao za svoje pravo. Jer šta? Tko mi moje pravo otimlje, taj mi je iskopao oba oka, odsjekao obje ruke, čovjek, koji nema svoga prava pas je koga svatko zatući može, ptica koju svatko ubiti smije. Kad ja velim: ja sam svoj – viknu Mikica lupiv se šakom u prsa – onda moram biti svoj, i nitko mi ne smije ništa. Ha? Imam li pravo? Imam li?

– Pravo, pravo! – lupi Pavleković objema šakama po stolu.

– No recite mi, kume Pavlekoviću, imate li vi fiškala?

– Vjere, nemam.

– Joj! Joj! To je zlo, zlo! – šiknu Mikica lupiv se dlanom po obrazu. – Kad na vas dođe kakva bolest, treba zvati vrača, jel'?

– A da.

– A kad na vas dođe pravda, treba zvati fiškala.

– Hm!

– Treba zvati fiškala, velim vam. Vi idete za plugom, ali po polju ne rastu paragrafi. Fiškal vam je kuhan, pečen i frigan. Vi stojite pred sudom kao obješenjak pred vješalima, a kad gospodin sudac kihne, vi ćete se pokloniti do crne zemlje. Ali kad fiškal nabrusi zube pak se zaleti u suca, bogme se gospodi sucima trese duša. Fiškalska meštrija vam je kao ona voda kojom možete i najsmradniji kaput očistiti. Uzmite fiškala, kume, uzmite!

– Vraga! Počeša se Pavleković za uhom – fiškali su skupi. Ako ti rekne: "Dobro jutro!" moraš mu platiti petaču.

– Dajte vi samo meni, ja ću vam naći jeftinog. Šta? Puricu, pol vedra mošta, nekoliko banaka, ništa više. Dajte vi samo meni. A i novaca će biti, to jest, ako ih hoćete.

– Kako? Ne razumijem.

Mikica se prignu, mahnu seljaku prstom i šapnu:

– Dajte još vrč vina, pa onda ćemo govoriti.

Seljak donese dva vrča vina. Mikica uhvati vrč i kucnu se s Pavlekovićem.

– Bog, kume! – viknu – rodila vam šljiva vaša. Kuc! Bit će novaca, samo kad se hoće.

– A!

– Da, da! Vi ste pametna glava, šta?

– No za ludu se baš ni sam ne držim.

– Vi ste najpametniji u selu, velim vam.

– Eh!

– Bogami, da! Il' je možebit Martin?

– Pamet bogme si ne dam od njega posuditi – napuhnu se Pavleković.

– Daj bog, da ju za svoju tikvu ima. Nego znate šta je: magistratska gospoda ga drže.

– Hm! da, da.

– Da, da! Takva već jesu gospoda.

– Da su drugi ljudi pri magistratu, ne bi Martin bog u selu bio.

– I ne bi.

– Ne bi pravde bilo za vašu šljivu, jer bi moralo u varoškoj mapi zapisano biti da je vaša.

– I bi bome.

– Druga bi gospoda pravična bila.

– Ufam se da bi.

– Vidite, kad je pokojni poljar Šime umro, bilo je pitanje tko će biti poljar. Ja sam za vas govorio.

– Jeste li?

– E, za koga ću?

Ta valjda znate da sam vam prijatelj.

– Jeste, jeste.

– Plaća je sto forinti. A bome i sto banaka vrijedi.

– Pak?

– Znate li što su magistratska gospoda dogovorila? Šta? Pavlekovića, to staro kljuse, da zapregnemo u kola! No, tu bi poljarija skoro u blatu ležala.

– Vrag ih posudio. Sad ... uh! – škrinu Pavleković.

– Drugi bi vam dali poljariju.

– Koji drugi?

– Eh, koji bi mjesto ovih došli.

– Al' hoće li ovi otići?

– Morat će.

– Kako?

– Ako budemo pametni.

– Kakova je to pamet?

– Pri vladi srde se na magistrat, ni car neće za nj znati.

– Ah!

– Kad vam velim, ni car.

– E, vidite. A kako bi se pomoglo?

– Pak ćemo druge birati, poštene naše ljude, koji će znati šta kum Pavleković vrijedi.

– Pa dajmo.

– I hoćemo. Jeste li čuli? Vi imate u selu dosta ljudi za sebe, nešta kumstva, nešta tazbine.

– Imam, hvala Bogu.

– A ti ljudi imaju votum.

– Imaju.

– Zakaparite ih za novu gospodu.

– Čim?

– Eh, ne bojte se, bit će groša. Svaki votum desetača. Jeste li čuli?

– Ah!

– A vi pedeset.

– Eh da!

– Bog i bogme. I poljarija vaša.

– Hajde de! Baš ne bi zlo bilo.

– No, hoćemo li?

– Hm! Znate.

– Pedeset i poljarija.

– To je tako na riječi, ali...

– Kad vam velim. Vidite, ja nemam votuma, al' evo, i ja sam dobio kaparu! – reče Mikica izvadiv iz džepa zgužvanu petaču.

– Hm! To bi nešto bilo.

– Tim bi se čovjek radi šljive pravdati mogao.

– Bi.

– Eto! No hoćemo li? Dajte ruku – reče Mikica pruživ desnicu – No! No! Hoćemo li?

– Pa da, pasja duša! – viknu poslije časka Pavleković i udari dlanom u dlan pisara.

– Stoji?

– Stoji kao da je na pismu.

– Živio! No, nek se Martin veseli.

– Nek, nek se veseli.

– A da! Pa kako za fiškala?

– Pak uzet ćemo fiškala kad možemo.

– I kruto možemo. Dajte punomoć. Ha, zbilja, tu imam praznu u džepu. Dajte pera i tinte!

Seljak donese crnilo.

– Sad stavite križ – reče pisar utisnuv seljaku pero u ruke. Pavleković potkriža. Mikica istrgnu mu papir i potpisa svoje ime.

– Tako – nasmjehnu se Mikica. – Sad si gotov, dragi Martine. Tu ćeš šljivu zapamtiti na zadnjoj uri. Pasja duša! Do cara idemo ako treba.

Turnuv punomoć u džep, napi se ljudski pa produži:

– A sad, kume, skupite svoje ljude za novu gospodu! Bit će jela i pila, ako Bog da. Bog poživi novoga poljara! – dignu Mikica vrč. – Ej kume, kad smo tako složni, da se pobratimo.

– U ime božje, da se pobratimo. – Obojica skočiše, prekrstiše se i ispiše vrče pa se izljubiše.

– Živio, brate Mikica!

– Živio, brate Mato!

Mikica prihvati Pavlekovićevu ruku pak će kroz smijeh:

– Ho! Ho! Ho! Bit će tomu staromu carstvu kraj, bit će. Ta će gospoda frknuti iz varoške kuće kao anđeli kad su s neba pali, bit će ih po groš!

– Ha, ha! Bit će ih po groš.

– I Martin!

– Ha, ha, ha! I Martin.

– Objesit će se na šljivi.

– Sretan put i paušuš k vragu!

– Pa bi ti, Mato, pustio, da tvoj Andro uzme Maru, ti? Ti bi primio u kuću curu koje otac pije tvoju krv, pali tvoj krov!

– Ja? Ja? Prije nek mi se sruši ovaj krov na moju glavu.

– Ne vjerujem ti, ne vjerujem. Predobar si, meka duša.

– Ne dao mi Bog zdravlja ako ju pustim!

– Ah! Ah! To je samo tako.

– Kunem se na raspetoga Boga da za mojega života Martinova cura pod moj krov neće.

– Dobro, pravo! Ti si čovjek, Mato! Laku noć! Al' to ti velim, šljiva je tvoja. Erdeg baltica teremtete. Laku noć.

– Moja! Moja! – izmuca Mato.

Starac osta sam u sobi. Puna mu glava klonu na stol i naskoro poče kum Pavleković za stolom sjedeći hrkati. Mikica izleti junačkim zamahom iz kuće na put. Kum Pavleković imao je u svojoj pivnici dosta oštru kapljicu, a Mikica, sjedeći u sobi, nije ni oćutio njezine sile. Istom pod vedrim nebom poče ga vino rvati. Al' je pisarčić bio dobar znanac Vinku Loziću pak se je dosta junački otimao toj staroj varalici. Noge su mu doduše silno klecale, glava mu je klimala kao makovica o vjetru, a i put mu je danas nekako pretijesan bio, jer je hodio na same uglove, al' se sretno dovukao do mjesta gdje se razilaze dva poljska puta. Tu je stajalo crvenom farbom omazano raspelo, a pod njim priprosto klecalo, očit znak da Jelenje ipak jošte u kotaru krštenoga svijeta stoji. Pisar izvali oči na raspetoga Boga, pod kojim je vijenac uvelog poljskog cvijeća visio, mahnu rukom i sjede na klecalo. Postavi šešir kraj sebe na zemlju, upre lakte na koljena i poče poniknute glave buljiti u zemlju. Tako je sjedio pol sata. Vjetrić puhao je preko njegove ćele – a to mu je godilo. Prehlade nije mu se trebalo bojati. Bijaše doduše kržljavac, al' ništa mu nije naudilo. Mikica bijaše kao i mačak koji uvijek padne na šape, mada si ga bacio s visoka tornja. Pisar malko zadrijema. Iz sela prodiraše kroz san do njega lavež pasa, vika seoske dječurlije, gakanje gusaka, a taj šum uljulja ga jače. Ujedanput probudi ga štropot. Seljačka kola bjehu kraj njega proletjela. Mikica dignu nos uvis, zinu, otvori oči i zijevnu. Nad krajem bješe se već uhvatio sumrak. Brzo pokri se pisar. Bilo ga je streslo. Podalje od njega provirivahu iz grmlja seoske kolibe, gdjegdje planu iz te mutne crnosive gromade po koja luč. Pisar dignu se, koraknu za dva–tri koraka, zatim se ustavi. Kanda se je zamislio, kanda ne zna kojim da putem krene. Nedaleko šumila je kroz večernji mir Sava tekući ondje za vrbinjem. Mikica pogleda na onu stranu. Za vrbinjem se nešto žarilo. Ha! Ciganski oganj. Da, i šilj crnog šatora isticaše se iz vrbinja. Mikica trznu se. Valjda munu mu mozgom "pametna misao". Grohotom se nasmija, mahnu raspetom Bogu: zbogom! i krenu vrbinjem put ciganskog zakloništa. Na plitkoj prudini do Save stajaše prljav šator, a pod njim kola, pred njima plamćaše velika vatra. Sa kola visilo je nešto prnjavih gunjeva i crvena blazina, po kojoj se rvahu mrkoputna djeca. Na prudini bješe se pred šatorom izvalio Ciganin, pa je hrkao, a uz plamen čučala ružna baka miješajući kuhačom kašu u loncu i pušeći lulicu. Podalje od šatora bijaše uz šuplju vrbu privezano mršavo kljuse. Čim grmlje šušnu, podiže Ciganka glavu da vidi, što je. Rumena vatra ožari joj lica. Bijahu tamna, navorana, viseća, oblo je čelo sijevalo nad krupnom nosurinom, a crne joj zjene bljesnuše iz bjelila očiju. Uz lica padahu vrane plete propletene srebrnim grošićima, a oko glave bila je ovila šarenu maramu. Namah stavi lulicu na zemlju i pokunji se. Iz grma stupi pred nju Mikica. Baka, vidjevši pred sobom dobra znanca, izbijeli sniježne zube iza brkatih usnica i uhvati brže lulu.

– Ha, božja ti pomoć! Nuto, nuto! Gospodaru Mikice! Što te je dovela noć pred Katin šator? Je li koja božja srićica te si nas gole i gladne sirote tražio, gdje čamimo na rosi?

– Potiše, Kato! – šapnu pisar pokazav rukom na spavajućeg Ciganina – ne treba mi nego tebe.

– Mene? Vidi! Vidi! Koje čudo! E, da sam mlada aj, aj! Ali... – tad opazi stara, gdje Cigančići vire s kola na došljaka. Srdito mahnu lulicom istisnuv krieštećim grlom cigansku kletvu, i namah zakopa Cigančad svoje rutave glavice u blazine, kanda je zaklana.

– Ded, dušice! Kakva te boli rana? Al' da, ne boj se ciganina. hrče. Došo od daleka puta, od sajma u Bistrici. Govori, dušice, Mikice!

Pisar spusti se kraj bake na zemlju, zapali si cigaru o vatri i zamumlja:

– Kato! Hoćeš li novaca?

– Ludo pitaš, gospodine slatki, daj krajcaru, primit ću deset batina, daj groš, primit ću dvadeset i pet, veli Ciganin.

– Na, vidi – reče pisar izvadiv iz džepa srebrnu forintaču i dignuv ju sa dva prsta, da je o vatri čudno sijevala.

Ciganki se zakrijesiše oči, hitro posegnu za novcem, al' pisar uzmaknu ruku i reče kroz smijeh:

– Polako, Kato! Dok se pogodimo. Ruka ruku pere.

– A što da učini baba Kata? Da ti gata u ruku, da nešto vari za curu, da ti uroke prelijeva ili da ti u karte srićicu kaže?

– Nije to. Sad ćeš čuti. Nego se pazi, to ti velim. Da ti se nije koja kriva riječ na mene izmakla kroz zube, jer će inače varoški panduri imati posla. Ja znam za sve tvoje majstorije i Ugarkovićeve lopovštine.

– Ma si Cigančetu kum, more, Mikice. Nikad nije Ciganin izdao kuma.

– Pak dobro: Martin u selu čovjek je dobro stojeći. To znaš.

– Znam, znam, gospodine, njegova sreća nema dna.

– Vidiš, to mi je žao. Ne trpim ga. Ohol je, misli gospodin je, ta prosta mužetina i gleda na sve ostale kao da smo njegove psine. No velim ti, ne trpim ga i ne trpim ga.

– Pa ne trpi ga, more, Mikica, nije ti brat.

– Ja mu hoću zlo.

– Pak čini mu zlo.

– Hoću, al' neću sam.

– Da s kim?

– S tobom, bako Kato.

– Što da učinim?

– Martin ima lijepe marve, stoji ga puno, nosi mu puno. Pol svojega dao na marvu, a marva mu pomaže kupovati zemlje!

– Ah! – kimnu Ciganka.

– Razumiješ li, Ciganko? Da on tu marvu izgubi, izgubio bi mnogo. Ali ukrasti se ne može.

– Znam. Krava je velika, ne stane u torbu. Nego ti misliš, kume, Kata je vračarica pa zna svakomu svoje umijesiti. Je l'?

58

– A da – potvrdi Mikica.

– Neću – reče Kata pucnuv jezikom i zavrtjev glavom.

– Zašto?

– Eh! U Martina hudi psi. Pa da nas Cigane na tom uhvate, zlo po nas. Sve bi nas protjerali. U gradu ne bismo smjeli ostati, u županiji ne smijemo, eto ni na nebu ni na zemlji ne bi Ciganin imao mjesta, već ravno u Savu.

– Oh! Oh! Vidiš ti sveticu Katu. Da nećeš? Al' ću ti dati deset takovih forinti, pravih srebrnih forinti!

– Deset, veliš – reče predomišljajući se stara – ma ne, ne, ne...

– Ne! Pa dobro. Znat će sudac u županiji sve što je proti Ugarkoviću na rovašu, a navlaš ono kako je cura Jana u Svetoj Klari izgubila dijete. A što veliš sad, kumice?

Kata zadrhtnu, skunji glavu, stisnu zube i ošinu pisara ljuto ispod oka.

– No! – zapita Mikica poslije časka.

– Hoću – zamrmlja Ciganka ne pogledav pisara, zatim odreza hladno, pruživ suhonjavu ruku: – Daj kaparu.

Mikica stavi starici dvije forintače na dan.

– Evo – reče – kad svršiš, bit će ih još osam! Je l' pravo?

– Pravo. Samo da ne slažeš?

– Ja? Laku noć, bako!

– Laku noć!

Mikica dignu se i krenu opet prema vrbinju. Ciganka pako obiđe okom sav okoliš, da l' ju je tkogod vidio, i sveza zatim brzo kaparu u pero svoje marame te ju djenu u njedra.

V

Baš je Andro htio izići iz kuće da prigleda konje, al' mu otac iz sobe doviknu:

– Andro! Andro! Hodider amo!

– Što je, oče? – krenu mladić glavom.

– Hodider amo, kad ti velim.

Andro uđe u sobu, gdje je stari Pavleković sam za stolom pušeći sjedio, te baci vojničku kapu na postelju.

– Kamo si pošao?

– Htio sam prigledati konje.

– Možeš i potlje. Imam ti reći riječ.

– Recite, oče!

– Vidiš, sinko – prihvati stari naheriv šešir i gledajući pred sebe u stol – dok si bio u vojsci, više puta sam pomišljao kako ćemo skupa gospodariti kad se povratiš. Jer ovako je teško, to vidiš i sam. Htio sam te izvaditi, jer si mi jedini sin, ali gospoda u gradu rekoše, da sam još dosta jak, da imam čim plaćati slu- žinčad, i ti si morao biti soldat. Nego ta moja jakost ti je po vra- ški slaba. Moje kosti se bogme ne daju više na jutarnju rosu, na tominjski snijeg i na sunčanu žegu. Već lanjske zime držao me je madron, a svaki čas me u snu jašu vile. Sad si, hvala Bogu, ti došao, sad ćeš ti mjesto mene na kišu i vjetar, jer si jak, zdrav, mlad i žilav.

– Jesam, hvala Bogu – odvrati mladić – pak se ne bojim gospodarstva, to vidite i sami.

– Vidim, vidim, sinko! Al' nije to sve. Muško je bilo do sada u kući kržljavo, al' žensko i sad je, da nije vrijedno ni pitati. Majka je davno umrla, gospodari moja sestra. Al' kakvo je to gospodarstvo? Bog joj se smiluj! Stara je i ona, starija od mene. Pak stara djevojka, oprosti, Bože, to bi se uvijek grizlo i jelo u kući, to nema nikad mira. A za stranske, za susjede je predobra. Posuđuje muke, krumpira, da, i zdjele i žlice svakom vragu, a sve u nepovrat. Dosta sam vikao i nakarao se, ali ona ti samo mahne rukom pak veli: "Daj mira, brate, kad sirotinji treba, nek im je, nek se uživaju." Vidiš, došao je nov gospodar u kuću, mo- ra i nova gospodarica. Bilo je više puta pa mi je ova ili ona udovica namignula, al' ja znam da s maćuhom nije dobra računa, zato sam pustio vragu mira. Nego tebi je upravo vrijeme. Da, da moj Andro, ženiti se treba.

– Eh, znate, dragi oče, ja se baš ne branim.

– Dobro, sinko! Vidiš, to je lijepo, pak ćemo u snuboke je li? Mladić zašuti.

– No, reci, hoćemo li?

– E, pak hoćemo – potvrdi mladić nešto u neprilici.

– A kako ti to kiselo govoriš? Neće to biti težak posao, na svaki prst naći ćeš tri djevojke.

Mladić počeše se za uhom, prođe dlanom kroz kosu, pa istisnu napokon:

– Pravo ću vam reći, dragi tato, i ne treba tu mnogo muke, i ne treba svijeće da mladu tražimo.

– Vidi, vidi – dignu Pavleković glavu – valjda nisi već kojoj poklonio jabuku? Ja bar ne bih znao.

– Vjere, jesam, dragi oče.

– Ah, da čujemo.

– Kazat ću vam sve kako je. I šta bih to od vas skrivao kad ste mi dobri. Jesam si i ja više puta rekao: Andro, što je muška glava bez ženske? Klas bez zrna, trs bez grozda, svetac bez milosti. Istina je, oče, kad nema gospodarice pod krovom svi su klinci klimavi, svaka vreća ima škulju, kud žito u tuđe džepove curi. Tako sam već odavna mislio, prije neg' što sam išao u soldate. Ali onda nije bilo ni govoriti o tom, jer sam znao da me druga žena, da me puška čeka.

– Pametno! Pametno! – kimnu stari. – Vidi se, da si stražmeštar.

– Sad sam, hvala Bogu, caru dao što je carevo, sad sam svoj. Nego me čujte. Ja sam dosta gazio tuđu zemlju, vidio više neg' jednu crkvu, ja sam svjetski čovjek. Kod nas je navada da se ljudi žene po računu i po drugoj volji, makar se prije i vidjeli nisu; kod nas se mlada mjeri po kravama i vaganima, pak se ne pita za srce i ćud, ne pita se nije li ta čizma za ovu nogu pretijesna, samo kad je tati i mami pravo. Stara je ta, istinabog, navada, ali nije dobra. Jer znate, kad se veže jedno uz drugo vražji su to računi, i čovjeka je negdje čisto strah kad ide pred popa na dobru ili zlu sreću. Koliko se ljudi poslije kaju kad muž amo, žena tamo tjera, kad se ne zna jesu li jače gaće ili pregača. Pogledajte samo po selu, koliko ima tu kara i batina, koliko pokore, al' kasno je po podne na misu. Ja neću tako. Drugdje po svijetu ne žene se ljudi tako, pa i u knjigama čita se to posve drugačije. Drugačije se pitaju mladi prije: bi l' ti mene, i jesam li za tebe; srce se pita. A to je i pravo. Kad jedno drugo u dušu poznava, zna svaki za ranicu drugoga, a što je srce i volja snesla, bolje se slaže nego što je vjetar spuhnuo.

– Ti, moj dragi Andro, tjeraš svoja kola sve desno i lijevo, a nećeš nikad doći do nakraj puta. Imaš li možebiti koju na rovašu?

– Imam, oče.

– A kako se ta tvoja dušica zove?

– Mara našega susjeda.

– Ah! – dignu se stari na lakte – jesmo li ptičicu ulovili? Istina je dakle? Čuj sad mene, ti moj dragi svjetski čovječe. Bila navada drugdje po svijetu kakva mu drago, pisale knjige, što mu drago, ja velim ter velim, dok sam ja živ i zdrav, ti Mare oženiti nećeš pa makar se ti krstio desno i lijevo, ja ti velim da je jabuka, što si joj dao, pušljiva bila.

Mladić, uhvativ se za srce, uzmaknu i pogleda u čudu oca.

– A znate li vi, oče moj, da mi to nije tako puhnulo u glavu od prokšije, da su to davni računi, da sam ja Maru nosio u srcu tri pune godine, kao što se slika Majke Božje nosi u molitveniku da je to tako zapisano u meni, kao da je u kamen urezano? Kad su me vukli u soldate, kako je onda milo plakala, kako joj je srce od žalosti skakalo. Bože! Toga joj nikad zaboraviti neću. A zašto vam je srce na tu djevojku zamrzilo? Je l' vam ikad zlu riječ rekla? Nije li poštena u duši, ne drži li svu Martinovu kuću – a ta je bome prva u selu, i s te strane ne može vas glava zaboljeti.

– Nit znam nit pitam kakova je. Oprana ili neoprana, bogica ili kraljica poštena ili povlaka, budi si što je, moja snaha biti neće, pa ako su to stariji računi, krivi su bili, a ja ću ih popraviti.

– Nećete, vjere, oče, nećete – planu stražmeštar ponosito dignuv glavu – ocu čast i poštenje! Znam da nas Bog uči starije poštivati. Toga ću se i držati, makar sam soldat bio, ali toga ne veli ni božji ni ljudski zakon da poštenu djevojku ljubiti ne smijem, jer ocu ili majci po volji nije. Pak se to i ne da zapovijedati. Srce najveći je gospodar svijetu, što mu je drago, drago mu je, a što mrzi, to mu je mrsko. Čovjek božji nije nijema, glupa stoka, čovjek ima oči, pamet i srce. U našem kraju među našim svijetom navada je, istinabog, da se srce ne pita, ali ja se te navade držati neću; nije sve pametno što je starinsko, ako i nije sve dobro što je novo. Nije to nikakva ludost ili sljepoća, jer bi zreo čovjek svoju voljicu spregnuti znao da je zbog kakve priječke ili sramote. Ali toga, hvala Bogu, nema. Zato, oče, vjera i Bog, ostat će Mara zapisana u mom srcu do groba, ko što sada stoji ko što je stajala, kad su me zvali u soldate. Oh, znali ste vi onda za to, znali ste, al' nije bilo od vas prigovora, a danas vičete na djevojku ko na samoga vraga.

— Šta! Šta! — kriknu Pavleković dršćući od jarosti. — Pak ti ćeš curu proti mojoj volji oženiti, proti mojoj volji dovesti u ovu moju kuću?

— Neću, kad ste na nju tako zamrzili, neću i ne smijem. Znam da ste vi u kući gospodar. Ali i ja ću se držati svoje volje, ja ni druge oženiti neću.

— Ti? — zabezeknu se od čuda starac. — Zar te je ostavila pamet? Neg' na kom ćeš ostaviti po mojoj smrti ovu kuću, ove zemlje, ako ostaneš bez poroda?

— Marim ja — slegnu Andro ramenom. — Što će meni život kad mi nema veselja i slobodne volje!

— Da što ćeš?

— Dok ste živi, dvorit ću vas, poslije ću natrag u soldate, u svijet!

— Ti bi?

— A bih, oče — potvrdi mladić. — Ja sam svoj. Pa to nije grijeh.

— Andro! Andro! — kriknu Pavleković — ta poznaješ li ti Boga?

— A imate li vi srca za mene, oče?

— Oh! Oh! To su djeca, lijepa djeca! Znaš li ti zašto ti kratim Maru? Misliš li ti, svjetski čovječe, da to činim od zlobe? Da. Vidio sam ja ono da ti oči bježe za Marom i ne bih te bio spriječio da je ostalo kako je bilo. To je bilo onda, onda, dok smo ja i Martin dobri susjedi, prijatelji bili. Ali sve se to izvrnulo otkad si otišao u soldate. Martin, ta stara tvrdica, taj mili susjed, koji nabija groš na groš, seže u tuđu torbu. Mene hoće okrasti, moje siromaštvo, od one moje jadne zemljice hoće si odrezati komad, kao što je okrajak od tuđeg hljeba, i još veli da je to njegovo pravo. Njegovo pravo! Tko mu ga je dao? Vrag, vrag! Bog sigurno nije. Al' se ne dam, tako mi Kristusa nazarenskoga, ne dam se! Pak ti moj rođeni sin, ti da uzmeš njegovu curu, kćer onoga razbojnika, koji me je urazio u srce? Ne, ne, ne i sto puta ne!

– Što se preklinjete, oče, za pušljiv bob. Znam kakva se kudelja prede. Šljiva, vražja ona šljiva, grom ju zapalio. Je l' potreba bila ograditi se, plot podizati, koji više stoji nego cijela šljiva? Bogzna koliko ljeta je već obrodila, i nitko nije pitao čija je. Brali smo ju zajedno ja i Mara, a što je ostalo, pojele su guske i kokoši. Vjere, da sam znao da će jednom obirati fiškali, bio bih ju potpalio ili navrtao, nek pogine bez traga. Je l' to vrijedno, je l' pošteno da se dva od starine prijatelja i susjeda grizu i kolju radi kržljave šljive, da si čemere srce i griješe duše, da hrane fiškale i pisare, da otkidaju milo od dragoga? Oče dragi., znate šta? Dajte si reći. Eto, ako oženim Maru, šljiva bit će Martinova i vaša, bit će naša, ili, kad vam je tolik trn u peti, posijecimo ju, pak je pravdi kraj. Još možete Bogu hvaliti da nemate sa fiškalima posla, jer su to vragometno skupi doktori.

– Ne!

– Ali, oče dragi, je li vrijedno da u ova dva–tri časa, što nam je Bog dao na svijetu živjeti, potrošimo toliko žuči da jedan drugomu klipove pod noge bacamo, mjesto da složno skupa sjedimo i svojoj se sreći veselimo do božje volje? Pravda je kuga, velim vam. Vi ste stariji od mene i znate kako je mnoga kuća u našem selu po pravdi došla do ništa, i masna kuća, koju se nije smjelo pitati pošto je. Čemu svojim gnjevom, svojim zdravljem i svojim grijehom trećega hraniti zato jer ti je susjed u prozor kihnuo?

– Ne maži toliko meda, Andro, nisam ja šiba koju je lako previnuti. Da mi se cura zavuče u kuću, je l'? Da, da! Onda bi istom grabila na puste lakte, onda bi sve Martinovo bilo. Pak da se posvetiš, pak da mi procesija dođe pred vrata, ja si ne dam na svojem vladati, ja ne dam Martinu svoga prava, a tebi Martinove cure. To si zapiši za uho.

Mladić drhtaše, al' se napokon prenu i, rekav:

– Dobro je, oče! – iziđe iz kuće.

Stari Pavleković osta sam u kući. Od ljutine mu je igralo srce, drhtali živci, gorjela glava i grlo. Pio je i pio, da otplahne svoj gnjev, da se još većma hrabri proti svomu sinu i, pijući, uklanjao se sve više razboru.

Međutim je Andro poniknute glave bludio po polju. Već se je bio uhvatio mrak, a po nebu titrala po koja zvijezda, gora pako nad gradom kao da je plivala u rumenoj krvi. Bijaše ljut, uvrijeđen, žalostan; toliko ga je boljelo srce da nije mogao uhvatiti prave misli. Minuo je kao mamuran kraj trna i grma, kraj plota i stoga, i tako bludeći nađe se ujedanput kod prijelaza Martinova vrta. Tu ga je čekala Mara.

– Dobra večer, Andro! – pozdravi ga djevojka.

– Da Bog da, Maro! – odvrati Andro snužden, al' zanijemi načas.

– Što te je snašlo? Stojiš tu, gledaš u zemlju, i nemaš ni dobre riječi za me.

– Bolje da me nije – zavrti mladić glavom. – Dobru riječ da ti dam? Ta puno ih je srce, pa ne mogu van. Al' me boli duša, uh, duša me boli.

– Što je, za pet rana božjih?

– Govorio sam ocu za tebe. Ni čuti! Bjesnio je, da ga nisam poznao. Oh, prokleta, prokleta pravda!

– Ni čuti – zajeca od srca djevojka i stavi rukav na suzne oči – – Oh, znala sam ja, rekla sam ti da dobra biti neće. Joj! Joj! Što sam mu nevoljna skrivila da sam mu se tako odurila?

– Ništa! Ništa! Maro! – škrinu Andro – neki bijes ga je bocnuo, huška ga, drži ga. Uh, da ga imam.

– Da, da! – plakaše Mara – ljudi su nam to napravili, zli ljudi, jer im je naše sreće žao. Bože! Bože! Zar su sve moje molitve u zemlju propale? Al' čuj, Andro – planu djevojka – da nije pisar? Viđala sam ga više puta pri tvom ocu. Da, da!

– Misliš? Dobro, pazit ću. Istrgnut ću toj osi žalac. Smiri se, djevojko! I kaplja izdube kamen, možda će i očevo srce. Laku noć, Maro!

– Laku noć, Andro! – odzdravi kroz suze djevojka pruživ dragomu preko prijelaza ruku.

Turoban vraćao se Andro kući. Nije išao ravno prijekim putem, već okolišući. Došav blizu svoje kuće, zamijeti čovuljka gdje žurno koraca cestom. Andro pogleda bolje. Upozna pisara. Mikica zadrhta, al' će mu mladić dignuv kažiprst:

– Čuj, Mikice! Ja sam soldat, ja se ne šalim. Ako te nađem u kvaru na mom putu, ako zabodeš i mali prst u moje poslove, Boga mi moga, zdrobit ću ti pasju glavu. – Pisar htjede progovoriti, al' Andro okrene mu leđa i ode.

VI

U rano jutro nekog dana uzburka se sve selo, kao da se nebo ruši. Svuda krike i vike, svuda žurbe i trke. Bogzna šta se je zbilo! Nasred sela, gdje se putovi križaju, skupila se hrpa seljaka; sve klimaju glavom, mašu rukama, govore, što im grlo da, gotovo viču. Žutokosa djeca kriješteći brzaju uz živicu kao strijela, pred njom plaše se guske šireći krila, za njom lete lajući seoski psi. Ženske izišle pred vrata da vide šta je. Jedna drugoj mahne glavom pa se lagano prišulja k susjedi i šapne: "Kod Martina", na što se druga prekrsti. Baka dovikuje baki preko ograde štošta, napokon se obje prekrste i šapću: "Bog se smiluj Martinu." Sve pokazuje prstom na Martinovu kuću, al' nit duša ne smije blizu, kanda je kuća prokleta. Samo je gledaju plahim okom izdaleka. Mora da je zlo, veliko zlo.

U to doba sjedio je posve mirno pisar Mikica u osamljenoj krčmi, srčući čašicu za čašicom rakije da se malo ugrije. Od nekog doba pio je pisar svaki dan na božji račun. Znalo se koliko se pije, znalo tko pije, al' nije znalo tko plaća. Mikica bijaše sam i kanda je o nečem razmišljao. Jedan, dvaput dignu se naglo, pristupi k prozoru i pogleda prema selu. Onda opet sjednu. Nešto ga je morilo, mučilo – briga, strah li. Nekako mu je čudno bilo nasamu sjediti. Ujedanput začu pred vratima korake. Malo se lecnu. Vrata se otvore, i uniđe starješina Janko. Pisar ga promotri radoznalo.

– O, dobro jutro, Mikice – nasmjehnu se Janko glupo – bome rano pri poslu.

– Da Bog da, Janko! – odsmjehnu se pisar – što ti u ovo doba u krčmi? Kamo?

– U grad, na magistrat.

– Na magistrat? Zašto?

– Eh, valjda znaš. Radi Martina.

– Ne znam. Što je?

– Ah! Kakov si ti čovjek! Inače Mikica zna prvi za svaku novinu u selu. Kuga je na Martina došla.

– Kakva kuga, jesi li pijan?

– Ni kapljice nisam vidio. Zato sam se došao amo krijepiti prije neg' idem u grad. Ej, kumo! – viknu krčmarici – malo rakijice! – Janko sjednu, srknu, pa će dalje:

– Da, da! Kuga je došla na Martina, to jest na njegovu marvu.

– Ah, da? Pripovijedaj – reče pisar nešto veselo.

– Nije tu mnogo pripovijedati, ali je čudo od Boga ili vraga – pričaše Janko pritiskujući pepeo u luli. – Sinoć Mara podojila krave, zatvorila štalu i stavila lokot na vrata, jer štala podaleko od kuće stoji. Zatim legnu. Po noći nije bilo čuti ni mačka, ni psa. Dakle nikoga nije bilo blizu kuće. Al' kad su ujutro otvorili staju, opčuvaj nas Bog i Majka božja, bilo je što gledati! Sve su krave mrtve ležale na tlima, i pol Martinova imetka zbogom.

– Ah! Ah! – čuđaše se Mikica. – Takova što još za svoga vijeka doživio nisam. Siromah Martin!

– I jest siromah! Pol imetka, velim ti, zbogom! Krave su mnogo vrijedne bile i mnogo su mu nosile. No pitam te ja što to može biti? Kuga i kuga, velim. Zato idem sve to javiti na magistrat.

– Da mu nije možda čovjek zla učinio? Ljudi su zli, zavidni.

– Ah – mahnu Janko rukom – kuda bi se uvukla krštena duša u štalu kad je lokot na vratima? Kuga, velim ti, nečisti zrak, dušljiva para, to ti propuhne kroz svaku škuljicu, pak onda je blago fuć prije nego okom treneš. I vidjelo se. Bio sam u štali. Siromašno blago moralo se mučiti, kako je zgrčeno ležalo, a drukčije se blago protegne kad parne. Kuga, velim ja, opčuvaj nas Bog i Majka božja. Uh! Samo da ne dođe na naše krave. Za Martina lako! Od gladi poginuti neće. Al' šta će druga sirotinja kad joj potuku zadnju kravicu? Bože! Bože! Tu će opet posla biti. Doći će komisija i živinski doktor. Nitko neće smjeti u selo, nitko iz sela.

– Hvali Bogu, da si čovjek – nasmiješi se pisar.

– Uh! Uh! Tu će opet posla biti! Ta služba zatire čovjeka.

– Hm! Hm! – zavrti pisar glavom – kako je to samo došlo? Meni to ne ide nikako u glavu. Kako bi kuga bila, otkud bi došla? Ta ne čuje se da bi gdjegod blizu bila.

– Blizu? Vraga mora blizu biti. Kuga leti preko svijeta ko ptica, preko devet sela mine, a na deseto padne, pa gnjavi i davi dok se ne nasiti. Al' sad idem, idem u grad da sve javim gospodi – dometnu starješina dignuv se.

– A ja u selo da vidim koji je to vrag; jer čisti poslovi nisu – reče pisar dignuv se također. Obojica iziđoše iz krčme. Janko krenu prema gradu, a pisar prema selu, odakle se glasna vika čula.

Žalost i tuga bila je spala na Martinovu kuću. I nije šala. Deset lijepih krava je palo, deset dojilja. Daleko se znalo za Martinove krave, gospoda u gradu najradije su od njega uzimali mlijeko, a mlijeko nosi u kuću lijepu gotovinu, koja seljaku inače rijetko kaplje. Starac Martin šetao se poniknute glave po sobi, katkad bi samo izišao do štale i zavirio unutra. Gotovo mu je suza došla na oko, kako mu je blaga žao bilo. Onda povratio se je opet u kuću i hodao mirno amo–tamo. Ni riječce da je rekao, već je stiskao zube i šutio. Al' nešto mu je kopalo po glavi. Kuga da je to? Kakva kuga? To ne može biti. Doživio je Martin i dvije i tri kuge, znao je on kako to biva, kako blago neće jesti, kako je tužno, pak dršće kao šiba, pak se skvrči i padne. Al' njegove su krave jele i vesele bile. To nije kuga. I otkud bi došla? Kod njega sve čisto, kod drugih nečisto, njegovo se blago sa drugim ne miješa, a već ga je davno kupio, pak nije bolest odrugud donesena biti mogla. Na devet milja cijeli je kraj zdrav, ni iz granice ne čuje se ništa za tu kaznu božju. Ne, ne, to nije kuga. Al' šta je kad je stoka stajala pod ključem? To ga je mučilo.

Za kućom pod kuružnjakom sjedila je Mara i sjedeći, plakala kao ljuta godinica. Muka joj stiskala srce, stiskala suze na oči. Te lijepe, zdrave kravice! Kako su bile ugojene, a dlaka fina kao sukno, kako su je slušale, oko nje se veselo motale i mudro je gledale tim velikim očima! I Rumenka i Plavka, i Riđanka i Bijelka, i Crnka i kako se već sve zvahu. Sad ih nema, sad je strijela pukla u to lijepo gospodarstvo, zdjele će stajati prazne u mliječnici, kuća će mrtva biti, a Mara praznoruka bez posla, bez veselja svojega. Plakala je tiho i milo, i nije se mogla sita naplakati.

Oko kuće, dvorišta, vrata i zavrtnice pako stajahu seljaci, oboružani kijama, sjekirama i kosama, razređeni u široko kolo, oštro pazeći da nitko od Martinovih domara ne iziđe iz kuće i ne prenese kugu u ostalo selo. Da, i stari Pavleković stražario je držeći pušku ptičarku kod zlokobne one šljive. Martinovi bijahu tako odruženi od svega svijeta i opsjednuti u svojoj kući, dok se je cijelo selo pred vratima brbljajući miješalo.

– Da, da! – reče strina Dora – eto, pred Bogom smo svi ravni, strijela može pući u bogataša, Bog se ne da podmititi.

– Rekla sam ja – potvrdi opet neka teta Jaga – da gizdost ne valja. Eh da! Kad imaš dva grošića više, misliš da si božji sin, a tvoji susjedi psi. Na gizdost pala je ruka božja.

– O vi nesreće bablje – otrese se star seljak – da bi Bog dao, da dođe kuga na vaš bablji jezik, ali da, grom neće u koprivu. Što ti je, kumo Doro, Martin kriv? Koliko ti je davala Mara sira i mlijeka kad ti je mraz spržio strn, a sunce pojelo sijeno? Da, i kad ti je kći u kući rodila, pak nije bilo u kući kaplje da se rodilja okrijepi, nije li ti Martin davao vina? A šta je bilo, kumo Jago, a, kad niste imali u kući zrna sjemena pa je trebalo sijati? Tko ti je dao sjemena? Martin. Pak to mu je hvala. Sram vas bilo, vi ste jezičave, grižljive babe, nemate ni trunka srca pak se tuđoj žalosti veselite. Da sam ja Martin, i da mi još takvo preklapalo dođe na vrata, okrenuo bih ja bič i bičalom vas krstio. Sram vas bilo!

– Ho! Ho! vidiš ga, vidiš – usprječi se krezuba Dora. – Zar te je Martin platio da ga braniš, zar ti je kum ili brat? Ako je dao, ima dosta toga, i zato nije nikakov osobit svetac.

– Da, da! – potvrdi Jaga lupajući dlanom u dlan – Mara, ta fina Marica, koja gleda naše dječake kao gospodska krava na omuljeno sijeno, drobi milostinju pred svijetom, da joj hvala dođe na sve jezike. Dobro djelo samo se hvali, i božji blagoslov plaća po zasluzi. Da su Martinovi računi pred Bogom čisti, ne bi ga kuga harala. Nije puna kesa sva svjetska dobrota, dušice moje, opčuvaj nas Bog i Majka božja. Nije dobro odviše se uzvišivati, jer je stara riječ: Tko se sam uzvisi, toga Bog ponizi.

– Ej, čujte čujte! – nasmija se plećati mladić pod naherenim šeširom – joj, joj, kako Jaga smrdi po tamjanu kanda se je već na zemlji posvetila. Vjere, čovjek bi skoro pomislio da je utekla sa kakvoga oltara. Skupo bi vas čovjek platio, al' čujte, kume – reče mladić okrenuv se k staromu seljaku – sad mi je nešto ušlo u glavu. Da nije Jaga hudim okom pogledala Martinove krave, da nisu uroci bili? Ta Jaga ionako vrača svakoga mačka po selu i zna čarati.

– Oj, da se ne rodio ter ne rodio! Ti beno! Što zabadaš svoj nečisti jezik među starije, a još ti kaplje mlijeko po bradi. Zvonile bi škudice u mojoj torbici da znam vračati takvu ludu pamet, kao što je tvoja. Misliš ti da sam vještica?

– A vjere jeste, jeste, kumo Jago – planu mlada djevojka klimajući glavom – strina mi je rekla da se vašega oka čuvam, jer koga vi pogledate, toga jaše groznica – – –

Jaga htjede sasuti cijelu litaniju psovki na curu, al' uto pojaviše se na cesti dvije kočije, na boku jedne starješina Janko, a na boku druge pandur.

– Gospoda idu! Komisija dolazi! – šaptaše narod – sad ćemo vidjeti, je l' to pravi groš ili nije.

I zbilja. Gospoda uđoše u Martinovu kuću, a pandur postavi se pred vrata da otklanja narod koji se je radoznao pred ulazom tiskao, a među svjetinu zaplete se i pisar da čuje, što se govori. Svijet je čekao i čekao, a, gospoda još se ne vratiše. Mrmljalo se, gatalo, brbljalo – ali sve je bilo u strahu, jer kuga nije šala. Ništa se nije znalo ni čulo, samo jedanput pokaza se starješina Janko na vratima, kimnu velevažno glavom, mahnu rukom i reče: "Gospoda paraju krave!" i opet se povrati u kuću. Istom poslije jedne ure izađoše gospoda. Sva svjetina zinu što li će biti. Tad izađe jedan od gradske gospode pred puk i reći će:

– Nije ništa, dobri ljudi! Idite samo mirno kući. Nema kuge, nekakav je zlotvor Martinu uništio blago, i žao mi ga je. Al' ako je taj grešnik među vama, neka ne misli da će mirno proći, sud će već naći čija je to hudobna ruka bila. Zbogom, dragi Martine, zbogom! – dovrši gradski gospodin pruživ ruku Martinu, koji je gradsku gospodu turobna lica dopratio bio do vrata.

I odoše gospoda na brzim kočijama, a svijet se počeo razilaziti klimajući glavom i nekako ne vjerujući gospodi, jer kakovim bi čudom mogao zlotvor ući na zaključana vrata.

Al' gradska su gospoda opet pravo govorila. Svako blašče bude rasparano, ali ni na jednom ne bijaše biljega kuge, želudac bijaše zdrav, no krv otrovana, zgrušana, i kad se je pobliže tražilo, pokaza se da je svako blašče ubodeno u živo meso nečim oštrim, i zbilja nađoše u štali veliko krvavo šilo. To je dakle morala učiniti čovječja ruka, no kako, nisu ni sama gospoda znala. Štala bijaše sagrađena od hrastovih jakih brvana, nigdje nije bilo pukotine, a prozorčiće čuvale debele gvozdene rešetke, da se jedva mačak provući mogao. Šilo ponesoše gospoda sa sobom, a i bocu krvi, i rekoše Martinu da će već druga gospoda od suda doći.

Janko je te čudne novine pripovijedao po svem selu, i ljudi su ga slušali u krčmi do kasne noći, dok se vrijednomu starješini ne poče motati jezik, što od silna napora, što od vina. Slušao ga je i pisar Mikica, al' pozornije nego ostali; no začudo, Mikica je one večeri malo, vrlo malo pio, a kad se već bio debeo mrak uhvatio, izvuče se pisar neopazice iz krčme i zađe za grmlje na poljski put. Nešto ga je vuklo, nešto ga je gonilo. Zbilo se što je htio, al' nije razumio kako se je zbilo. To ga je peklo. Srdio se da njegova mudra glava nije mogla u trag ući lopovštini. Ali se je i veselio. Nije samo zato što se je bio bliže primakao svojoj svrhi, već i stoga što je mrzio na svakoga čovjeka koji šta ima, a na Martina je više mrzio, jer je više imao nego drugi. Bludeći tako i razmišljajući, dođe na križeput pod raspelo. Htio je potražiti, opomenuti Cigane. Lagacko vukao se vrbinjem dalje i dalje, dok ne dođe u grmlju do blizu ciganskog šatora. Mjesečine nije bilo, svuda je zijevala tamna noć, al' Mikica ne smjede izići iz grmlja, već zažviždnu tri puta. Za mali čas primicao se od šatora čovjek i pogleda u grm.

– Ugarkoviću! – šapnu netko iz vrbinja.

– More, iziđi! – odvrati potiho Ciganin – tko si?

– Mikica. Hodi amo!

Ciganin skoči u grm.

– Daj osam forinti – pruži Ugarković dlan.

– Dam. Polako. Marva poginula.

– Znam. Gospoda bila u selu.

– Da.

– Mudra gospoda. Kuga je bila u štali.

– Nije, i znadu da nije.

– Da šta? Bog ili vrag? Daj osam forinti.

– Dam, ali čekaj. Ti si otrovnim šilom bocnuo marvu.

– Šilom! – zapanji se Ugarković i posegnu brzo u džep.

– Vraga! – pa nastavi bijesan – ispalo mi iz džepa.

– Gospoda ga nađoše u štali.

– U štali? K vragu? – škrinu Ugarković.

– Ti si u štali bio?

– Jesam, kume! – šapnu Cigo keseći se.

– Kako? Bijaše zaključana.

– Mari Ciganin za ključ i bravu.

– Reci kako?

– Šta tebi treba znati kako? To nije naša pogodba. Blago je poginulo. Ciganin učinio kumu po volji. Daj osam forinti.

– Ne dam, već kazuj! – reče pisar uzmaknuv.

Ciganin zadrhta od ljutosti.

– Tuži me! – nasmija se pisar.

Ciganinu zapinjao je jezik. Za časak izmuca nešto ciganski kroz zube i reče potiho:

– Vaš pop veli da je božji sin ušo na zatvorena vrata. Što može božji sin, može i Ciganin. Baba mi reče šta je. Ni da se prekrstiš, znao je već Ciganin, kako treba, kume! U noć dovukao se ja do štalice. Tvrda, čvrsta, bome. Na vrata ne možeš, tu je lokot, tu pas. Sa sjenika ne možeš, tavan je čvrsto zabit. Treba straga kroz stijenu. Ja dođi prvu noć, izvadi klinac, dođi drugu noć, izvadi klinac i treću klinac, a četvrtu izvadi brvno i dva brvna. Srićice moja! Širok je put. Zavuče se Ciganin i bocnu otrovnim šilom blašče po blašče. Izginuti mora, Kata je varila otrov. Pak se izvuci i postavi brvna na mjesta i zatvrdi klince, štala cijela. Ej, šta lokot i brava! Ej, šta psi i ljudi! Ej, šta gospoda mudra! Mudriji Ciganin. Tako je bilo, kume! Daj osam forinti.

– Čuješ, kume, ti si pravi obješenjak.

– Neka sam obješenjak, samo da ne visim. Daj!

– Na! – reče pisar davši mu novac. Ugarković ih prebroji i reče:

– Dobro je! Pošteno si platio. Ustreba li kum još što, zna on gdje mi je koliba.

– Pazi se, Ugarkoviću, sud će tražiti krivca. Sud ima fin nos. Bolje da te jedno vrijeme ne vide u ovom kraju.

– Eh, tjerat će zeca nadesno, a zec će letjeti nalijevo.

– Kamo ćeš?

– Za Vrapče, kume, u goru. Laku noć.

– Laku noć!

Ciganin uminu u grmlju, a pisar krenu natrag prema selu. Išao je brzo, kao da ga tko goni. Gledao je nadesno, gledao nalijevo. Nigdje ni duše. Još mu je trebalo prevaliti poljsku stazicu do sela. Pisar skoči preko jame na stazu, al' u taj tren izniknu iza stare vrbe sjena čovjeka i viknu:

– Stoj!

Pisar strese se i izmuca:

– Ti, Luka? Otkuda?

– Otkuda ti?

– Od posla. Platio sam dug. Ej, da znaš!

– Znam, radi Martina, je l'?

– Čuo sam u gradu da je Martinu kuga sve blago podavila, a u selu sam čuo da nije kuga bila, pa se odmah sjetih, bit će nešto kao kuga – bit će Mikica.

– Pogodio si, da, Mikica. Je l' dobro?

Prosjak šutio je jedan časak, napokon odgovori:

– Dobro.

– Sad će Martin mekši biti.

– Možda.

– O, nije to sve, samo čekaj!

– Šta jošte?

– Ne pitaj za to, to je moj poso.

– Čuvaj se da ne bude prekrupno. Moglo bi te glave stajati.

– Ne brini se za mene, već samo za Maru.

– Za Maru! Za Maru! – opetova prosjak u po glasa, i činilo se da dršće. – Da, da! Radi što znaš. Dobro je bilo, dobro.

– A što te je ovamo donijelo?

– Tebe sam čekao.

– U tamnoj noći?

– Da.

– Zašto?

– Jesi l' tužio seljake?

– Nisam sve.

– Sve tuži! Jesi li čuo? Odmah! Sutra zarana idi u grad. Evo ti novaca za trošak.

– Dobro je – reče Mikica staviv novce u džep – hoću. Koliko ćeš ih vremena čekati?

– Ni časka. Nek se sudi kako je po zakonu.

– Kakva je to preša?

– Blizu je vrijeme. Birat ćemo. To mi rekoše u gradu. Bit će novaca ko blata.

– A da? Kada?

– Skoro. Što veli Janko za seljake?

– Eh! Znaš kakvi su, svakomu vele da od svakoga piju i primaju novaca a ipak ne znaš jesu li po duši tvoji. Mnogi idu za Martinom. Trebalo bi njega predobiti. Matu Pavlekovića već imam u svojoj torbi.

– Bi li ti mogao Martina dobiti?

– Ne bih. Tvrda je glava. Toga nećeš predobiti ni ti, ni ja, već bi morao netko veći na njega doći.

– Ček! Ček! Idem sutra s tobom u grad. Poslat ću na njega gospodina koji više broji nego ja i ti.

– Hoćeš sve novce uzeti od seljaka!

– Kad izaberemo ljude, da!

– Je l' takova sila?

– Jest. Hoću da budem pošten seljak. To ti već rekoh.

– Dobro! 'Ajdmo u selo. Kasno je – reče Mikica, al' u duši mu je nešta kuhalo na Luku što nije dobro bilo.

Kad je u svojoj komorici sam ležao, vrtjelo mu se koješta po glavi. Napol bdijući, napol drijemajući, vidio je kojekakvih čudnih slika. Vidio je Luku kao poštena seljaka. Prosjak sjedio je pred svojom kućom mirno pušeći. Bijaše posve čisto odjeven, počešljan, obrijan i umiven. Lice mu puno, zadovoljno. Kuća Lukina lijepa, bijela, dvorište puno peradi, kuruznjak pun gustih žutih klipova, sijena je previše za sjenik, u pivnici vina za sto pijanih grla, a iz staje ozivlju se krave. Sad iziđe iz kuće Lukina žena – Mara, a Luka ju zagrli. Sve bijaše toli čisto i fino, sve toli puno i zdravo. Ta da, Luka bijaše pošten, imućan seljak. Mikicu ujede zmija za srce. – Vidiš, vidiš. Ta zadnja duša na svijetu dobro će jesti i piti, slatko spavati, po volji ljubiti, on će biti pošten i čist. Neće se on brinuti za sutrašnje jelo, neće mu trebati mučiti pamet da grošić iscigani iz tuđeg džepa, neće gladovati ni zepsti. A ja? Ja ću ostati koji sam. Kaplja na listu koju svaki vjetar otpuhnuti može, prosjak koji se povlači po svima kutovima, koji jest i nije. Da, da, još će me onaj prosjak gledati preko ramena, mene koji sam pismen čovjek, koji znam kako je u svijetu. Zašto se može prosjak iskopati, zašto ne mogu ja? Jer ima novaca, a ja ih nemam. On da mi se ruga! Ne, ne i sto puta ne, toga neće biti. Da vidimo zašto imam pamet!

VII

Malo dana prođe i Martina snađe opet napast. Bio se je otkinuo od svega svijeta. Boljelo ga je da ga je zastiglo toliko nesreća od ljudske ruke, njega koji je ljudima objema rukama dobro dijelio. Ljudi su gori nego živine. Pas koga hraniš, čuva te, čovjek koga pomažeš ubija te. Htio se je ograditi proti svemu svijetu, i oko cijelog kućišta i vrta podignu plot. Najviše ga je urazilo bilo, da je za one nesreće stajao susjed Mato sa puškom kod one šljive, stajao i gotovo smiješio se nesreći. I jer je šljiva na putu bila, uhvati Martin, kad ga je srce svladalo bilo, sjekiru i posiječe šljivu. Sad istom da pobjesni Pavleković. Još nije šljiva dvadeset četiri sata povaljena ležala, kad ujedanput nahrupe nekakva gospoda u Martinovu kuću. Bijaše to neki malen, debeo gospodin od suda sa visokim šeširom i svežnjem pisama, i suh, visok pisar, a uz njeg čovjek krupan, mutnih očiju, dugih brkova, nekakvo čudno brbljalo pod masnim šeširom, a k tomu privuče se Pavleković gledajući oko sebe kao divlji mačak.

– 'Este vi Martin Lončarić? – viknu čovjek pod masnim šeširom.

– Na službu, Martin Lončarić.

– Aha! Imamo tu ptičicu – zabrblja dalje naheriv svoj masni šešir. – No šešir dolje, pasja muška vjero! Ne znaš li što je sud. A?

– Čujete, gospodine! – dignu Martin glavu – jeste li i vi od suda?

– Ne – reče sudski gospodin – taj je gospodin Pavlekovića fiškal, a imate li vi, Martine, fiškala?

– Meni ne treba fiškala, ja ću se i sam braniti. Čast i poštenje slavnomu sudu, nego si vi, gospodine fiškale, tu pasju vjeru sami spravite u džep. Pred vama ne skidam šešir.

– Rogo humillime – nastavi fiškal premećući drhtavim rukama pisma – slavni sude, da prijeđemo odmah na meritum, i da pođemo in faciem loci, na lice mjesta. Moji svjedoci već čekaju, i molim, da se stavi u protokol njihova danguba. Siromašni ljudi neće, bogami, badava svjedočiti.

Martin gledaše gospodu u čudu, zatim će mirno:

– Molim, slavna gospodo i slavni sude? Zašto ste došli? Ja nisam zvao nikakve komisije, niti sam komu šta kriv i dužan, van ako ste došli tražiti zlotvora koji mi je ubio moje krave.

– Kakve krave! Kakve krave! – nasmija se fiškal. – Ne pitamo mi za to, mi pitamo za šljivu, amice. Molim, slavni sude, iziđimo in faciem loci, da čujemo svjedoke.

– A kakve imate vi svjedoke? – zapita gospodin od suda Martina.

– Gdje sam ja imao tražiti svjedoke i kada? Je li meni koja božja duša rekla da će komisija doći? Jesam li dobio poziv? – Sudac okrenu se pisaru, a ovaj, pokazav list papira, reče:

– Molim, tu stoji crno na bijelom. Evo križa da je Martin Lončarić dobio odluku za ročište.

– Al' ja vam velim da to nije moj križ. Ja ne znam o tom ništa.

Sudski gospodin opet pogleda pisara, a ovaj će na to:

– Seoski starješina primio je za Lončarića odluku.

– A molim lijepo, ako je pijani starješina dobio odluku, jesam li ja? Ali svejedno! Ja sam pred Bogom prav i slavnomu sudu pokoran, meni ne treba svjedoka ni poziva. Ja sam pošten i sam si svjedok.

– Rogo humillime, slavni sude, da se to u protokolu konstatira. Tuženik nema svjedoka. Molim in faciem loci. Gdje je vrt, gdje je šljiva bila?

– Ah! – odvrati Martin – za šljivu je riječ, moj dobri susjed Mato me tuži!

– I kruto! – kriknu ujedljivo Mato – za šljivu je riječ, moju šljivu. Hvala lijepa na takovu susjedu. Ne dam se ja gaziti, pa ako tko ima za dva groša više, nije mi gospodar. Tu su gospoda od slavnoga suda. Ona će presuditi kako je pravo.

– Pokažite nam mjesto – reče sudac.

Svi iziđoše k plotu na vrt, gdje je posječena šljiva ležala, a za njima dovukoše se plaho Janko, Mikica, Matina sestra, pa i druge seoske bake.

– Rogo humillime, spectabilis domine, haec est species facti!

– Govorite hrvatski! – kriknu Martin gnjevan – da i ja razumijem, jer ide za moju kožu, pak se ne dam prodati.

– Molim, slavni sude! – nastavi fiškal tepajući dalje – moj klijent, poštovani Mato Pavleković, poljodjelac iz Jelenja, kuće broj 5, tuži ovoga čovjeka, Martina Lončarića, također poljodjelca iz Jelenja kuće broj 6, da je silovitom rukom posjekao šljivu, koja je stajala na međašu i koju je brao moj tužitelj. Premda bi tuženik radi te sile imao doći i pred kriminal, ipak od dobrote moj klijent toga neće učiniti, već samo moli da mu Martin Lončarić plati šljivu, moj trud i dangubu ovih poštenih svjedoka Mikice Ribarića i Janka Ponedeljka, koji će posvjedo-čiti što je u tužbi rečeno.

– A šta velite vi, kume Martine? – upita sudac.

– Šta da velim, vaša milosti – odvrati Martin zapanjen – ja velim pred živim Bogom da je to laž. Ja sam samo jedanput prisegao u svom životu – za svoju pokojnu ženu, a sad vam velim pod prisegu da je to laž. Ova šljiva je moja, na mojoj je zemlji stajala, moji starci su je brali, kao i ja. Pak ja da ni kriv ni dužan platim svoju vlastitu šljivu, da mu platim fiškala, svjedoke i biljeg? Jesam li lud? Ja smijem pocijepati svoju kuću na trijeske, kako ne bih svoju šljivu? Od dobrote me tužio moj susjed? Prokleta dobrota kad jedan drugome pije krv i grabi zemlju. Lijepo su te nahuškali na me, Mato, luda stara glavo! To je tvoja dobrota za moju dobrotu kad sam te u nesreći pridigo? Na kriminal će me dati taj tvoj fiškal. Dajte me, okujte me, recite mi da sam tat, razbojnik, grabite sve. Lijep si čovjek, Mato, sram te bilo pred Bogom i slavnim sudom.

– Ja s tobom neću imati posla, znaš? – odgovori jadovito Mato – ja sam te predao slavnomu sudu. Da, tvoje je pravo, gdje si ga kupio, da vidimo. Misliš li ti da si Bog, da tebi nitko ništa ne može? Da vidimo tko je jači, sud il' ti! Ja velim ter velim sto puta, ma koštalo me i zadnju ovu čohu, da je moje pravo, i ja ne bih bio šljive dao ni za sto forinti.

– Ne bojiš li se Boga, Mato, kad vidi da ti je sijeda glava nepoštena?

– Rogo humillime! – zabrblja fiškal! – to je uvreda poštenja po mojemu klijentu, molim da se to konštatira u protokolu.

– Da čujemo svjedoke! – nastavi sudac mirno. – Kako se zovete vi?

– Mikica Ribarić, na službu, presvijetli gospodine suče, ljubim pravo i pravicu ko što je Bog na nebu. Znam susjeda Lončarića, znam i susjeda Pavlekovića. Dobri ljudi, pošteni ljudi, ali pravo je pravo, istina je istina.

– Da čujemo tvoju istinu! – planu Mato.

– Čast i poštenje vama, kume Lončariću, ali ne prekidajte me. Ja govorim slavnomu sudu, a sud je sveta stvar. Da, presvijetli gospodine suče i slavna gospodo, ja znam za tu šljivu i mogu potvrditi pod prisegom da ju je Mato brao.

– A vi, Janko? – zapita sudac starješinu.

– Jest istina, Mato je brao – reče Janko gledajući u zemlju.

– Ti, ti? – planu iznova Martin. – To su Matini svjedoci. Ta vucibatina koja će deset puta za groš priseći, komu se ne zna otkud je ispuknuo – – i ta pijanica tu!

– Molim vašu milost – propenta Janko – ja još nisam danas ni kapi vidio. Ja znam što je naredba i što je slavni sud. Ja nisam kriv ako je komu krivo, ali istina se mora kazati. I ja to velim kao pokorni službenik slavnoga magistrata.

– Mato da je šljivu brao, Mato? – kriknu Martin.

– Da, da! – otrese se Pavleković.

– A, vjere jest! – viknu straga Matina sestra, koja je dosele podnimljenih ruku sve nešta mrmljala – još sam ih košaricu za Božić sušila. Dabome. Martin je gospodin. Hoće mu se našega siromaštva. Nećete, ne!

– Rogo humillime, da se konštatira u protokolu – uspuri se fiškal.

– A tko vas pita, bako – rasrdi se Martin – brali ste, jer sam vam ja dao. Brala su i djeca moja i Matina, brale su guske i vrepci, a koje su šljive pale i ostale, te je zemlja pojela. Brali smo zajedno, jer smo dobri susjedi bili, iz jedne čaše pili, jer nije među nama bilo ni živice ni krivice, jer nismo pitali je li ovo zrnce moje ili tvoje. A što je moja dobrota bila, to sada sebikate pak velite da je vaše pravo.

– Rogo humillime! – viknu fiškal dignuv ruku – da se ova vlastita priznanja konštatira u protokolu. Haec circumstantia est maximae gravitatis. Sam je rekao da je Mato brao.

– Ta da, i nisam mu ni branio.

– Dragi ljudi – prihvati sudac mirno – slušajte me! Vi ste evo od starine susjedi i bili ste prijatelji.

– Jesmo, vaša milosti! – zaleti se Martin u riječ – kao braća, dok se nije ova kuga među nas zakopala, kao što su ovi krivi svjedoci!

– Šutite, Martine! – nastavi sudac. – Je li vrijedno da se pravdate tako kao najveći neprijatelji, ne bi li bolje bilo da živite jedan do drugoga složno i mirno? Pa zašto ste se posvađali? Radi kukavne šljive! Dajte, ljudi, pomirite se, šljiva neće ni Martina ni Matu zatrti. –

– Hvala lijepa na nauku, vaša milosti – reče Mato, komu je Mikica namignuo bio – al' ja hoću svoje pravo i molim pak suda.

– Ta sad vidite sami, gospodine suče – rasrdi se Martin – kako mu je srce zlo.

– Rogo humillime! – zakriči fiškal daljnju raspravu. – Fiat justitia, moj klijent ne pristaje ni na kakvu nagodbu.

– Nek plati, to je najbolja nagodba – viknu Matina sestra iz prikrajka, a Janko kimnu na to glavom.

– Vi se, dakle, nećete nipošto pomiriti, Mato?

– Hvala, neću.

– Eh! – viknu Martin uvrijeđen u srce – pak si uzmite sve, i šljivu i vrt, i štalu i kuću, kad se je već sva ljudska nesreća na meni slomila. Ja nisam ni božjoj duši zla učinio, Bog mi je svjedok, a na mene ide i sud, idu i zlotvori, koji su mi pol mojega imanja zaništili. Za mene nema prava kad ištem da se krivica kazni. Nema tata, vele mi, ne može se naći, a još dolaze da me globe za moje. Uzmi si sve, ja neću, ja neću fiškala ni suda, istina je što su vam krivi svjedoci govorili. Jedite si moje srce, pijte moju krv, dok se ne zakopam u crnu zemlju, da ne vidim svijeta u kom nema božje pravice. Uzmite si sve!

To rekav u po plača, mahnu seljak rukama i ode u svoju kuću.

– Ti nećeš pravde – viknu fiškal smijući se za Martinom – al' hoću ja. Čekaj samo.

– Komisija je svršena – izjavi sudac – za koji dan dobit ćete sud i vi, Mato, a i Martin, i komu nije pravo, može prizvati na viši. Sudac odveze se sa pisarom, al' fiškal i svjedoci zađoše k Pavlekoviću da popiju čašu vina.

Već je tih čašica i više bilo, kad se Mato ujedanput svoga sina sjeti.

– Gdje je Andro? – upita sestru.

– Ne znam. Kad je komisija došla, otišao je srdit iz kuće. Odonda ga nema.

– Išao je prema gradu – reče Janko – vidio sam ga na cesti. Mikica ne reče ništa, al' ga ujedanput minu veselje i žeđa. Sud pozove naskoro svjedoke pa ih i zaprisegnu. Da je Mikica na varoškoj kući dobio batina, da nije mogao biti svjedokom, bilo se je davno zaboravilo. Martin ne pođe na sud i ne htjede. Duša ga je pekla, srce mu kipjelo. Sud osudi da ima Martin platiti šljivu, biljeg, fiškala, kočiju, svjedoke, da ima platiti svega samo sto forinti. Gnjevno zgnječi osudu, koju bješe starješina Janko na stolu ostavio, dok je Martin napolju bio, i koju mu pročita kćerka. Bilo je tu zapisano da može apelirati, al' seljak nije išao na viši sud. Šutio je i stiskao zube, šutio i nije ni pogledao čovječjeg lica, van svoju jedinicu Maru, a i ona ne vidje od njega nego tužno lice, i kad ga upita:

– A što se žalostite, ćaćo, što vam je došlo na srce?

– Ništa nije, Maro! – odvratio bi Martin.

Djevojka htjede utješiti oca radeći od zore do mraka, pazeći u kući i na polju, al' ni njoj ne bijaše lakše pri duši. Visok plot dijelio je Lončarićevu od Pavlekovićeve kuće, kanda su to dva razna svijeta, ali kad god je djevojka na te nemile daske okom svrnula, zaigralo bi joj srce življe, i bilo joj, da će preletjeti preko te ograde, što su je gnjevni oci podigli bili. Jer šta je hasne, svijet ima svoje zakone, al' srce ima svoje, a ti su jači neg' ičija ljudska zapovijed, i kad se u to priprosto seljačko srce, koje ne zna za ljubakanje gospode, koje ponajviše i ne smije i ne može znati za ljubav, kad u to priprosto srce kojim čudom padne zrnce, iz kojega niče cvijet ljubavi, onda cvate cvijet ljepše, onda se korijen zavriježi dublje negoli to gospoda varošani u svojim pričicama pišu. Malo suza od srca pada na travicu seoske cjeline, al' kad koja padne, ne osuši se lako, malo uzdaha čuju te zelene seoske dubrave, al' kad tu koja duša iz dubine uzdahne, uzdah se do Boga čuje. Ljudi ne vide suza, ne čuju uzdaha, to je tajna svetinja duboko u srce zakopana. Bogu preporučena, od ljudi neslućena. Tu svetinju nosaše Mara u svome srcu, koje bijaše kao čaša puna pelina. Nitko nije za to znao, ni otac, nitko do mladića, koji joj je dušu otvorio bio. Al' njega ne bijaše ni blizu. Sunce za suncem izvilo se od istoka, al' ona ne vidje njegovih očiju; dan za danom je Sava šumila, al' ona ne ču njegove stope; jutrom i večerom su ptice pjevale, al' ta pjesma ne bijaše glas dragoga; sto puta dodirnu se vjetrić njezinih obraza da ju ohladi; čemu da ju vjetrić ohladi, ta djevojačka lica ne gore od cjelova dragoga. Nema ga u kući, nema ga u selu, i u gradu ga ne vidje bolna; bilo je kao da mu je vjetar zameo trag. Kamo je dospio? Ta Bog zna. Da l' se je iznevjerio? Nije, to se pozna po glasu; da, po svakoj riječi čuješ da l' je nikla iz srca ili se samo rodila na jeziku, a Andrijine riječi bile su sve tako istinske, kratke i jake. Šutjela je, šuteći radila, ni da je kući pred vrata izišla. Stiskala je to svoje puno mlado srce, stiskala usnice, da joj tajna ostane duboko, duboko u srcu zakopana.

Tužni bijahu to dani po Martina, svi ga računi prevariše, ljuto prevariše. Koliko je on toga smišljao, zasnovao bio. Radio je kao mrav, kupio kao pčela, a opet ne bijaše čovjek tvrda srca; to je svaka božja duša u selu znala, za to se je čulo i dalje od sela, pače u gradu. A što se tako kini i brine? zapitao bi ovaj ili onaj. I nije li ludo da čovjek pod stare dane stiska, da se ne plaši zle godine, mjesto da miruje u zapećku? Treba li mu te muke – ta mogao bi živjeti, da i ne baci zrna u zemlju, ne bi on, ma i besposlen, gladovao do groba. Da, pitaju ljudi, pitaju i za ovo i za ono i koješta ne razumiju, jer su to tihe, čudne tajne u srcu zakopane; a tko nema srcu ključa, taj neće razumjeti tajne. Rano se je Martin oženio bio; onda još nisu domaćih ljudi zvali u soldate, onda su uzimali samo bitange, kojima se nije znalo za krov. I to Bog zna da si je ženu uzeo od srca. Bila je mlada i radina, da se je svijet čudio kako se u kući okreće i ništa na kvar ne meće. Tako su muž i žena lijepo i složno stanovali pod jednim krovom, a s njima ona tiha sreća, koja ne pita za svijet, koja igra u srcu kao onaj skromni plamečak na ognjištu za duge zimske večeri. Jedna ih je samo nevolja trla, velika nevolja za mu-

83

ževo brižno oko, za ženino meko srce. Nisu pa nisu mogli imati djece, a to je zlo. Jer muž i žena, to je ionako samo ime, to jest i nije, ako roda ne donese što muža ručicama hvata i trza za brkove, što se tepajući zalijeće u slatka majčina prsa – to vam je dijete. Po djetetu istom postaje muž mužem, a žena ženom, to ih veže kanda si im duše lancima skovao, to je istom pečat prave domaće sreće. A toga nije bilo. Nikad ne bi legli, nikad osvanuli a da nisu klekli i klečeći Bogu se vruće pomolili, da im da porod od srca. Da, često bi ljudi opazili Martinovu ženu gdje se u crkvi na golim koljenima vuče oko velikog oltara pa bi si prišapnuli: "Teško se kaje Martinova žena; bit će da je velika grešnica!" Ta svijet vazda rado naslućuje na zlo. Devet jalovih ljeta uminu, a deseto donese božjeg blagoslova, žena porodi djevojku, koju okrstiše Marom, jer je upravo na Veliku Gospu svijet ugledala bila. Eto, tu radost da ste vidjeli, sve je zvonilo i igralo, kao da se caru rodila kći. No jedva da je pop otišao bio od krštenja, eto se povratio na pokop. Zlo je kad žena u zrelim danima porodi prvo čedo; jedna joj noga u grobu stoji, veli svijet. Martinova žena ne preboli babinja, na punoj sreći zateče ju smrt, a tako ostavi bijednomu Martinu na rukama živu priliku svoju, malu crnooku Maricu. Jedno mu je sreća dala, drugo nesreća otela, takva je zavidna sudbina. Od onog dana postajaše Martin sve trezniji. Odbijao se je od svijeta, al' ne zatvori srca svoga. Onaj mali crvić, ona mala crnooka curica bijaše mu briga i sreća, za nju je živio, za nju radio, za nju disao. Sve je sebi otkidao, sve snesao Mari, kao što lasta nosi mladima hrane iz svega svijeta ne mareći za vlastiti glad. To bijaše Martinova tajna, nepojmljiva tomu svijetu. Vidiš, starče, znao bi kadšto misliti, djevojka raste; pridržati je nećeš, to si izbij iz glave. Narav traži svoje, milo traži drago. Još godina–dvije, pa će snuboci pokucati na vrata i pitati za Maru. A ako djevojka rekne: Da, mogu li ja reći: Ne? Ta čemu? Za svadbu se ne bojim, kuća je, hvala Bogu, puna. Neka se ide po srcu, a što imam, to joj rado dam. Ta za koga sam radio? I mojoj pokojnoj, Bog joj dao radost nebesku, bit će lakše kad joj se kći sretno udomi. Njoj se odužiti moram.

Tako je računao Martin, al' čovjek veli, a Bog dijeli. Huda mu sreća pokuca na vrata, zlopaka ruka zaništi mu pol imanja, gnjev i bol rad napasti od zlog susjeda otrovaše mu srce. Bilo mu je tijesno kao nikad i u duši i u kesi, jer ako se i nije naslanjao na prosjački štap, seljački novci teku iz kese u gospodarstvo, a od kamena ne možeš škude kovati, od crne zemlje ne možeš kruha peći. Zemlja je zemlja, tvrda, rodi i ne rodi, novac ostaje novac i po kiši i po suncu, ne treba na nj kokoši nasaditi, da se plodi i raste. Stoga se Martin nikako utješiti nije mogao. Propasti neće, reče si, al' zadužiti bih se morao, kako me je nesreća zasjekla. To ga je peklo, jer on za života nije ni od koga ni krajcara uzajmio bio, a nekako mu se nepošteno činilo da uzme na svoje zemlje tuđih novaca. Marino očinstvo svakako je okrnjeno bilo.

Martin hodao je po svom gospodarstvu kao izgubljena ovca i ne videći da se njegovoj kćeri oči rose od suza, da joj lice blijedi, pa ako bi kadšto spetio na njezinu licu biljeg tuge, uzeo je to neveselje na račun vlastite nesreće. Trebalo mu je novaca, a bilo ga je nekako stid zatražiti od nekoga zajam, nije pače ni znao od koga da traži i kako da traži. Uto uđe jedne nedjelje nekakov gospodin u njegovu kuću. Bijaše odjeven finim gospodskim odijelom, imao je na ruci puno prstenja, a oko vrata debeo zlatan lanac. Lice bijaše mu fino, brci uzvinuti, smiješio se slatko, a vladao glatko. Stupiv u Martinovo dvorište, zapita slugu: Je li to kuća Martina Lončarića? I kad mu sluga odvrati da jest, upita za gospodara, na što sluga mahnu rukom prema kući. Stranac nađe zbilja seljaka u sobi, gdje sjedi sam za stolom i gleda zamišljeno kroz prozor.

– Dobar dan, dragi kume Martine! – pozdravi ga stranac.

– Da Bog da, gospodine! – odzdravi mu Martin plaho dignuv se. Seljak se je nemalo začudio kako ga gospodin kojega u životu vidio nije toli prijazno pozdravlja kanda je već bogzna koliko posla s njim imao.

– Sjednite, sjednite, dragi Martine! – produži stranac – i pustite da i ja sjednem, jer sam umoran.

– Molim vaše gospodstvo – reče seljak svejednako stojeći, kad se je stranac već spustio bio na stolicu – meni je velika čast!

– Sjednite, molim vas, dragi kume! – nutkaše ga stranac – ili ću otići.

– Eh, kad je baš volja vašega gospodstva – pokloni se seljak i sjednu.

– Dođoh upravo slučajno u vašu kuću, al' za vaše ime znam. Tko ne bi za Martina Lončarića u gradu znao? Ja sam inženjer, čovjek, koji mjeri, pute popravlja, željeznice i mostove gradi.

– Ah! – začudi se seljak.

– Da, da, dragi kume Martine! Mene su gospoda od vlade poslala da vidim kako pri vas u Jelenju stoji.

– Ne stoji dobro, vaša milosti.

– Vidio sam, vidio žalibože – potvrdi mjernik. – Tužba je da se kod vas ništa ne radi, da vam putovi ništa ne valjaju, da vam Sava grabi sav prirod.

– Da, da, istina je.

– Eto to i sami vidite, dragi kume. Eh, da je malo brige, Bože, Bože, kakvo bi moglo vaše selo biti, ne bi se trebalo grada sramiti.

– Dabogme, da je brige, vaše gospodstvo.

– Ja ću vladi sve napisati, reći ću što se mora učiniti da Jelenjanima bolje bude.

– Eh, to je lijepo, vaša milosti, da se koja poštena duša za nas brine.

– I kruto. Ponajprije mora se iz grada načiniti pošten put. Mlake se moraju zasipati, cesta pošteno navoziti, zdesna i slijeva jame iskopati i drveće zasaditi. Onaj nesretni drveni most mora se baciti, pa ćemo načiniti most od kamena.

– Da, al' nije to dosta. Najveće zlo vam je Sava, ta nesretna voda, koja se zadijeva i ovdje i ondje, odnese čas ovomu, čas onomu siromahu koji komad zemlje, a otplahne i sijeno i snoplje, da je Bogu plakati.

– Istina je.

– Vidite, dragi Martine, toga više biti neće, neće više Sava amo–tamo krivudati kao pijanac po cesti, već mora ravno po žici teći i ne smije ničiju zemlju dirati. Ja sam to izmjerio, pak neće se dogodine štuke pasti gdje su se preklani krave pasle.

– Eh, lijepo, lijepo! – nasmjehnu se seljak nešto nepovjerljivo.

– Je l', dragi kume Martine! Vidite da pravo govorim. Da, uz cijelu Savu načinit ćemo nasip od tesana kamena. To će biti milota. Pak i za vaš pašnjak bit će bolje. Šta imate sad? Šta su vam varoška gospoda dala? Pjesnika i prudina. Hvala lijepa, tu ne raste trava. Gledao sam ja to. Lijepo su vas namađarili, Bog mi oprosti taj grijeh. No i to se da popraviti. Da, da, ta varoška gospoda, to su fini ljudi. Ja ne bih htio pod njima biti.

– Da pod kim, vaše gospodstvo?

– Pa još pitate! Pod drugima, Bog vas vidio.

Seljak ne odvrati ništa.

– No recite mi po duši, nije li lijepo što sam rekao?

– Jest.

– Svega toga može biti, samo ako je vaša dobra volja. Pa to je moglo odavna biti. Ali šta? Pitaju oni u gradu gdje seljaka rana peče! U gradu, da, ziđu velike kuće, sade ruže i drveće da gospoda lijepo po hladnom šetati mogu, u gradu mora svaka ulica taracana biti kao crkva, samo da gospodu noge ne bole i da si gospoda svoje kese puniti mogu, dok se vi u blatu davite i u vodi topite; u gradu moraju po noći lampe gorjeti kao da je dan, dok ovdje ni prsta pred nosom ne vidite. Je l' ta zadnja forintača, što je u gradsku kasu nosi, gora od gospodske? Zar siromašni seljak nema pravo tražiti isto što i gospoda? Nije li najveća grehota da si za seljačke novce gospoda ruže sade, a seljak nema ni glavice zelja, šta? No govorite, kume Martine, kako vam se vidi, što sam vam rekao? Vi ste, kako čujem, najpametniji, najpošteniji čovjek u selu.

Seljak slušaše nenadanoga gosta pozorno, na njegov upit počeše se malo za uhom pa će odvratiti:

– A molim vaše gospodstvo, tko će nam navoziti put?

– Eh, mi, mi! – odgovori ponešto u neprilici stranac.

– Tko, molim?

– No, vlada i njezini ljudi.

– A tko će onaj most od kamena načiniti?

– Opet mi.

– Ah! Valjda ćete i vi onaj savski nasip podignuti?

– Dakako.

– To je čudno – zaklima seljak glavom – ta onaj put pravili su si Jelenjani od starine sami, jer je to poljski put, a nije općinski. Gradska su gospoda dosta naše seljake na to tjerali i grozili im se, davali su nam i tučena kamena, al' da; da nije naš starješina takova pijanica i lijenčina, da prigleda bolje posao, bio bi put odavna navožen, al' ovako naš Jelenjanin prokune samo sve svece, kad mu se kolo u jami slomi. Pa sad hoće sama vlada od dobrote za Jelenjane načiniti put. I pašnjaka imamo hvala Bogu dosta, samo da svaki seljak ne pušta i tuđe blago na pašu. Lijepo smo mi prodali primorcu pijeska, šljunka i košaračima šiblja od zemlje, što su nam ga varoška gospoda odrezala, ali pijani starješina pokupio novce i zatepo ih sa svoja dva–tri druga, koji su tobož odbornici, a od svega toga nema selo koristi.

– A tko je kriv da vam je starješina takov? Nisu li gradska gospoda?

– Vjere, nisu. Ne da se nitko bolji na starješinstvo. Kad se čovjek te službe primi, pođe mu gospodarstvo po zlu. Pri svakom je krštenju, proštenju, pri snubocima, svatovima, karminama, i tako potrati svoje vrijeme. Takova je to kod nas navada. I Janko se tako propio. Htjela su ga gospoda otjerati, snubila i ovoga i onoga, a i mene, ali nitko se ne da velim vam. Janko ima ženu, mater i petero djece i dugo je već starješina, pa su mu se gospoda smilovala. Tako je to s tim pašnjakom. Savu ćete nam popraviti. Da bi Bog dao! Koliko smo za to molili. Ali mi je moj pokojni otac pripovijedao da su već onda nekakvi carski inženjeri dolazili mjeriti Savu, a bilo je toga i za moje pameti. Da, začudo dolaze gospoda samo onda mjeriti kad treba birati za sabor ili magistrat. Zašto samo onda misle na Savu? Vidio sam, kako su to lijepo naslikali modrom i crvenom farbom, al' je Sava samo na papiru dobra bila, uistinu nas je plijenila, kao i prije, a mi ne stanujemo na papiru, nego na zemlji, i bili bismo davno poginuli da nam varoška gospoda nisu davala sijena i novaca kad nas je Sava poplavila. To je sve tako kao kad komu gladnomu pokažete namaljana pečena kopuna. Od toga ne nasiti se nitko. Mnogo se plaća istinabog, poreza, ali to nije gradsko, to dobija financija. To nisu gospoda kriva.

– No, sad će sve bolje biti, vjerujte mi! – reče stranac.

– Čast i poštenje vašemu gospodstvu! al' ja – ja – Bog i duša, ne vjerujem.

– Ta birat ćemo novu, bolju gospodu u gradu.

– Znam.

– Vi znate. Pak'

– Novu, može bit! Bolju? Bogzna. Vidite, ja po svojoj prostoj pameti ovako sudim: Prije je sukno trajno za oca, sina i unuka, sada se viče: To je bolje, jeftino, novo sukno, a za tri dana moraš ga krpati. Zalazili su u naše selo kojekakvi pisari i mešetari kad je birati trebalo, pak se je točilo i peklo, kao da je gospodin Bog otvorio krčmu. Vikalo se: "Nećete plaćati poreza! Sadit ćete slobodno duhan!" Živjelo se tri dana na božji račun, a zalupane su glave mislile da će to proštenje trajati do sudnjega dana, i povjerovale da su sve te bajke živa istina. Al' došao je vrag po svoje. Skupo su platili taj gulaš, to vino. Nisu plaćali poreza, sadili su duhan, pa su im vojnici došli na eksekuciju, a financijeri iščupali su im duhan, pa ih plijenili. Na, to vam je, tako vam je. Ja samo vjerujem, što vidim, jer je riječ jeftina, i kad kaputaš skine pred seljakom šešir, bojim se da će gospodin seljaka prevariti... Bez zamjere, to je moje mišljenje.

– Joj, joj, dragi Martine, ali ste tvrde glave, pravi nevjerovani Toma. Bit će nova gospoda bolja, bit će. Vidjet ćete odmah da vam ne farbam. Vi ste tu u selu, pak ne znate što među gospodom u gradu biva.

– Ne boli me za to glava. Ja se u te mudrije ne razumijem.

– Pak čujte, dragi Martine! Vas je snašlo veliko zlo, poginula vam je marva.

– Ubili je, gospodine, zlotvori.

– Dobro, Vi ste izgubili parnicu proti susjedu i morate platiti trošak.

– Bog mu oprosti taj grijeh.

– E grijeh, grijeh, al' morat ćete platiti.

– Znam.

– Vi ste još i poreza dužni za pol godine!

– Eh, vaše gospodstvo puno toga zna kad se za mene toliko brine.

– Kad ste dobri. Vidite, mi bi vam pomogli da se iskopate iz toga zla.

– Kako?

– Dobit ćete sto forinti na ruku. To vam dakako nije dosta za krave. Priskrbit ćemo vam trista forinti na mjenicu.

– To je onaj dugi, uski papir, je l'?

– Da. A za porez ne bojte se. Mi ćemo već gledati da vas pričekaju.

– Zašto, molim, da se meni, nepoznatu čovjeku, dijeli toliko milosti?

– Budite vi samo naš. Vas slušaju seljaci. Predobijte ih za nas, da našu novu gospodu izaberu, vidjet ćete kakav će to život biti. No jeste li me razumjeli?

– Jesam, hvala Bogu!

– Pa? Sad nam valjda vjerujete?

– Hvala na tolikoj milosti, ne vjerujem.

– I nećete s nama?

– Neću.

– Ta kako?

Seljak pogleda gospodinu u brk i reče mirno:

– Jer sam magistratskoj gospodi riječ dao da ću opet za njih biti.

– Šta je zato? Ta vi ne kazujete kod izbora na usta, za koga ste, već samo bacite svoj glas na papir u škrinjicu. Toga ne vidi nitko.

– Vidi Bog, vaše gospodstvo. Ne, toga još nije čovjek od mene doživio da koga poljubim u lice, a straga ga lupim batinom. Tako rade Cigani i možda nekoja gospoda. Ako je na mene došlo da mi novaca treba, opet ne prodajem svojega poštenja i ne dam se kupiti. Zlo je na mene došlo, istina je, budi božja volja. Nevolja me stiska, al' svaka je nevolja za vremena. Ta ja se ne bih ufao doći u grad niti izići pred ova moja vrata da drukčije govorim i drukčije radim. Ako ste seljaku dobri, ako vam je toliko do našega siromašnoga Jelenja stalo, a vi činite dobro i bez našega glasa. Ta vi ste kod vlade, vi možete sve, pak dobro djelo ne pita za plaću, a ima ljudi da će svojega bližnjega od same ljubavi toli jarko grliti da ga pri tom i zaguše. Načinite nam

taj put, taj most, taj nasip pri Savi, kako ste lijepo na papiru nap-
ravili, onda ćemo istom vidjeti da ste dobra gospoda, a za vaše
vam novce hvala!

– Dakle nikako? – zapita stranac razjaren.

– Nikako – odvrati seljak.

– Pazite se, kume Martine! Moglo bi još gore biti po vas.

– Ako Bog hoće, da! – Ja se samo Boga bojim.

– Bogme imaju i ljudi jakosti.

– Zle jakosti! Znam. Zatrli su blago.

– Pazite se, Martine! – dignu stranac prst.

– Eh, vaše gospodstvo! U jednom selu se groze, u drugom
se ne boje; a ja se zovem Martin Lončarić, na vašu službu, i ovo
je moja kuća.

– Dobro, dobro! Vidjet ćete! – viknu stranac i pođe k vratima.

– Da, ondje su vrata, to zna inženjer najbolje. Laku noć
želim vašem gospodstvu.

Luka dozna da je Martin vrlo lijepo otpratio pred vrata go-
spodina tobožnjeg mjernika, koji ga je došao snubiti za izbor.
Njemu je to donekle pravo bilo, jer je slutio da Martinu treba
novaca. Sve to dokaza prosjak pisaru, a ovaj odgovori:

– Čekaj, doći će sunce pred naša vrata. Luka, pusti ti samo
mene.

– Što ti se opet vrti po glavi, grešna dušo?

– Eh, sveče! Ja toga tebi neću reći.

– Ti obećaješ i obećaješ, a ja ne vidim po mene nikakove
sreće. Ti tvoji računi ili nisu čisti ili su krivi. Čuješ, meni se ne-
će više čekati, ja idem ravno k Martinu ili k Mari.

– Idi, idi! – nasmija se pisar – dobro, ja neću ništa dirati.
Idi, al' evo moje glave, Martin će te napolje baciti. Jesi li polu-
dio? Taj tvrdi seljak još se nije smekšao. Nije li otpravio korte-
ša, koji mu je htio na mjenicu uzajmiti novaca, a mjenicu treba
prodati, da ga šarafiti možeš? Badava je pokucao na Martinova
vrata. Ali ti velim da je Marin otac u neprilici. Ja znam da traži
novaca i da ih nije dobio. Lud je, ne razumije se u posao, ne zna
gdje tražiti treba, stidi se luđak.

– Ah, traži, veliš?

– Dabome. Zato ne budi lud, ne odaj se prije vremena. Vrebaj samo. Ja ću jamu kopati u koju Martin pasti mora, a ti ga možeš odmah uhvatiti. Istom kad bude u tvojim noktima, možeš mu reći što si namislio. Sada bi sve pokvario. Zato se čuvaj. S jedne strane nije išlo, ići će s druge.

Luka pogleda ispod oka pisara, al' je Mikica toli prostodušno i jasno govorio da Luka nije već sumnjao o njegovo prijateljstvo te ga nije više pitao što snuje.

– Dobro je – reče – budi po tvojem.

– No, to je od tebe pametno. Seljake utužio sam sve – nastavi pisar – svi su osuđeni, ja imam u džepu sve osude. Ali su popareni bili!

– Znam – potvrdi Luka – već ih je bilo pet–šest kod mene, da ih pričekam.

– A ti?

– Ja nisam rekao "da", a nisam ni rekao "ne". Kad svršimo svoj posao, onda ćemo ih pograbiti kao lisica kokoš.

– Čuješ, Luka – upita pisar lukavo – ta gospoda ne plaćaju bogzna koliko. Piti se može, da, al' za dvije–tri kapljice nije se, bogami, vrijedno truditi i mučiti.

– Ti si uvijek gladan i žedan – odgovori mu prosjak zlovoljno. – Nisam li ti već dao novaca?

– Šta si dao? Tri puta deset, a jedanput pet forinti kapare, svega skupa trideset i pet. Tih prnjavih nekoliko grošića može čovjek na prste sračunati, a ti si reko da će toga biti ko blata.

– Muč', gavrane – odreza mu prosjak – misliš li da ćeš ti sve sam pojesti? Nema li trideset drugih ljudi koji mi pod nos pružaju dlan, ne treba li starješini začepiti usta? Svi ti ljudi imaju pri izboru glas, a ti ga nemaš.

– Oho! A nosi li milostivi gospodin Luka svoj votum u svojoj prosjačkoj torbi?

– Nosi ga, imat će ga, a ti nikad – rasrdi se Luka.

Pisar trznu se od ljutosti i htjede već planuti, al' se predomisli i reče posve mirno:

– No, no! Dobro, imat ćeš ga! Ja sam samo pitati htio hoće li još koji grošić dobre ruke pasti.

– Hoće – reče prosjak mrko – ne boj se na svoj trud. Idi, ne zabadaj se uvijek u me. Al' što pitaš za to? Nisam li ti prije tri dana dao deset forinti?
– Jesi.
– Pa gdje su ti?
– Eh! Po zraku lete, kume moj! Vrag zna, ti novci tope se na mojoj ruci kao snijeg.
– A na što vraga? Ne piješ li badava u krčmi?
– Pijem, hvala Bogu, ali nije to ugodno kad si uvijek privezan na jednu krčmu kao pas na lancu. Bio sam u gradu. Pa znaš – eh! Ha, ha, ha! Katkad se čovjeku hoće gospoštine.
– Niti haljine si nisi kupio.
– Nisam – nasmija se pisar pogledav svoj prnjavi kaputić – čemu na to novce trošiti? Što ne ide u grlo, za to čovjek i ne zna.
– Ti ćeš do groba ostati kakav si sad.
– Ah, to je opet istina. Iz te kože nikamo i nikud. Meni je suđeno. Pusti me, ne trudi se. Daj mi samo koju forintu, treba mi toga.
– Zašto?
– Ne pitaj me. Treba mi. Pak je onako za tvoj posao.
– Na – reče prosjak izvadiv petaču – jedi! Ali mi ne dođi skoro, meni treba krme i za drugu živinu.

Pisar strpa novce u džep i pogleda postrance na smotak banaka, što ga je Luka u ruci držao, i oči mu se nekako čudno zakrijesiše, al' Luka stavi ih brzo u torbu, rekav "zbogom", okrene pisaru leđa i ode hrlo.

Mikica nasmiješi se zlorado i šapnu:
– Pazi, kume, da ne budeš i gavranima krma, da ne budem ja ona živina koja će se tvojom krmom hraniti! Razumijem ja finoga Luku. Jednu forintu daje meni, a devet ih drži za sebe, jer mu treba kućicu kupiti. Da, da. Čuvaj samo lijepe grošiće, naći će se tkogod koji će ih potrošiti.

VIII

Bijaše lijep proljetan dan, nedjelja. Sve voćke, sve živice i grmlje u selu i oko sela bilo je posulo bijelo i rumeno cvijeće, sve se je zelenjelo, sve treptilo od života. I one kukavne seoske kuće bijahu prijatnije, jer ih je napol zaklanjalo živo zeleno lišće, i one gubave ograde ne bijahu toli ružne, jer su po njima skakali i lepršali vrapci, strnatke i vrane. A i narod bijaše čist, u bijelo odjeven, ta sveta je nedjelja. Štaviše, po selu kipio je pun život, kliktalo je veselje kakvoga Jelenjani jošte ne vidješe. Sav je svijet izišao iz kuće, da se nagleda toga čuda, sve je vrvjelo k samotnoj krčmi, gdje su guslači seljaci iz Stupnika vragometno gudili sjedeći na bačvama pred kućom. U kolo naokolo bjehu se razredili mladići i djevojke gledajući željnim okom u sredinu, gdje su se dvije–tri djevojke vrtjele oko momaka, da im je prah ispod peta vrcao. Naherena šešira stajahu momci pušeći dugoljaste talijanske cigare, imajući slamku za uhom. Pa se ispuče jedan, ispuče drugi i uhvati i ovu i onu za ruku. Nešta se mlade nećkale, kanda im se tobože neće, al' se napokon od srca nasmjehnuše, i za časak zavrtješe ih mladići u kolu tapkajući nogama najprije sitno, polagano, pak brže i brže, a najzad bijesno, mahnito, da se je selo oko njih okretalo, i bilo je cike i vike, huke i buke. Vrtjelo se to i jujukalo od srca do volje i preko volje. Nad krčmom vijala se velika zastava, uz krčmu stajaše velik lagav. Vino je teklo i teklo bez kraja i konca, teklo bez plaće za dobri veseli narod. Uz krčmu plamtjele četiri velike vatre. Tu se vrtjela hitro četiri žuta velika krmka na ražnju, tu je kipjelo u velikim kotlovima papreno meso. Naokolo stajahu pune košare bijela kruha; koga je volja, nek si ga nosi. Psi iz cijeloga sela sjatili se amo da i oni ugrabe masna plijena il' bar golu kost. A u krčmi je istom grmjelo. Tu se je tiskala svjetina po sobi kao u kakovu proštenju, stol do stola, klupa do klupe, seljak do seljaka. Puni su vrčevi, nikada prazni, jer što grlo popije, to krčmarica opet iznova nalije. Stoji žamor i vika, stoji zveka i cika, a pokadšto pukne vani puška, da se kuća trese. Narod se veseli, dobri taj narod. Kako mu se lica žare, kako mu srce igra! Pilo se, pilo, nije se brojilo kapljice, nije se vadilo novaca, danas se troši bez računa ko u raju. Ej, to je dan! Šta je Božić, šta je Vazam, šta proštenje il' svadba! Ništa! Dobro je, veselo! I uvijek mora dobro biti, uvijek veselo! Živjela gospoda koja su to dala! To su dobra gospoda, naša gospoda! Njih ćemo birati! Složno, dječaci! Ne treba nam starih! Dost' su se naše muke najeli, naše krvi napili. Nova gospoda sve nam nose u kuću, stara sve iz kuće. Pametno ljudi! Da, da, sad smo mi gospodari, mi u čohi, sad mi možemo pitati: Aj! Pošto je slavni magistrat, koji nam uzimlje porez i daće, koji nas tjera da navozimo putove, koji nam otimlje našu djecu u soldate, a daje u kuću tuđe soldate? Nećemo, nećemo tako! Nećemo stare gospode, nova su naša!

Danas dogovara se narod u Jelenju koga da bira. Tako je urečeno, zato vije se nad općinskom kućom zastava. Svi su gotovo seljaci došli do krčme, samo Martina nije. Pošao je u grad da traži novaca, pa da je i ostao u selu, ne bi on bio došao do krčme, jer Martin, govorahu seljaci: "nije naš". Al' zato je došao Mato. Eno, sjedi u kutu za stolom, podupro je laktima glavu, pije pa se smije, žari se od veselja i vina, žari se od ljutosti na svoga sina. Oko njega sjatilo se klupko seljaka i sluša ga vjerno kako buči i šakom po stolu lupa. Do njega sjedi pisar, inače kukavica i plah, jer se boji magistratskih batina, danas začudo junak, goropadnik. Naherio je šešir na lijevo uho, donju usnicu promakao na gornju, a tanka cigara uzdigla mu se ponosito uz nos. Lice mu cvate, bože moj, kao pelinovo vino. Danas je njegov dan, njegov Božić, kad se sve mota i miješa, kad se živi bez krajcara. Pred vratima sjedi Luka. Je l' prosjak, nije li, pita se svijet. Počešljan je, obrijan, bijela mu rubina, cijeli opanci, na glavi novcat šešir. Malo govori, al' gleda amo, gleda tamo, broji seljake, vreba je li koji njegov dužnik izostao, jer je svima zapovjedio da dođu. Starješine Janka nema u tom kolu, već on sjedi pred onom malom krčmicom kod Kranjca na kraju sela, sjedi sam i gleda željnim očima k velikoj krčmi, gdje se svijet pripravlja na izbor i pije. Boli ga duša da ne smije i on onamo poći, al' ne smije, jer je magistratski čovjek. Još sjede stara gospoda na vijećnici, i bogzna hoće li nova doći.

– No, nećete li vi onamo, kume Bolto – zapita starješina Kranjca. – Ti se tamo kruto vesele.

– Nek se vesele, ne idem – odreza Kranjac mrko – imam svojega vina. Šta će ondje napraviti? Svijet će popraviti, sreću donijeti? Hoće, vraga. Zaboljet će koga toga glava. Radije da sjednu kod kuće, da se brinu za svoje poslove i prištede koju krajcaru za stare dane.

– Istina, istina! – potvrdi starješina. – Reko sam im ja da su poludjeli, da treba slušati gospodu i pokoran biti poglavarstvu, ali su oni kao plahi konji kad se otrgnu od ruda. E, takav je svijet, kume Bolto, takav je svijet.

– Još polić, kume Janko? – zapita Kranjac videći, da je Jankova boca prazna.

– Eh, pa dajte, u ime božje! Kad je nedjelja, može si čovjek još koju čašicu priuštiti.

Bolto donese vino i sjednu na klupu do starješine, koji mu ponudi čašicu:

– Pijmo mi, Bolto, za našu gospodu! Mi smo naši! Pravo ste rekli! Ti će svijet popraviti! Ti će skinuti porez i soldate! Ja sam varoški činovnik, ja sam za staru gospodu.

– Ja se za sve to ne brinem, već gledam za svojim poslom. Sjedio ovaj ili onaj na varoškoj kući, samo da je prav. Ja i ne idem birati! Svoj porez, svoju daću plaćam, pa nikomu ništa!

– To ste pametno rekli, kume, nikomu ništa! – potvrdi Janko. – Bog nas poživio! Eh, mi smo stari, mi se znamo. Ali onamo ne bih išao, ne bih pod živu glavu. I vino ne valja, prava kiselica. Vaše da, čast i poštenje!

Dok je vrijedni starješina tako hvalio Boltino vino, junačio se Mato u drugoj krčmi silno:

– Da, da, Martina nema! Pa da, on je pametniji, on je gospodin, mi smo glupa živina! Na čast mu njegovo gospoda-rstvo, nam neće zapovijedati. Ja sam mu pokazao da i njemu gospodara ima.

– Umhu! – izmuca smiješeći se Mikica.

– Jesi li mu fiškala poslo na vrat – zapita seljak Grga – je l' ga je prešo?

– Umhu! – ponovi Mikica potvrđujući glavom.

– Dajte mi mira! – kriknu Mato – ne govorite mi o tom fiškalu. Mene je Martin uvrijedio u srce, al' malda se nisam za tu komisiju pokajao.

– Šta je, šta je? – zapita Stjepan.

– Oplijenio je Martina, da su mu suze išle na oči, al' mislite li da sam ja krajcaru dobio za svoju šljivu? Šta je Martin platio, to je fiškal pojeo. Sad imam šljivu.

– Svoje pravo imaš! – opazi Mikica.

– A bijes te jahao s tim mojim pravom! Pokaži mi ga gdje je!

– Toga ti ne razumiješ. To stoji u zakonu.

– Hvala Bogu, da ne znam čitati – nasmija se Grga – ja bih taj zakon spalio.

– Da, da! Za svakoga od nas imaju gospoda drugi paragraf, al'– nijedan nas ne gladi.

– Ludi ste vi skupa – razjari se pisar – nego zašto sjedimo danas ovdje? Da si popravimo što za jelo. Stari paragrafi, istina, ne valjaju, al' nova gospoda napravit će bolje zakone.

– Hm! – nasmjehnu se Grga – bogzna hoće li!

– Ti si luda – planu pisar – kad ti ja kažem, mora biti istina. Ja sam pismen čovjek. Al' čuj, čuj! Kola idu. Eh, to su naša gospoda. No, sad ćete sami čuti.

Za to vrijeme letjela su brza štajerska kola prema selu a na njima dva čovjeka. Jedan bijaše onaj glasoviti Matin fiškal, a drugi, koji je konje tjerao, okrupan, u crno obučen bradat čovjek. Lice bilo mu je krupno, crte surove, gledao je mrko ispod svoje kape, a po svem izrazu vidjelo se da ima više sile nego pameti. Oko vrata visio mu je krupan zlatan lanac, a na njegovim kratkim jakim rukama sijevalo je veliko prstenje. Vrijedna ta gospoda dođoše k dobromu narodu da se s njim povesele i da dokažu kako bi mu bolje biti moglo; vrijedna ta gospoda nisu za sebe tražili nikakove koristi, njih je srce boljelo samo za taj siromašni puk!

Kad su kola prolazila kraj Boltine krčme, opazi debeljak starješinu, gdje u slavu svete nedjelje pobožno pije. Janko gledao je pred sebe, kanda došljake ne poznaje, nit se s njima upoznati mari, jer to ne bijahu "njegova gospoda", a valjda htjede dokazati Kranjcu kakov je on vjeran gradski službenik, no kad u taj par Bolto zamaknu u svoju kuću, ogleda se Janko, stisnu lijevo oko, nasmjehnu se prijazno debeljku i pokaza prstom prema drugoj krčmi. Pa se ti ljudi ipak znali i razumjeli.

Sad dođoše kola pred veliku krčmu. Gospoda zaustave, svirka umuknu, i pijan seljak doviknu došljacima:

– Bog poživio našu vrijednu gospodu! – a za njim zaurla čitava četa.

Gospoda siđoše s kola, a onaj debeljak počne:

– Hvala, hvala, moji dragi ljudi! Ej, vidim, veseli ste! Dobro, dobro, samo dajte tako dalje! Dosta ste trpjeli, dosta se mučili, a za koga? Za sebe niste.

– Istina, istina! – potvrdiše seljaci – pravo govori vaše gospodstvo.

– Ne bojte se ništa. Sad mora na vaše doći, sad ćete vi govoriti.

– I hoćemo.

– Bome, kad porez plaćate, imate i pravo kao god svaki gospodin u varošu.

– Jujuju! – viknu pijani seljak – to je naš gospodin, naš, naš, naš! Erdegata.

– Ah, ti si, Miško – odvrati debeljak lupnuv pijanca po ramenu – znao sam da si ti naš, da si poštena duša.

– Oh! Oh! Oh! U mene se može vaše gospodstvo pouzdati, ja stojim čvrsto kao klin, kao klin, erdegata! – završi pijanac glavinjajući.

– A ti, Đuro? – obrati se debeljak k drugomu – šta tu na strani stojiš? Je l' dobro vino, a?

– Nisam ga kušao, vaše gospodstvo – odvrati seljak plaho skinuv šešir i počešav se za uhom.

– O, o! Zar ga se bojiš! Vidi, vidi! Čuješ, Đuro, tebi kao da duša nije čista. Ti pališ Bogu i vragu svijeću. Ne budi lud! 'Ajd s nama! Aha! Znam! Tvoj sin mora pod mjeru, pak se bojiš te fine magistratske gospode. Ne boj se, Đuro. Neka ga samo uzmu. Mi ćemo do cara, car će ga pustiti. 'Ajd s nama, mi smo svoji! Dete, ljudi, jedite, pijte! Ej, mužikaši, gudite! Na! – viknu i dobaci guslačima petaču. Samo veselo, djeco, samo veselo! Ej, mamice! Jeste li skuhali paprikaša onako po mojoj volji, da se dade piti?

– Oh! Na službu, vaša milosti! – pokloni se krčmarica – eno, sve se crveni od paprike, kao da kuhani raci u masti plivaju.

– Dobro, mamice, dobro! Znam ja da takove kuharice ni u gradu nema. Ej, momci, zašto ne pušite? Nema cigara? Na! – reče debeljak i poče iz džepova bacati cigare među seljake oko sebe. – Pušite, pijte, jedite! To mi je drago, da je moj narod tako veseo. Ta da, poznamo se. Nema čovjeka nad Jelenjanima.

Uz klicanje seljaka uđoše došljaci u krčmu, a i ondje pozdravi ih nova grmljavina.

– Zdravo, ljudi! Hvala lijepa! Živjeli i veseli bili! – vikaše debeljak klanjajući se na sve strane. – Ho, ho! Ala vas ima. Da, da, to je naš narod. Zna seljak gdje ga rana peče.

– Zna, zna! – vikahu seljaci.

– Nije seljak živina, kako gradska gospoda misle.

– Pokazat ćemo mi gospodi! – viknu Stjepan dignuv pest, al' u taj čas skoči Mikica na noge, dignu vrč i kriknu:

– Ja velim: Bog poživio našu vrijednu gospodu koja su nam Jelenjanima prijatelji, gospodina Galovića i gospodina fiškala Bradića.

– Živjeli! Živjeli! – zaurla množina zvekećući čašama, samo Mato osta sjedeći te je pijane oči bijesno upirao u fiškala.

Tad se Galović, držeći punu čašu, pope na stolac, a Mikica kriknu:

– Posluh! Posluh!

– Posluh! – ozvaše se seljaci, sve ušuti, i Galović uze govoriti.

– Hvala vam, dragi prijatelji, hvala. Moje se srce čisto veseli kad sam među svojim dobrim narodom, i u misli se uvijek brinem za taj puk. Ne mislite da sam ja takov kakova su druga gospoda, zato što kaput na sebi nosim. Što mi je na srcu, to mi je na jeziku. Ako drugim ne vjerujete, koji pri punoj zdjeli sjede, pravo imate, dosta su vas puta prevarili.

– Istina je, istina!

– Meni možete vjerovati. Ja neću biti niti kapetan niti senator niti pandur! Meni, hvala bogu, toga ne treba!

– Živio! Živio!

– Pa kad me izaberu za kakovu god službu, ja bih narodu zabadava služio!

– Živio!

– I svoju plaću siromasima dao!

– Živio, to je naš čovjek! Bog blagoslovio vaše gospodstvo!

– U gradu ćemo sad birati nove asesore i nov magistrat. Zato smo došli amo, da se dogovorimo s poštenim narodom, da ga pitamo koga on hoće. A tako mora biti. Niste vi nikakva marva.

– Nismo, nismo!

– Jesu li vas ikada gospoda pitala koga hoćete, šta hoćete?

– Nisu nikad!

– I nisu, nego su se sabrali kaputaši u gradu, koji imaju pune džepove, pak se pravdali za vašu glavu, i kad je trebalo birati, samo su vam papir tisli u ruke, da ga bacite u škrinjicu.

– Tako je!

– Jesu li vam kazali tko je tu napisan?

– Nisu nikad.

– Znate li vi, siromasi, čitati i pisati?

– Ne znamo.

– Vidite kako su vas prevarili!

– Jesu, jesu.

– Jesu li vas ikad pitali nisu li vam daće prevelike?

– Nisu.

– I ako je tko komu groš dužan bio, nisu li vam poslali bubanj pred vrata?

– Jesu, jesu.

– Jesu li dali ženiti se vašim dječacima?

– Nisu.

– I nisu. Kad su vaši dječaci mali, vuku ih u školu, gdje su učitelji skupo plaćeni, a ništa ne znaju, a vi kod svoga gospodarstva nemate nikoga; a kad dječaci prirastu, vuku ih u soldate.

– Istina, istina!

– Da, da! Kad vas sve skupa oko sebe vidim, kad pomislim kako biste mogli sretni biti da su poglavari bolji, moje mi srce puca. Hoćete li tu krivicu i dalje gledati?

– Nećemo! Nećemo!

– Pravo ste rekli! Tomu carstvu mora biti kraj! Dolje s njima!

– Dolje s njima! – urlaše svjetina.

– Ja se nikomu ne namećem i molim vas da me ne izaberete.

– Hoćemo, hoćemo!

– Ali da mene izaberete za asesora, ja bih po vraški onim varoškim kicošima doviknuo: Stanite malo! Niste vi kaputaši sami na svijetu! Da nije pluga i brane, da nema orača i kopača, ne biste ni svagdanjega kruha imali. Poštujte seljaka, i njega je gospodin Bog stvorio na svoju priliku, i on je pošten čovjek. Dajmo mu, što ga ide, budimo pravedni, ne gradimo samo sebi palače, telegrafe i škole, ne palimo samo sebi lampe, a na selu da ne vidiš ni prsta pred nosom. Nek plaća svatko koliko može.

– Da, da, da! Mi previše plaćamo – vikahu zaneseni seljaci.

– Nova gospoda drugačiji će red uvesti, pravica mora biti, ne smiju gospoda paragrafe samo za sebe pisati, već i za sirotinju, ne smiju samo varoški miši jesti vašu slaninu. Ja vas lijepo molim da me ne izaberete za asesora, jer imam drugoga posla, ali da sam ja vaš zastupnik, zacinkao bih ja po vraški i ne bi više Sava poplavila vaše zemlje.

– Živio! Živio! Mi hoćemo vaše gospodstvo. Vi ste naš čovjek. Vi morate naš zastupnik biti. Mi hoćemo!

Za te vike skoči Mikica na stol i kriknu:

– Staro je gvožđe rđavo! Dolje s njim! Da Bog poživi našega novoga asesora, poštovanog gospodina Galovića.

– Bog ga poživio! – vapijahu seljaci. Za tren popadoše debeljka i noseći ga na svojim ramenima dozivahu mu: "Živio naš asesor! Živio!" Svirka zasvira, puške pukoše, vino je teklo, a debeli gospodin Galović klanjao se u zraku na sve strane boreći se rukama da ga pijana četa ne zbaci. Kroz šum i buku, kroz svirku i pucnjavu zagrmi Galović:

– Hvala braćo, hvala! Ja, bogami, nisam htio, al' kad me pod silu hoćete, velim: Glas naroda glas je Boga. Ja ću se boriti za vaše pravice, moje srce bije samo za ovaj siromašni narod!

– Živio! Živio!

Seljaci pustiše napokon omašnog govornika sa svojih ramea, na što si Galović, sjednuv, obrisa znoj sa čela, istrusi tri čaše nadušak i viknu:

– Sad ćemo gulaša! Mamice, dajte! Oh, pokazat ćemo varoškoj gospodi! Samo veselo, dječaci!

Seljak Grga pako dovuče se do debelog kandidata, dodirnu se njegova ramena i reče kroz mamuran smijeh:

– Oh! Oh! Vi ste naš čovjek! Vaše gospodstvo zna fino govoriti! Molim vas, imate li cigaru?

– Imam, dragi, imam. Na, zapuši si.

– Oh, oh! Dajte, da vas poljubim! Vi ste naš čovjek.

Dok je razigrani Grga Galovića smokćući ljubio nadesno i nalijevo i smiješeći se gledao mu debelo lice, dok se Galović tomu nemilomu milovanju mrmljajući otimao, pođe Bradiću za rukom popeti se na stolicu:

– Posluh! – viknu Mikica.

– Posluh! – svi za njime, samo je Mato brkove grizao i šakama se upirao u stol. Tada prihvati Bradić:

– Dakle, dragi ljudi, kako je moj predgovornik lijepo rekao, mi moramo složni biti za naše stare pravice, kako je prije bilo pod konštitucijom.

– Da, da! – viknu ujedljivo Mato – rabota, batina i kalda!

– Mir, mir! – izdere se Mikica.

– Mi nećemo više ciganskog gospodarstva, kako je dosad bilo – nastavi zakutni odvjetnik, vječni kandidat senatorije.

– Niti fiškalske ciganije! – izmuca Mato.

– Mir! Posluh! Jezik za zube!

– Pravi, pošteni ljudi moraju doći na magistrat, ne kakvi su sada, koji vas samo gule!

– Onda ne možete ni vi – kriknu Mato.

– Mir, Mato! Bit će zlo!

– Mi ćemo vam biti pravedni, nećemo primati mito, oslobađat ćemo vašu djecu i plaćat ćete samo polovicu daće!

– Živio! Živio! – vikaše svjetina.

– Hvala, hvala, dragi ljudi! Da sam ja senator ja bih sve financijere otjerao, pak biste slobodno žgali rakiju i mirno ju ispili.

– Ako bi vam polovicu dali – nasmija se Mato gledajući fiškala kao bijesan mačak.

– Muči, seljačka beno! – kriknu Bradić sa stolca.

– Mir! Van s njim!

Mato zadrhta, oči mu sijevnuše, lice mu se zažari. I dignu se na noge i lupi objema šakama po stolu.

– Ne, ne, ne! Ne idem van! I sto puta ne idem! Ovo, ovo! – mucaše seljak pokazav kažiprstom na Bradića – laže! Ovaj tu će vam pravicu krojiti, potari ga Sveti križ. Zakopajte se radije u crnu zemlju. Gledajte me samo kanda ćete me pojesti, ne boji se Mato, ne! Hoćete li čuti vašu dobrotu? Gdje je moja šljiva, vi fini spectabilis? Vi? A? Pojeli ste je skupa s korijenom. Vražja je to pravica.

– Mir, Mato! Poludio si! – gurnu ga Mikica.

– Ne dam, ne dam mira, makar me tu na mjestu skončali – lupi seljak šakom po stolu. – Sve nek čuje što ga ide. Je l' vam Gregurinčić dao pedeset forinti da mu izvadite sina? Pojeli ste ih, a mladi Gregurinčić nosi i danas telećak. Recite da nije istina. Je l' vam Tomo dao deset forinti na biljege za svoju pravdu? Strpali ste ih u džep. A kad vas je došao pitati kako stoji pravda, bacili ste ga van, a kad je išao za to k sudu, reče mu sudac da niste ni pera zamočili za njega, pa je morao tražiti poštena fiškala. Recite da nije istina?

– Ti si pijan! Vidite da je pijan! – škripaše Bradić blijed, grozeći se objema šakama.

– Ja pijan? Ja? Jesam li sve to iz ovog vrča izvadio? Dakako! Kad vam čovjek istinu gudi, zaboli vas glava. Poznamo se mi dobro. Već smo se jedanput vidjeli, baš tu vidjeli. Imate li to u svojoj pameti zapisano? Znate, kad smo ono zadnji put birali za grad. Došli ste k nama kortešovati za gospodu, koja sada u magistratu sjede. Rekli ste nam da su gospoda, za koju sada govorite, lopovi – sad su vam anđeli! Dakako. Mislili ste da će vas stara gospoda za senatora načiniti, al' nisu. Sad mislite da će vas nova. Hoće, brus. Nije im vrana ispila mozak. Plaća! Plaća! To je ono, je l'? Zato vam ide voda na usta. To je vaša dobrota, to je vaša ljubav za nas. A vi mu vjerujte? Glupaci ste, glupaci!

– Van s njim! – zagrmi Galović dignuv šake – laže, laže! Pijan je! Pije naše vino, a hoće nas izdati.

– Van s njim! – zaurlaše seljaci u jedan glas.

– Ne! Ne! Ne! – upriječi se Pavleković bijesan i crven kao rak; al' poput munje spopade ga deset šaka za ruke, za noge, za glavu. Kao perce poniješe ga k vratima, pred vrata. Previjajući se u zraku, praćakajući se, stenjaše seljak muklo. Zaludu! Šake, batine padahu nemilo na jadnu žrtvu, dočim je razjareni fiškal za njime vikao:

– Čekaj! Seljačka beno! Donijet ću ja tebi drugi račun!

– Stan'te! – nasmija se Galović – pokrstimo nekrštenu hulju. Eno vam badnja kišnice! Naučite ga pameti! U badanj s njime!

Nekoliko seljaka udari u grohot, ali većina zašuti, poposta, bilo ih je stid takova čina. Tad skoči iza grma kraj puta mladić Andro. Plamtećih očiju stane pred seljake i dignu veliku batinu.

– Stanite! – škrinu – tako mi Boga, prvoga, koji mi se makne, zatući ću kao psa! Vrzite starca na tle! Na sreću dobro dođoh! Vi da ste ljudi, kršteni ljudi! Zvijeri ste. A vi ondje na pragu gospoda, fina gospoda! Sram vas bilo!

– O ti muška beno! razjari se Galović – a tko si ti?

– Stražmeštar, sin ovoga starca. Sramite se toga finoga kaputa što ga na sebi nosite. Moj darovac je finiji, pošteniji. Da, gori ste neg' ovaj narod, što ste ga opojili kao živinu. To je vaša dobrota, koju nam na selo nosite. Pfuj! Sram vas bilo.

– Potucimo ga, ljudi! – ruknu Galović koraknuv prema Andriji.

– Dođite! – planu mladić – dođite na moje šake! Mislite li da se vašega kaputa bojim, mislite li da ćete me kao vola zatući? Dete! Da vidimo čija će glava krvava biti. Ja sam soldat i znam da i vrh te gospode ima još više gospode, da suda i zakona ima. A vi Jelenjani, gledajte toga starca u travi. Tako li rade zemljaci! Svaki njegov bijeli vlas past će vama kao kamen na dušu, vi prostaci bez srca!

Seljaci, videći da nema šale, ni da su se makli, već se jedan po jedan odšulja u krčmu, a uz njih mrmljajući i gospoda

Galović i Bradić uvjeriv se da je čoha ipak mekša nego fino sukno. Andrija pristupi k ocu, razgali mu prsa i stavi ruku na srce. Još je kucalo. Seljaci ga poniješe kući, Andro pako zapregnu konje i potjera ih u grad, kanda ga đavoli gone, da dovede doktora. Liječnik dođe, pregleda starca i pusti mu krv. Bol, jar, vino uzjariše mu krv, potresoše živce, kaplja ga dirnu. Liječnik ga izbavi, Mato poče jače disati, pootvarati oči, al' desna mu ruka bijaše mrtva. Poniknute glave sjeđaše Andro svu božju noć kraj očeve postelje. Bijaše nijem kao kamen, nit je šta čuo ni vidio, samo kadšto primaknu se starcu da vidi diše li. Tiho i mirno bilo je u toj sumračnoj sobi, gdje je samo mala uljanica gorjela. Ali ondje na drugom kraju sela plamtjele su žive vatre, miješalo se urlanje ljudi u lavež pasa, ondje zveketahu čaše uz mrmor debelih struna, ondje puče puška za puškom u proljetnu noć. Sanak navali na Andrijine oči, i usnu, ali i kroz san brujio je nejasan šum bijesne pijanke! Ujedanput probudi ga krič. Skoči na noge, protrnu. Rumen žar prodiraše kroz okna u sobu, te je titrao na blijedom licu, u otvorenim očima bolesnoga starca.

– Pomoć! Pomoć! Gori! Gori! – vapijahu izvana zdvojni glasovi. Andro poleti na vrata. Krvav plamen lizao je dršćući prema ožarenom nebu, crepovlje je praskalo i praskajući padalo, silne oblačine crnorujna dima vitlahu se bijesno zrakom, pokadšto poleti šaka gorućeg sijena poput zvijezda uvis; tu puče greda, tu pade stup, i na sve strane prosu se dažd živih varnica, a u tom ožarenom sumraku, nad kojim je bijelo mjesečevo lice lebdjelo, miješala, motala se, klela, molila, vikala je omamljena svjetina. Kod Martina gori. Martinov kuružnjak, Martinovi stogovi, Martinova štala plamti živim plamenom! – Pomoć! Pomoć! Gori! – vikaše svijet ne znajući kamo da djene ruke. Sad zatutnji od grada veliko zvono. Plamen žderao je kao bijesna, gladna zvijer, slaba voda uzjari ga većma, žarko snoplje prskalo je na sve strane. Martin prislonio se uza zid svoje kuće, stoji kao kamen, plače i, plačući moli Boga. Vatra poplavi cijeli okoliš, već počeše i voćke pucati, plamtjeti kao ogromne zublje, a novi plot među Matinim i Martinovim vrtom pretvori se živom žeravicom, te je sijevao kao žarki pakleni zid. Još malo časa, i plamen proždrijet će i Matinu kuću. Tad skoči Andro, sakupi oko sebe ljude i poče otklanjati plamen od kuće bolesnog si oca, od krova nesuđene drage. Za jedan čas pade plamteći plot pod sjekirom seljaka, a za njim padoše ostaci štale i kuružnjaka, za jedan tren budu oborene goruće voćke. Pedeset ruku razgrtalo je klijuće sijeno i sipalo vodu i dimeću se gomilu. Matin i Martinov krov, gdje je vatra blizu bila, pokriše mokrim gunjevima, na kojima sjeđahu seljaci držeći po kabao vode i pazeći oštro na svaku iskricu koja bi od garišta na kuću skočila. Sve je radilo i revnovalo, a nad svima Andro, bodreći, dovi-kujući, zapovijedajući, moleći, a sve ga je slušalo kao kakova poglavara. Napokon poče vatra jenjati. Plamen zaguši se, nad gromadom pepela i mokrog ugljena vijao se jošte dim, samo katkad skoči gdjegdje koji plamečak, al' ga seljaci brzo zališe. Buka svijeta ukroti se pomalo, a i gradsko zvono zašuti, pa kad su iz grada štrcaljke došle u selo, bila je vatra posve ugašena. Nasred garišta stajaše o mjesečini, otirući si znoj sa čela, Andro, a oko njega hrpa seljaka gonetajući, kako je vatra buknula. Da nije puška od one pijanke? Ta gdje je krčma, gdje Martinova kuća?! Da nije tko s lulom i lampom bio kod sijena? Nitko nije ondje imao posla, a u nedjelju navečer ne bijaše nikoga izim Martina i Mare kod kuće; ti valjda nisu upalili svoje vlastito imanje! Kako nije vatra u kući buknula već podalje na kraju dvorišta? Čovjek je to učinio, zlotvor, ali tko? U selu poznavao je svatko svakoga. Čovjek iz sela nije, jer u Jelenju nije kuća daleko od kuće, pa ako zapališ susjedu stog, može i tvoja kuća izgorjeti. A tuđ čovjek? Odakle? Ta i Cigani makli su svoje šatore dalje, pa ih nema ni blizu.

Da, morala je to biti čovječja ruka, po svemu se na to slutilo. Možda ona zlotvorova ruka koja seljaku uništi stoku, tajna ruka nazlobnika. O tom nije duša dvojila, svatko je žalio seljaka, al' je i svakoga popadao strah. Pokadšto nađe se u kraju zlotvor, pak zatomi krišom, hladna srca u jedan tren sve što skupi muka i znoj cijelog života. Zlotvorna ruka seže amo i tamo, a ne znaš se braniti. Ni glave ne možeš položiti na uzglavlje, ni san ti neće na oči, srce ti dršće, briga te mori, jer misliš: danas tebi, sutra meni! Bogzna neće li meni sred mrkle noći planuti krov nad glavom? O, da ga je imati u šakama, šakama bi ga zadavili, ali šta zadavili, razderali bi ga na komade, jer čovjek, komu se srce pozvijeri, nema prava zvati se čovjekom. Ah, al' gatke su gatke, slutnja je nejasna kao i mrka noć. Zaludu napinje se ljudska pamet, zlotvor šulja se samo sigurnim putem. I seljaci, gatajući tako, dođoše brzo na kraj svojoj pameti. Tužno garište bijaše tu samo užasna, neoboriva istina, plač jadne djevojke jedini odziv na pozorištu nesreće. Seljak Martin pokroči prema Andiji, koracao je snažno, mirno. Bijaše blijed kao krpa, bijaše ukočen kao kostur, njegove oči gledahu nepomično pred sebe. Uhvati mladića za ruku i stisnu je. Oko mu zabludi na garište i smuti se kao čovjeku na umoru, pa ga opet svede na Andriju.

– Andro – reče daveći se – hvala ti. Ti si čovjek, ti imaš dušu. Da nije tebe, danas ne bih imao kamo položiti glavu. Tajna se ruka na me digla, bogzna čija. Bog joj oprostio! Božja nije. Jer ako sam zgriješio, toliko zla zaslužio nisam. Hvala ti! – Andro stisnu samo Martinu ruku i ne reče ništa. Bilo mu je da će od žalosti propasti u crnu zemlju. A i drugi su šutjeli, korteško veselje bilo im je prisjelo, strahovita vatra ohladila njihove ugrijane glave. Među njima stajaše i prosjak stiščući zube, bojeći se da mu ne utekne glasak, da ga ne izda uzdah. Slušao je što govore seljaci, kako proklinju istočnika svega zla, kako bi ga razderali. Slušao je i prisluškivao. Oh, koliko je želio da bude on na Martinovu mjestu, da mu je sve izgorjelo, kuća, kućište, sve – al' ne! Njemu ne može izgorjeti kuća, ta nema je, njemu samo duša gori, samo duša. Kod svake kletve zadrhta mu srce, kod svake riječi strese se kao šiba, al' opet bijaše tu prikovan kao razbojnik koji krišom gleda kako mu druga vješaju. Nije on zlotvornu iskru primakao Martinovoj sreći, al' je znao da je nesreća Martina rad njega snašla, znao je da je on izvor svega zla. Čudio se je kako jedan čovjek razlogom tolika zla biti može, proklinjao je sa seljacima zlotvora i, proklinjući se tiho u duši odšuljao se od garišta.

Sve je selo bilo prihrlilo na Martinovu nesreću, pače i pijani starješina – samo jedan čovjek nije – pisar. Gdje je? Više je danas pio no obično, na silu pio. Lijevao je u sebe vino, kanda je voda, vikao je mahnit u veselu društvu preko grla. Izletio bi kadšto pred krčmu, gdje je kraj vatre kolo igralo. I on uhvati se

u kolo. Skakaše kao bijesan, kanda ga drži velika nemoć. I ušti-
nu ovu i poljubi onu, i baš je htio trećoj ruku oko pasa ovinuti,
kad se nebo zažari, kad iza crnog drveća plamen planu, kad se je
orilo po noćnoj tišini: – U pomoć! Gori! Gori! – U glavu mu
udari krv, cijelim tijelom potrese ga mraz. Zastrepi, dignu glavu,
drhtaše. Kolo se rasplaši, kao da se kobac zaleti među perad. Pi-
sar osta kraj korteškog krijesa sam. Plamen ga ožari, pisar prep-
laši se sama sebe, preplaši se bijelog mjeseca, štono je s neba u
njega zurio. Zvono iz grada zatutnji. Kanda ga je klatno izdale-
ka lupilo po glavi. Naprijed ne može, natrag ne može, a sve one
crne grane, što se ističu iz živice, kanda su dugi prsti, koji na
njega pokazuju: "Ti si, ti si zlotvor!" I onda obijeljena krčma s
bliještećim od ognja okancima, kanda je ogromna glavurina sa
žarkim očima, kanda mu se kesi, kanda reći hoće: "Ti si, ti si
zlotvor!" I oni plameni od garišta, štono oštri drhtahu k nebu,
kanda su žarki jezici, koji Bogu dovikuju: "Eno zlotvora, eno!"
Tad skupi hulja svu svoju snagu, pritisnu lakte k rebrima i nag-
nu bježati. Utroba mu je gorjela, glava se točila, grlo se stezalo.
Bježao je, bježao bez glave, bez obzira za prvi grm, na prvi put.
Noge ga nosile, duša ga gonila, bio bi letio do nakraj svijeta, bio
bi sunuo u Savu, al' kao da ga je dirnula munja, trgnu se, zaus-
tavi se. Tu je raskršće, tu je raspelo, ono staro crveno raspelo, a
na njemu raspeti Bog blijedo oličen. Okrijes bjesneće vatre upi-
raše se u krst, drhtaj plamenog žara igraše na Spasovu licu. Pisar
se zgrabi za glavu buljeći u raspelo. Oh, to lice, to blijedo lice
na križu, to ga peče i žeže. Ne toče li se one strahotne oči, piljeći
u njegovo srce, kao dva oštra noža? Ne mrači li se oko, čelo od
jarosti, ne dršću li oni obrazi božji od užasa, ne otvaraju li se iz-
nova ove krvave rane, te niz križno drvo teče rijekama rumena
krv, kanda je božjemu sinu žao što je izbavio svijet? Da, da, da!
– škrinu u groznici pisar! – ne, ne, ne! To je drvo, to je varka,
popovska bajka! – nasmija se pisar grohotom, al' snova planu
žar na krstu kao munja. – Da, da, da! – ruknu pisar i sruši se po-
dno krsta. Pisar prespavao je noć na rosi. Kad se u ranu zoru
probudi, prođe dlanom preko čela, jer mu je glava strahovito
šumila. Poče razmišljati o tom što se je prošle noći zbilo. Sve
mu se činilo kao strahovit san. Da se je našao pod vedrim ne-

bom, nije nikakvo čudo bilo. Koliko puta probudi se već poslije ljute pijanke na ovom mjestu. Napokon dignu glavu, spazi raspelo pa se nasmija grohotom:

– Ha! Ha! Ha! Tu li si, moj Božji sine? Dobro jutro! Eto, danas si dobar, danas si drven. Pričinjalo mi se da si živ! Nemoj me više plašiti, ta stari smo prijatelji. Pusti ti mene na miru, ja ću tebe. Za mene nije ti trebalo umrijeti!

Polako dignu se pisar, obrisa prah sa svojih haljina i pođe mirno u selo. Minuo je izdaleka Martinovu kuću i, pogledav ispod oka prema njoj, uvjeri se da to nije san bio. Crno garište, na kojem je nekoliko seljaka pazilo i ugljen razgrtalo, pokaza mu cijelu strašnu istinu. Pisar pođe potražiti novaca da namiri Ciganinu Ugarkoviću dug, što je prošle noći zaslužio bio kod Martinova sijena. Napokon sasta sred puta starješinu.

– Dobro jutro, Janko – reče pisar.

– Da Bog da, Mikice! Bogme si se ti rano digo na noge. To nije tvoj običaj.

– Nije ni tvoj. Što je tebe istjeralo iz kuće?

– Eh, znaš! Moram! Teška služba! Šta ćeš, moram u grad da javim za vatru kod Martina.

– Strašno je bilo.

– Jest, bogami, strašno. Sad Martinu malo fali do prosjaka. Siromah Martin!

– Da, da, siromah Martin! Je l' mu mnogo izgorjelo?

– Kako nije! Kuruza, žito, sijeno, kuružnjak, štala. Ti nisi pri vatri bio?

– Nisam. Nerado gledam takove stvari, ostao sam pri krčmi, a kad se je vatra umirila, pođoh svomu domu. Dakle, mnogo kvara, veliš? – Ta rekoh ti, gotovo sve mu je propalo. I moglo je više toga biti da nije bilo Andrije. Malo da nije i kuća i Matino gospodarstvo izgorjelo. Prokleta ruka, koja je to učinila, jer to nije nego ona ista vražja zavist koja je Martinu blago skončala.

– Ah, možebit je slučaj. Jučer se toliko pucalo po selu, pak je možebit koji pijanac ne hoteći zapalio sijeno iz puške; jer kako bi mogao kršten čovjek hotice toliko zla počiniti? Bit će, bit će puška koga pijanca.

– Nije, velim ti. Ujedanput počelo ti je sijeno u stogu, a i pod krovom nad praznom štalom gorjeti. To se ne može ovako od nesreće zbiti. Pri tom je morao čovjek biti. Tako bar svi ljudi u selu govore.

– Pak što veliš, Andro da je kuće obranio?

– Da.

– Kako se je taj momak opet povratio? Ta nije ga već bilo mjesec dana. Reklo se da je nekamo išao u službu. A jučer se ujedanput zaleti kao vepar među nas kod krčme.

– To Bog zna gdje je bio. Vidio sam ga kako je od grada išo u Jelenje. Sjedio sam baš pred Kranjčevom krčmom. Još me je pitao nije li mu otac kamo išao iz sela, a ja mu odgovorih da je valjda u velikoj krčmi, gdje se seljaci dogovaraju za novu gospodu. Ja sam ga opet pitao odakle ide i gdje je bio, no on ne odgovori ništa. A što ste vraga od Mate učinili?

– Jesam li ja kriv kad je pijan bio i na korteše se digao, pa svi su na njega navalili kao ose? Dobio je što je tražio. No reci mi, jesi li Luku vidio, tražim ga po svem selu, a nigdje ga nema.

– Eh, taj i nije u Jelenju. Kad u rano jutro iziđoh pred kuću, spazih Luku kako žurno putem ide. Bio je vrlo zamišljen i uvijek je nešta sa sobom govorio; upitah ga kamo će, a on će na to, da ide u grad, da ide k sudu.

– K sudu?

– Da, da! Jer da ima ondje puno posla.

Pisar se ponešto lecnuo. Šta će Luka pri sudu? Vazda je slao pisara, jer se je nekako plašio suda, jer nije htio imati posla s gospodom u gradu niti vidjeti one proklete varoške kuće, gdje je svoje prve nevesele dane proživio. A sad je išao, upravo sada, gdje je radio proti gospodi koja na magistratu sjede. Odakle njemu najedanput toliko junaštvo? Nikad nije ništa radio bez Mikice, danas ga vrgnu na stran. U pisarevoj duši probudi se slutnja, sumnja. Može bit hoće ga se prosjak riješiti, može bit ga je strah. Ali kako? Ta još jučer bijahu prosjak i pisar zajedno kod krčme. Šta bi to biti moglo, šta? To je pisara grizlo i peklo. I nije šala. Gotovo sam Luka ga hrani, najbolja je njegova mušterija. Da izgubi Luku, bilo bi zlo po njega, osobito sada, gdje je prosjak za kortešaciju imao dobiti silu novaca. Pisar oprosti se sa starješinom i zađe na stranputicu, al u duši si reče:

– Oj! To moram izvesti načisto, to moram ispitati. I ti ćeš danas u grad, Mikice moj!

Pisar čekaše do podne, al prosjak se ne vrati, čekaše po podne, još ga nije. Sve življa i jača postajaše u njemu sumnja. Napokon dignu se u grad i pođe ravno na gradsku kuću k mjesnom sudu.

– No – zapita svoga prijatelja pisara – je l' koji Jelenjanin za Luku Neznanovića donio novaca, amice?

– Nije, Mikice.

– Ovi seljaci su pravi lopovi. Daj, dragi amice, priredi svoje zapisnike, morat ćemo im skoro eksekuciju načiniti.

– To jest, amice – odvrati sudski pisar – za Luku nećemo, već za gospodina Radinića.

– Kakvoga Radinića?

– Ma da! Zar ti o tom ništa ne znaš? To mi je začudo. Ta ti si uvijek Lukina desna ruka bio. Zato smo se jutros i svi začudili da je Luka glavom došao, jer se je uvijek uklanjao varoške kuće ka vrag tamjana.

– Pa što je htio?

– Što? Došao je s gospodinom Radinićem, pa mu je pred gospodinom sucem učinio pogodbu, da sve svoje tražbine proti Jelenjanima, koje si ti utužio, prodaje i ustupi Radiniću, a ovaj mu je izbrojio za to na moje oči gotove novce, sve same nove banke, kao da su danas ispod preše izašle.

– Čuješ, amice, ne zbijaj šale! – reče Mikica dršćućim glasom.

– Nisam pijan i nemam kada šaliti se. Na, pogledaj si sudbenu knjigu. Čitaj si. Eto, vidiš Lukin križ da je novce dobio. Na, evo, ovo ti je pero držao kad je stavio križ.

Mikica problijedi, onijemi.

– Jeste li se možebit posvadili – nastavi sudski pisar – te ti o tom ništa ne reče?

– Ni–ni–smo! – mucaše Mikica – ma kako Radinić, zašto Radinić?

– Id' zbogom! Ti ga valjda ne poznaješ – nasmija se pisar.

– Poznajem, al šta je s njim?

111

– Ah, mudre li glave? Drži se ko svetac, pa je jučer pio kod koršetacije za novu gospodu, koja će mjesto stare na magistrat doći.

– Ja – ja! – zapenta Mikica porumenjev.

– Ne boj se mene! I ja znam – među nama govoreći – za novu gospodu i radim onako iz prikrajka za njih, jer se to znati ne smije.

– Ah! – uzmaknu u čudu Mikica.

– Da, a glavni korteš nove gospode je Radinić, on ti dijeli novce za glasove.

– Zbilja?

– A i to valjda znaš da je Luka korteš. Ja sam Radiniću i reko da bi dobro bilo držati se Luke, jer sve Jelenjane u torbi ima. Sad ih ima Radinić u džepu, a kupio je dobre dugove, jer svi dužnici imaju kućišta i zemljišta. No, sada valjda razumiješ.

– Ra–a–zumijem – odvrati Mikica zapanjen.

– A što se tako držiš? Ta sad se valja veseliti. Sad je puna šaka brade, kortešacija nosi novaca, i ti si korteš. Znamo se, znamo. Luki je dosta donijela, znam ja to, jer pišem korteške račune.

– Dosta, mnogo, veliš? – šapnu Mikica.

– Mnogo, mnogo.

– A hoće li još dobiti?

– Hoće! Prekosutra se bira, pa ako izađu nova gospoda, dobit će ta odrpana propalica trista forinti na ruku. Tako je dogovoreno.

– Trista forinti? – zinu Mikica.

– Da, da! Nije šala, trideset glasova, No, al će ti ludi Jelenjani gledati kad im poslije izbora nove gospode dođem s bubnjem pred vrata. Ha! Ha! Ha!

– Ha! Ha! Ha! – nasmija se pod silu Mikica, premda mu nije na smijeh bilo. – A zar stara gospoda ništa ne rade, zar nemaju korteša?

– Imaju! Al' kakvi su to ljudi? Sve hoće po dobrom, bez mita, al' zaludu je lijepa korteška prodika kad ne zvone pri tome čašice i ne lete banke. Seljaka nemaju, to dobro znam, naši seljaci su ti pčele koje samo na gotov med sjedaju. Stara gospoda imaju samo jednoga korteša, to ti je mladi fiškal Andrić, taj ti po vraški motati i mazati zna.

– Andrić! Andrić! A šta? – nasmija se Mikica – što će jedan proti tolikim? Mi ćemo se držati, mi Jelenjani, zato se ne boj. No reci mi, amice, kakvu će farbu imati naše cedulje, da se poznamo.

– Na crvenom papiru bit će sva imena tiskana.

– A stara gospoda?

– Imaju bijeli papir. Al' čekaj, zbilja, ja imam tu dosta crvenih u džepu. Htio sam ih sutra poslati u Jelenje, al' ovako je bolje.

– Daj! Daj, da ih razdijelim.

– Na, evo! Koliko vas je?

– Trideset.

– Evo ti četrdeset, da imaš, ako se koja pokvari.

– Dobro, hvala ti. Dobro da sam došao.

– Ah, pazi dobro da ti koji ne utekne. Drž'te ih na okupu da vam bijeli korteši ne odvuku ljude, jer znaš da su naši gradski seljaci bez vjere.

– Ne boj se ništa, amice, moje ti je oko oštro, pazit ću ko vrag. Zbogom!

Mikica izađe na zrak. Tu je istom slobodno dahnuti, škrinuti mogao. Istina, dakle, Luka bacio ga u kraj, Luka ga prevario, Luka imade sve svoje stotinjače u torbi i dobit će ih jošte, dobit će ih prekosutra. Luka bit će bogat seljak, Martin poharan, uništen, morat će se podati bogatu prosjaku, dat će mu možda i kćer. Luka, taj Luka povratit će se među poštene ljude i bit će sam pošten čovjek. A on sam? On će ostati zadnja kukavica na svijetu, građanski sin bit će gori od kopileta, od prosjaka, od one propalice, radi koje je dva puta smislio zločin. Ne, ne, ne! Nadripisar škripaše, sva krv plamtjela je u njegovim žilama, koljena mu klecahu, usne i ruke drhtahu od ljutine al' uz to se je smiješio, toli zadovoljno, toli veselo smiješio, kao da mu je pala u krilo najveća sreća ovoga svijeta. Polako, zamišljen, zađe u krčmu da se okrijepi rakijom, a kad se je mrak hvatati počeo, kad ga nitko vidio nije, odšulja se k mladomu odvjetniku Andriću.

IX

Dva dana bjehu uminula od one nesretne vatre u Martino-
voj kući. Bijaše lijepo, vedro jutro. Sunce sipalo je svoje jasne
zrake kroz otvorena okna sobe, u kojoj je stari Mato Pavleković
na postelji ležao, sunce steralo je svoje zlato po nabitom zem-
ljanom podu i na postelju bolesnikovu, koji je pozorno gledao
prema oknu, kanda u toj svojoj bijednoj samoći želi promatrati
do najmanje stvarce onu krpicu lijepog božjeg svijeta što mu ga
ono pokazuje. Nebo plavilo se je toli sjajno, lišće zelenjelo se
toli živo, a na njem treperilo je sunčano svjetlo, pred oknom di-
zao se grm pun jorgovanova cvijeća, kojega je mili dah donosio
proljetni povjetarac do njegove postelje. Vani pjevaše na grani
ševa; sad skoči jedan, sad drugi drzoviti vrebac na okno, nagnu
glavicu, kanda je rad Matu pogledati, pa cvrknu i otprhnu, a iz-
daleka od grada ozivahu se zvona, kanda anđeli pjevaju. Sve bi-
jaše toli voljko, prijazno, toplo, da se oko od radosti smije, da
duša od milote dršće i uz nebo pregne. Mato promatraše tu div-
nu sliku držeći lijevu ruku na prsima, njegovo srce otvaralo se
prema svijetu, kao što se cvijet otvara prema suncu, s tim povje-
tarcem, s tim mirisom, s tom tihom jekom zvonova kao da su
zlatokrili anđeli mira plinuli u njegovu dušu. Lijep je svijet, lije-
po je živjeti, mirno, blago živjeti, huda je smrt, teško je umrijeti,
zaklopiti navijek oči, prekrstiti navijek hladne ruke i sići od
svjetla božjeg dolje u ono crno zjalo, gdje nemila narav rastepe i
rastvara za kratak čas ono što je mukom rođeno, brigom i nje-
gom, suzama i radošću raslo i doraslo od mladice do stabla. A
Mato bijaše blizu tog groba, bijaše gotovo van svijeta, još čas,
dva časka, i bila bi ga odnijela smrt. Koliko je sretan da se je iz-
bavio, da ga je izbavio njegov sin, da može gledati, slušati, osje-
ćati. Otvarao je usta, kanda je žedan toga zraka, rastvarao oči,
kanda je željan toga svjetla. Ujedanput mu se oko smrknu, kad
pogleda na okno. U tom malom okviru, u toj jasnoj sličici svije-
ta istaknu se nešto što je smutilo taj krasni, blagi sklad. Od Mar-
tinove strane stršile su u zrak suhe, crne grane ogorjela drveta.
To je smutilo Matinu dušu. To bijaše biljeg propasti, žalosti,

smrti. Ah, i on je imao na svom zdravom tijelu suhu granu, njegova desnica bijaše ukočena, mrtva.

U taj hip zaustaviše se kola. Bolesnik porumenje i svrnu okom prema vratima. Zamalo uniđe mlad svećenik i Andro. Mato dahnu i malko se nasmiješi.

– Hvaljen Isus! – pozdravi ga svećenik.

– Navijeke! – odzdravi Mato.

– Kako je, kume Mato?

– Hvala na pitanju, bolje, vaša milosti.

– Vaš sin dođe po mene. Reče, da me zovete. Evo me! Što želite, kume?

– Bilo mi je zlo, vrlo zlo, gospodine mladi. Duša mi je bila na jeziku. Moj dobri sin izbavio me je od smrti, išao je po doktora, pa mu rekoh: "Andro, kad si doveo doktora, dovedi i popa." Bilo me je kruto zgrabilo, mišljah da mi je već kraj. To pukne u božjega čovjeka kao strijela. Za hip živ, za hip mrtav. Sad sam hvala i dika Bogu, još izmakao na ta zadnja vrata, al' sam star, pak dođe li napast drugač na me, prekasno bi došao i doktor. Zato pozvao sam vas, gospodine mladi. Rad sam se s Bogom pomiriti, jer mislim da je na me došla kazna božja.

– Dobro ste se dosjetili, kume Mato! Život je čovječji u Božjoj ruci, i nitko ne zna kadli mu dođe skrajni čas.

– Hvala! – kimnu Mato.

Svećenik okrenu se k Andriji, koji je do nogu postelje stajao, na što mladić iziđe. Mato bijaše sam sa svećenikom. I reče slugi božjemu sve što mu je na srcu bilo, razgali mu svu svoju dušu. Kapelan slušaše mirno dugu ispovijed čovjeka, zatim će reći: – Dragi kume, skrušili ste se pred Bogom, ponizili ste srce svoje, otkrili ste mi sve što je zapisano u vašoj duši. Pravo je tako, Bog će vam oprostiti, ko što vam ja u njegovo ime opraštam. Al čujte još jednu riječ. Ne govorim vam sada kao svećenik već i ko prijatelj svakoj kršteni duši, bila dobra ili zla. Bog je vječna ljubav, veli nam sveti njegov zakon, od njegove ljubavi stvoren je svijet, stvoreni smo mi njegova djeca, sa te ljubavi dao je Božji sin svoj dragocjeni život na krstu za nas nevoljnike. I cijelome svijetu najveći, najsvetiji zakon je ljubav, po kojem se sve lijepo slaže i sklada, po kojem u velikom svijetu sve ima svoj red, svoj mir, svoje mjesto, sve – a i onaj mali crv, što u prahu gmiže, i onaj mali cvijet, koji neviđen pod grmom stoji. Sunce izlazi i zalazi u svoje vrijeme, a uz sunce miču se zvijezde lijepo i složno po nebu, niti jedna drugoj ne krati nebeskog puta. Pa kad se mi božji ljudi gledamo u toj velikoj kući, koju nam je božja milost lijepo uredila, kad vidimo da se sve giblje i miče skladno kao kotačići u kakvoj urici, ne moramo li mi ljudi raditi i živjeti po tom zakonu složno i skladno u miru, u sreći? Moramo, i baš mi najviše moramo, jer nam je Bog dao dušu, koja vjekovma žive, i razum, koji nas uzvišava nad zvijeri, nad drvlje i kamenje i nad sve zvijezde nebeske, da u ovom malom slabom, tijelu, koje može skončati jedan nesretan hip, stoji mala božanska iskrica, jer nas je Bog stvorio na svoju priliku. Sramota bi bila da tu priliku zaboravimo, da budemo gori od zvijeri. Zato nam veli i sveti zakon: "Ljubi Boga nada sve, a bližnjega kao brata svoga." A taj bližnji nije samo otac, majka, brat, zakonska žena i djeca, već svaki čovjek na ovom svijetu. Svakoga valja milovati, svakomu praštati, pa ako nas katkad svlada zla krv, mora ju primiti razum. Samo nerazumnu, nijemu zvijer zanese krv, pa kolje, grize, davi i čini zlo. Šta bi bilo od nas ljudi da jedan ide na drugoga kao vrag na vraga, da svaki svakomu želi i čini zlo, da jedan čemeri drugoga? Svijet bi se među sobom poklao, ljudi bi se među sobom ništili, čovjek ne bi bio nego zvijer, nit reda nit zakona, nit pravice ni sreće ni blagoslova ne bi bilo, a ova lijepa zemlja bila bi žalosna pustinja, gdje ne bi vladao plug, brana, kosa i srp, već nož, otrov, puška i batina. Evo, kume, vi ste zgriješili proti tomu zakonu ljubavi, zlo ste se digli na svoga susjeda, koga cijeli svijet pozna za poštenjaka, vi ste se zadijevali u njega, a radšta? Za brazdu zemlje, za kukavno drvo, kakovih imate dosta u svom vrtu. Jeste li pri tom mislili na one zadnje brazde, u koje se sije mrtvo tijelo, jeste li pomislili na onu veliku zadnju pravdu, gdje je sudac sam Bog? Niste li se sjetili da je prijateljstvo ljepše drvo nego kukavna kržljava šljiva, jer prijateljstvo nosi zlatna ploda do desetog koljena, a neprijateljstvo je otrovan drač, koji kuži krv, pamet, poštenje, sreću, koji uništuje svaki cvijet, koji bi nam na ovom svijetu cvasti mogao. Vidite, naš život je kratak, lako ga je premjeriti, je li vrijedno, da si to kratko vrijeme sami trujemo, da potratimo tih nekoliko zemaljskih dana zlobeći sebe i bližnjega svoga? Nije, Mato, nije. Ljubavi i poštenja valja se držati, iz tog sjemena može samo dozoriti prava ljudska sreća. Vidite, Bog je našemu puku dao zdrave ruke i bistre pameti, i da živi i radi pošteno, mogao bi se dičiti pred svijetom, ne bi nam trebalo ni pred kim u zemlju gledati, ne bi nam trebalo stidjeti se pčela, koje lijepo i složno u jednoj košnici gospodare. Al da! Vaša krv vas pali, bjesnite, ludujete, dangubite, i kraj toga zaboravljate svoj posao, svoj red. Svaka kukavica otire se o vas, svaki bijes vas bocka na svađu i zator na tuđu korist. Svaki vas okreće po svojoj volji i želji, kao što dijete okreće zvrndalo. Krčma vam je crkva, kletva vam je molitva, a vaše selo nije pčelinjak, već krtičnjak.

– Istina, istina! – uzdahnu seljak.

– Vi ste digli pravdu na susjeda, s kojim ste prije u lijepoj slogi živjeli, a digli ju upravo u času kad ga je nesreća snašla. Vi ste na njega slali sud, pisare i fiškale, rđave svjedoke i učinili mu nesreći troška. Šta ste radili? Njemu kvar, sebi niste hasne. Vi ste se zakleli svojom desnom rukom da među njim i vama prijateljstva biti neće, zakleli ste se na grijeh – a eto, od grešne kletve osušila vam se desna ruka, to je kazna božja, jer niste slušali zakona ljubavi. Vi ste trgnuli srce svoga poštenog sina od vrijedne djevojke, jer je Martinova kći. Da, Bog je zapovjedio da valja roditelje slušati, al roditelji moraju djecu ljubiti i ne odvraćati od pravoga puta, ne vrijeđati im bez potrebe srca. Teško ste zgriješili, Mato ali će vam biti oprošteno ako se pokajete, ako popravite zlo, ako istjerate iz svoje duše zlobu, zavist i mržnju, ako u svom srcu budete čuvali mir, milost i ljubav. Onda, Mato, porast će blagoslov i pod vašom mrtvom rukom.

– Lijepo ste rekli, gospodine mladi – odvrati seljak uzdahnuv poslije časka – istinu ste govorili. Sve, sve je istina, i vjerujte mi, duša me ljuto peče. Al šta ćete! Luda pamet je kriva. I ja sam bio bena, velika bena, Bog mi oprostio grijehe. Nije to od zla srca, jer po pravici ja nikomu na svijetu zla ne želim, i Martina mi je žao, kruto žao. Nego katkad pomiješaju čovjeku glavu. Al dođe onaj vrag, dođe onaj bijes, pa huškaj i bockaj, i kuni i šapći, dok božji čovjek ne izgubi pamet pak leti kao nijema zvijer u svoj vlastiti kvar, a za čiju vražju hasan? Za onoga koji se tuđom mukom hrani. Tako je bilo kod mene. Prokleta ona skitalica, onaj pisar, oprosti mu Bog grijehe, sjeo se na moju dušu kao konjska muha, pak je huškao i šuškao oko mene, dok se nisam dao premamiti i zadjeo se u mojega susjeda, s kojim sam prijatelj od mladosti; a pravo ste rekli, da je radšta, već radi one pišljive šljive, potari je sveti križ! Pak znate, krv je ko vatra, od iskre postane plamen, to ide sve dalje i dalje, i išli bi do puške i sjekire da nije dobrih i pametnih ljudi, koji nam kotače u glavi popravljaju. Nego mi je pravo, kašu sam si nadrobio, morao sam je pojesti, a ona ništarija, onaj Bradić se smije. Ništa nisam dobio, a jučer mi po sudu još poslao debeo račun. Martin mora platiti, jer je pravdu izgubio, ja moram platiti, jer sam pravdu dobio, a ni ja ni Martin nemamo od svega toga ništa nego zavist i zamjeru, i k tomu smo jošte svoju dobru djecu ražalostili. Što mi je vaša milost rekla, gospodine mladi, to mi je u noći i moje srce reklo. Probudio sam se rano i do zore nisam stisnuo oka, a drugi su hrkali. Došle su onda misli na mene, čudne misli o svem što se je sa mnom dogodilo, kako je sve redom išlo i kako bih može bit u crnom grobu ležao da me nije moj dragi dobri sin od smrtnoga straha izbavio. Dobar je moj Andrija. Bog mu dao svaku sreću! Kad sam ga urazio u srce radi Martinove djevojke, pošao je od žalosti iz sela da si nađe službu, ali srce za oca povrati ga i – u dobri čas. Sve mi je to reklo u noći moje srce, i nisam se mogao braniti od turobnih misli. I Martina sam se sjetio i moje velike grehote, za koju mi je Bog uzeo desnu ruku. Pravo mi je, nego božja budi volja. Hvala mu da sam ostao živ, pak da popraviti mogu, što sam pokvario.

– A šta ćete učiniti, kume Mato? – zapita svećenik.

– Molim vašu milost, pozovite mi sina.

Kapelan učini po njegovoj riječi i zakratko stajaše Andrija pred očevom posteljom.

– Sinko! – reče starac – s Bogom sam se pomirio, hoću i s ljudima. Neću da bude zla srca i nazloba među menom i drugima. Korakni k susjedu Martinu da ga molim neka dođe k meni. Ja bih sam išao k njemu da me nije kazna božja privezala na postelju. Moli ga lijepo na moje ime, reci mu da će mojoj duši lakše, a Bogu milo biti.

– Hoću, oče! – odvrati mladić u veselu čudu i pohitje u isti čas k Martinu. Prošlo nekoliko časova, dok se otvoriše vrata, na kojima se mirna, ozbiljna lica susjed Martin pojavi.

– Hvaljen Bog! – reče Martin skinuv šešir.

– Navijeke, kume! – odzdravi bolesnik kao od stida okrenuv oči k zidu.

– Vi ste me zvali, kume Mato – produži seljak – što ćete od mene?

– Zvao sam vas, jer sam ne mogu doći. Evo! – reče bolesnik pruživ lijevu ruku – primite bar ovu, kad mi desna ne valja ništa! Pomirimo se, hoćete li? Dajte! Oprostite! Bio sam lud! Vrag mi nije mira dao! Krv se bila užgala! Al dobio sam svoju plaću. Na, gledajte amo, tu ležim ko kakav Lazar.

Martin prihvati ruku, zakima glavom i progovori:

– Ljudi smo, dragi susjede, od Boga je svim prošteno, a ako ste me uvrijedili čim, bilo vam prosto od mene, ako sam vas ja čim urazio u srce, oprostite i vi meni. Od mene vam nema kara i jala. Hvala Bogu, da nas je milost božja na mir i pokoj navrnula, da si budemo što smo si prije bili, dobri složni susjedi. U sreći smo se razišli jedoviti, u nesreći se našli prijatelji. I to Bog zna, što nesreća skuje, to se drži čvršće nego što može skovati kovač.

– Sjedni, kume! – ponudi ga bolesnik.

Martin sjedne.

– Hvala na tvojoj dobroti. Tebe su ranili ljudi ko i mene. Da, da, dobro je da se dva čuvaju trećega. Tebi su zapalili sijeno i kukuruzu čujem.

– Da!

– Mnogo kvara?

– Mnogo, mnogo!

– Žao mi te je.

– Hvala! Bog je dao, Bog je uzeo. Tako je suđeno. Bog će dati, pak će opet dobro biti.

– Još te molim, Martine, za riječ. Porušimo onaj nesretni plot među našim kućama.

– Ne treba. Izgorio je do pepela.

– Bogu hvala i za to zlo. Bog dao da ne bude nikad više plota među nama.

– I neće, ako Bog da!

– Al' ja to ne mislim tako, ja mislim više od toga, vidiš, tvoja kuća spala je na jednu curu, moja na jednoga momka, još da ovo dvoje prođe bez ploda, neće trebati vatre, kuće porušit će se od sebe i zakopat će naše staro, pošteno ime. Daj da ne bude toga, da naše kuće ostanu cijele, nek je samo jedan krov za našu djecu, pa ako više ne bude tvojega imena, bar će ostati tvoje krvi pod mojim imenom. Evo, ovaj moj Andro nekako se slaže s tvojom Marom, i znam da su se već pogodili, jer mi sam reče da neće nego Maru i da su to stari računi. Bili smo u zavadi kad je Andro došao. Nukao sam ga nek se ženi, a on mi reče da hoće, al samo jednu – tvoju kćer. I sam si možeš misliti kako mi je na to žuč uskipjela. Zato i sin ostavi moju kuću, da ide služiti u svijet. Srce ga je boljelo za Marom. Sad je sve dobro, sad prosim ovdje Maru za moga Andru. Ako ti je pravo tako, bez drugih snuboka, kako je navada, a ti reci.

– Ne treba nam snuboka – odvrati Martin – ta kakvi smo sad ja i ti, ionako nismo za buku i pijanku, a pijani starješina bome nas neće utješiti. Meni je i drago, ako je Andriji pravo – okrenu se Martin k mladomu stražmeštru, koji je žarka lica kraj kapelana stajao.

– Hvala na pitanju, kume Martine – nasmije se Andro – ja se, bogami, priječiti neću, samo da bude brzo.

– Eh da, vidiš ga – nasmjehnu se bolesnik. – Zar gori?

– Ne gori, oče; što je brže, to je bolje, a mi smo se, hvala Bogu, dosta načekali.

– Pričekaj, Andro – reče Martin – dok svoje siromaštvo pročistim od ugljena; sad bi to tužna svadba bila na pepelu. Dat će Bog dobru godinu, pokrpat ću svoju nevolju.

– Zato se ne brini, Martine – zakrči mu Mato riječ – imam i ja koji groš, pak što je moje, i tvoje je. Bog daj dobru godinu, al' nećemo mi čekati, već i prije krpati i djecu sastaviti.

Još su seljaci u govoru bili i zajedno se tješili, a kad im mladi kapelan reče "Laku noć!" zahvali mu se Mato od srca, jer da je istom sada postao pravim čovjekom.

Mare ne bijaše u kući, kad je Andro po Martina došao, već se negdje na zavrtnici bavila. Povrativ se kući, čudila se nemalo da oca kod kuće nema, a još većma da toli dugo vremena izostaje. Sjedeći samotna na pragu kuće, promatrala je taj široki svijet, to lijepo jasno nebo, i mjesec i zvijezde, i cvijeće i drveće. Svuda oko nje sterao se blagi mir, samo njezino srce nije mirno bilo, to srce spominjalo joj je očevu nesreću i Andrijinu ljubav. Uto otvoriše se Matina vrata, a iz njih iziđe, jedva je očima vjerovala, Martin, njezin otac.

– Laku noć, kume Martine! – ozva se Andrijin glas. – Pozdravite mi Maru.

– Da Bog da laku noć, Andrija! Hoću! – ozdravi Martin.

Nešto je spopa za srce, poleti u kuću, al brzo za njom uđe i otac.

– Dobra večer, tato! – pozdravi djevojka oca gledajući ga plaho, radoznalo.

– Da Bog da, kćeri! – reče seljak baciv šešir na stol. – Čuj, Maro! Jesu li tvoje škrinje pune?

– Škrinje! – začudi se Mara – jesu, oče.

– Prigledaj dobro jesu li?

– Zašto, oče?

– Da ne bude sramote kad ih otpremiš u drugi dom.

– Kamo?

– K Andriji. Kum Mato isprosio te je za svojega sina. No! Nije li ti pravo?

– Ha! Ha! Ha! Jest pravo! Jest pravo, dragi oče – nasmija se djevojka kroz plač prihvativ se rukom stola da se ne sruši od teške radosti.

X

Danas biraju se u gradu gospoda. Jedni hoće, da ostanu stari, drugi da dođu nova gospoda; dosta ih je koji misle ovako, dosta ih misli onako. Bogzna na čiju će stranu sreća prevagnuti, tko će izići. Gotovo bi se reći moglo da će stari pasti. Imaju i oni svojih ljudi i korteša, sve samih kaputaša, trgovaca, krojača, čizmara i drugih majstora, imaju za sebe i doktora, fiškala i drugih pismenih ljudi, al se danas ne pita za pismo, već za riječ. No što god torbu i opanke nosi, nije za stare, a toga je, bogami, dosta. Teško im je pod starom gospodom, vele, da vidimo možda će pod novim redom bolje biti, zašto si ne bi popravili? Pak i torbašu godi kad može za tri godine jedanput poći na vijećnicu kao i ostala gospoda, koja stanuju u tim visokim zidanim kućama, kad može reći: "Toga hoću, a onoga neću, i baš onoga neću koga drugi hoće! I baš tako neću kako je dosad bilo! Zašto? Eh, jer svoj votum imam, pa tko mi može šta?"

Već je minula osma ura, a u devet se bira. Sa krova vijećnice vije se zastava, crvena je, bijela i modra. Vrata varoškoj kući širom su otvorena. Uz stube dolazi se u malu sobu, onda u veliku, gdje po zidovima vise velike slike i stare i nove, sve kraljevi i sveci i po koji ban. Sred sobe stoji velik stol, pokriven zelenim suknom, na stolu drvena škrinjica na dva ključa, u nju se bacaju cedulje na mala usta. Čelo stola sjedi star gospodin, a po dva gospodina na svakoj strani. Pisar slaže papir, gleda prema suncu pero, pogleda i na veliku uru, koje se njihalo lagano amo–tamo njiše. Blizu je deveta, za tri ure, o podne, znat će se koga je sreća poslužila. Tiho je tu i mirno. Gospoda šute, samo si kadšto riječcu prišapnu. Valjda spadaju među stare, pa im je tijesno, jer su danas na kocki. Bogzna hoće li sutra za tim zelenim stolom sjediti? Da vidimo komu će sreća skrojiti kaput! Tiho je u kući, živo pred kućom. Svijet se kupi na hrpe. Ondje stoji skup, sami majstori; na glavi su im bijele cedulje. Nešto si šapću i šuškaju, gledaju ispod oka na drugu četu, koja nosi crvene cedulje. Crveni dižu glave visoko, smiju se bijelima, eh, danas su oni gospodari. – Toga Boga nema koji će mene premamiti – lupi se jedan crveni suhonja šakom u prsa. – Nek bude jedanput drukčije, nek bude red. Sad neće svaki odrpanac majstorom biti, samo ako plati tri forinte. Sad će se više gledati na domaće ljude!

– Da, da! – potvrdi drugi crvenjak – na domaće se mora gledati. Vidite mene. Ja sam radio čizme za pandure. I to su mi uzeli, dali drugomu, koj za nekoliko krajcara jeftinije radi.

– A što bih ja rekao – ispukne se treći crvenjak – ja sam morao forintu platiti, jer nisam pomeo snijeg pred svojom kućom. Sad će oni meni platiti.

– Mene su globili – planu četvrti – jer da sam ikrastu svinju sjeko, pa su svinju zakopali.

– Već je zadnje vrijeme – reče prvi – da se štala očisti.

– No, hvala Bogu, danas je šali kraj.

– Hvala Bogu! – potvrdi četvrti. – Eh, vidite! Blizu je devet!

– Eno! Eno! Gospodin Galović ide.

– I gospodin Bradić! Pričekajmo ih.

Gospodin Galović stupaše svečano prema gradskoj kući. Kako neće? Danas je važna osoba, danas će ga birati. A i gospodin Bradić koraca vragometno pa gleda bijele građane kao vuk ovce. Pače kupio si je nov šešir – teško od svoje prakse, već od korteškoga blagoslova – naherio ga na lijevo uho, gladi bradu, nakašlja se ljuto, bije se katkad po trbuhu. Goso je i on, te nosi senatorij u džepu. Sada dođoše među hrpu crvenjaka.

– Živio gospodin Galović! Živio gospodin Bradić!

– Dobro jutro, moja gospodo građani! Kako? Kako?

– Hvala, gospodine Galoviću, danas je dobro.

– Jeste li kod "Zvijezde" imali "fruštuk"?

– Jesmo, jesmo, hvala na pitanju.

– Dobro vino, a? – nasmija se Galović uzvinuv brkove.

– Kako ne? I biskup bi ga kod velike mise pio.

– Iz moje pivnice! Imam više toga! – doda Galović važno.

– No, jeste li koju šugavu ovcu prekrstili? – zapita promuklim glasom Bradić.

– Jesmo, jesmo. Sinoć. Devet smo ih ulovili kod "Bijeloga konja".

– No to će biti batalija! – nakašlja se Bradić – danas doći će vrag po svoje. A oni ludi bijelci još uvijek misle da će im koji svetac dovesti bataljon anđela s neba.

123

– Anđeli nemaju votuma – nasmija se prvi crvenjak.

Sad odbi na tornju deveta ura.

– Ajdmo, gospodo moja! – okrenu se Galović dostojanstveno k crvenjacima. – Vrijeme je da svoju dužnost vršimo, a poslije dođite onamo preko ulice u krčmu, ondje čeka dobar paprikaš. Nego ti, Bradiću, moraš ostati na straži da paziš na Jelenjane. To je zadnja puška, ti će doći oko podne. Ajdmo, gospodo!

Svečano uzlažaše Galović uz stube vijećnice, a za njim hrpa crvenjaka, visoko je dizao glavu, ta kuća skoro će biti njegova. Uz precizan posmijeh pokloni se duboko komisiji, reče svoje ime i baci crveni papir u škrinju, a za njim ostali crvenjaci, koji gledajući junački staroj gospodi u brk i glasno vičući svoje ime, koji vukući se polagano, gledajući u zemlju i govoreći tiho. Svi odoše iz sobe, samo Bradić osta; držeći ruke i batinu svoju u džepu, postavi se do vrata ter promatraše slavnu komisiju dostojanstvenim prezirom. On bijaše anđeo stražanin crvenjaka. Al dolažahu i bijeli, te kad mladi odvjetnik Andrić dovikne Bradiću:

– Servus, domine collega! – No, koji će koga? – odmuca mu vjekoviti kandidat senatorije:

– Bit će vas po groš.

Već je deseta ura. Sve se više prikuplja ljudi. Odvjetnički pisari, trgovački pomoćnici i drugi korteši lete amo, lete tamo, uz stube niz stube. Sad uhvatiše dvojica mirno idućeg čovjeka, jedan ga vuče amo, drugi tamo, jedan mu nuđa crven, drugi bijel papir, al' čovjek, nasmjehnuv se reče:

– Molim, moja gospodo, ja ložim peći u magistratu, ja nemam glasa – a korteši razletješe se kao da ih je grom ošinuo. U dvorani bilježi Bradić crvene, Andrić bijele glasove. U deset ura imaju crveni šezdeset, bijeli četrdeset glasova.

Kočija leti za kočijom pred gradsku kuću, ljudi silaze, uzlaze uz stube.

Jedanaesta je ura. Crveni imaju devedeset, bijeli sedamdeset glasova. Andrić viknu na svoga pisara:

– Al gdje su, gdje su? Još ih nema? – Pisar slegnu ramenima, a Bradić nasmiješi se đavolski.

Jedanaest i pol ure minulo je. Sad su već i gradski seljaci predali svoje glasove, crvene cedulje. Plaho su gledali staru gospodu, u pol glasa su svoje ime izrekli. Da moraju crvene dati, znadu, tko je na tim ceduljama, ne znaju. Nit umiju, čitati, nit pisati. Nova gospoda! Kakova? Bog ih znao? Samo Jelenjana još nije bilo. Gdje su? Bogzna? Starješina Janko dovukao se doduše i predao je otvorenu bijelu cedulju za staru gospodu veleći:

– Ja sam uvijek gospodi pokoran.

– A gdje su Jelenjani? – zapita ga onaj stari gospodin od komisije.

– Ne znam, vaša milosti! – reče Janko smiješeći se glupo – dao sam im zapovijed, al jošte ne vidim nikoga.

Bradić se nasmjehnu zlorado. Andrić samo usnice stisnu. Crveni sad imaju sto, bijeli osamdeset glasova. Bradić ističe trbušinu i puše. Kad god je prošao crveni birač kraj njega, kimnuo bi veselo smiješeći se:

– Živio! Naši smo! – i kad je Galović došao da vidi, kako stvar stoji, mahnuo je Bradić glavom i rukom veleći:

– Bene, amice! Ha! Ha! Ha! Vana sine viribus ira! Crvenih sto, bijelih osamdeset. Tvoja ašešorija, moja šenatorija u džepu. Sutra ćemo mi ovdje sjediti.

Sada nasta stanka kao prije bure. Nitko već nije dolazio birati. Al Jelenjana još nema. Eto ih! Eto ih! Voze se na kolima, na šeširu su im crvene cedulje, na prvim kolima sjedi, keseći se, Mikica i drži zastavu. Sad stanu kola, sad izletješe iz krčme crvenjaci, a pred njima Galović: "Živjeli Jelenjani!" – Živjeli Jelenjani!" odzva se hrpa, a starješina Janko umuknu u nevid. Veseo skoči Mikica s kola.

– No – upita ga Galović – Koliko?

– Trideset, ni više ni manje.

– Sve dobro?

– Dobro. Zvonit će nekomu "Cirkumdederunt"!

– Naprijed – zagrmi Galović. – Živjeli Jelenjani!

– Živio gospodin Galović! – odazvaše se Jelenjani i krenuše hrpimice za kortešom. Mikica zaustavi se kod vrata. Tu ga spopade iznenada šaka. Pisar krenu glavom, opazi Luku i strese se.

– Mikice! – šapnu prosjak i ne pogledav pisara – je l' sve dobro? Svi za novu gospodu?

– Svi – dahnu pisar izvinuv se prosjaku – svi su naši. Luka! gdje si ti bio?

– Šut–! Ne pitaj!

Crveni imađahu sto, bijeli bome devedeset i osam glasova.

– Mjesta! – vikaše Galović, baneći se – naši vrijedni Jelenjani idu birati. Molim mjesta, oni imaju pravo kao god i drugi!

– I Galović poče rukama razgrtati druge ljude. Jelenjani počeše glasovati. Crvena cedulja za crvenom pade, trideset crvenih cedulja pade u škrinju. I zazvoni podne – izbor bješe svršen.

– Servus, domine collega! Sad smo vas zapečatili – doviknu Bradić Andriću, koji je šuteći pred sebe u papir gledao.

Luki razvedri se lice. Dosele je stajao na vratima nepomičan i zurio u škrinju. Sad je bilo trista forinti njegovih. Al Mikice ne bješe. U jedan hip nesta ga bez traga.

– Da brojimo glasove! – reče onaj stari gospodin od komisije otvoriv škrinju. – Gospodine Galoviću! Gospodine Bradiću! Izvolite i vi gledati broji li se pravo.

– Bene! Bene! – nasmjehnu se Bradić – formalitatis causa. Ta znamo kako stojima. Sto i trideset naših, devedeset i osam vaših. Triumphavimus! – I počelo se brojiti cedulju po cedulju, počelo se bijele na jednu, crvene cedulje na drugu hrpu metati.

– Molim, molim! Izvolite imena čitati! Nisu sve crvene cedulje jednake.

– Šta–a–a? – reče Bradić nataknuv očale i pogleda jednu crvenu cedulju pa problijedi.

– To nije moguće! – doda Galović razjaren, a Andrić gledaše mirno u papir.

– Ipak jest – odvrati predsjednik.

Brojilo se je i zbrojilo. Sto glasova bilo je za novu sto dvadeset i osam za staru, jer su na trideset crvenih cedulja imena stare gospode natiskana bila. Jelenjani su ipak za staru gospodu glasovali.

– Sluga pokoran, moja gospodo! – pokloni se Galović dršćući od jeda, a odlazeći prišapnu Jelenjanima: – Lopovi!

– To ... to nije moguće! – mucaše Bradić glupo gledajući u komisiju. – Predat ćemo protest.

– Jest, jest, domine collega – nasmija se Andrić – zlo ste kortešovali. Ode šenatorija. – Bradić ošinu ga ljutim okom, stavi očale u džep, pa se istura kroz svjetinu prišapnuv Jelenjanima:

– Marva!

Ujedanput istisnu se iz hrpe Janko pa će u sav glas, da ga komisija čuje:

– Hvala Bogu! Opet imamo svoju staru gospodu za poglavare. Što nam treba novih!

Pred vijećnicom klicaše svjetina radosno, veselje zavlada pukom, crvenjaci razbjegoše se bez obzira proklinjajući seljake, krčmari prestadoše nositi vino i paprikaš, samo je Mikica u kutu neke krčmice keseći se srkao svoju čašicu, a za novce gospodina Andrića. Još i sad stajaše Luka kraj vrata gradske kuće nijem kao mrav, tvrd kao kamen, blijed kao krpa. Njegove se oči točile od bjesnila, u glavi mu igrali živci kao kotači slomljene ure. Izda ga Mikica, izdaše ga seljaci, propade mu trista forinti. Ljut grizao si je usnice svoje. Oh! da ima Mikicu u šakama, razdrao bi ga na komade! I uhvati se za srce od velike muke. Ha! Još nije sve izgubljeno. Oni novci, što mu isplati Radinić, oni novci još su njegovi, to je više od trista forinti! To hoće, mora pomoći! Bez obzira ode iz vijećnice, iz grada i krenu prema Jelenju.

Najviše čuđahu se Jelenjani! Najprije su im nova gospoda plaćala vina, i pođoše glasovati za novu gospodu, ta cedulje bijahu crvene. Sad su izabrana stara gospoda, pa plaćaju Jelenjanima vina, jer da je izbor sretno izišao po njihovoj zasluzi. Toga nisu razumjeli, al su pili novo vino za staru gospodu, a zaboravili staro vino za novu gospodu. No sve je to razumio Mikica smijući se i pijući, i govoreći u sebi: "Ej, Luka! Tvoji konci se pretrgli! Čekaj, huljo! Pokazat ću ti šta Mikica vrijedi i da l' ga je trebalo baciti na smetište. Istepoh ti tri stoti-njače, pa ću, ako vrag da, i više."

Luka dođe do Jelenja. Bilo je po podne. Bijaše danas ljudski odjeven, kao pravi seljak. Košulja bijela, gaće bijele, nov šešir, novi opanci, prsluk i čoha sve novo novcato. Kakovo je to čudo? pitahu se seljaci. Pače obrijan. Bože, Bože! Pak da nema više čudesa! Al' on ne gleda nikoga, već samo preda se u zemlju. Ide brzo i brže, kanda ga gone. Zakrenu na stranputicu i dođe do ograde Martinove zavrtnice. Pogleda, zastrepi. Pod šljivama vješala je Mara, veselo pjevajući, rubeninu na konope. Luka promatraše djevojku, bila je leđima k njemu okrenuta. Glavica joj naginjala nalijevo, tijelo joj se zibalo amo i tamo. Kad bi se digla na prste, mahali bijeli puni laktovi razrеđujući rubinu amo i tamo, a niz pleća padahu joj dvije crne plete. Luka stajaše nijem i plah. Nije mogao ni s mjesta. Nešto ga je gonilo da pokroči naprijed, nešto ga je sustavljalo. Hoće li, neće li djevojka htjeti? Sad se još smije nadati, dok ne zna njezine volje, al' poslije, poslije, ne htjedne li – ta morao bi poginuti. Možda ipak, možda! Djevojka poštiva oca, otac u nevolji, treba mu novaca, a Luka ih ima, ima dosta, a Mara nema ni dragoga, a kamoli vjerenika. Oh, da hoće, da hoće! Kolike radosti! Možda ipak. Sad da korakne. Zazeblo, prožeglo ga. Skunji i privuče se k ogradi. Stane i poče opet promatrati. Gledaše ju kao sveticu kakvu, okom toli blagim, gotovo suznim.

– Maro! – dahnu.

Djevojka ne ču.

– Maro! – viknu dršćućim glasom.

Djevojka krenu glavom.

– Tko je? Vi ste, Luka? Šta ćete?

– Da ti reknem riječ.

– Makar i dvije. Šta je dobra?

– Da prijeđem preko prijelaza?

– Zašto? Ne možete li odanle?

– Ne mogu.

– Pa slobodno.

Luka skoči preko ograde. Djevojka se okrenu, podnimi ruke, a on – zinu. Nije znao što će. Al' se dosjeti. Smiješeći posegnu u njedra, iznese lisnicu i, položiv je u travu pred djevojku, reče:

– Na, uzmi!

– Što je to?

– Novci, puno novaca, sve što imam!

– Što će mi vaši novci?

– Uzmi, molim te. Tvomu ocu treba. Marva mu je poginula, prirod izgorio, nesretan je.

– Zašto vi meni dajete novaca? Zašto dajete sve što imate?

– Kako da ti kažem! – reče Luka stresav se i prešav dlanom preko čela. – Hoćeš li me slušati, hoćeš li?

– E, hoću, govorite!

– Ja sam ti jadan čovjek, to znaš, ja sam prosjak – al' ne, ne, nisam zaistinu prosjak. Ne znam za oca, ne znam za mater, pao sam onako u svijet. Nisam lijep, al' vidiš, sad sam čist, obrijan, bijel ko i drugi seljaci i imam više nego oni. Vidiš, mene je srce boljelo da su drugi pošteni, a ja da nisam. Zašto ne bih i ja bio, zar sam ja pas, zar sam zvijer? Zašto da ja nemam svoga krova?

– Pa kad imate novac, mogli ste si odavna, odavna popraviti.

– Da, da, mogo sam, al' nije to tako. Gdje zatakneš zrno u zemlju, ondje ti iznikne stablo i ostaje ondje, korijen ga drži, ne može dalje. I ja nisam znao kako bih to počeo, kako bih se djenuo drugamo. Al' volja me goni, srce me goni, hoću da dođem među svijet, da budem čovjek ko i drugi ljudi.

– Širok vam je put.

– To ti misliš, ali nije tako. Ja gazim to svjetsko blato postrance, ne mogu se izvući, ja sam ko slijep, ko da me je udarila ruka božja.

– Pa što vi to meni kažete? Što hoćete od mene, Luka?

– Tebe! – istisnu Luka i poniknu nikom.

Djevojka uzmaknu za korak.

– Mene? Mene? – progovori djevojka – govorite li od šale, Luka?

– Tebe! – opetova Luka pridignuv glavu i pogledav turobno djevojku da je srce zaboli. – Vidiš, ja nisam prosjak, ja ću imati kuću i kućište, ja ću imati sve, ja ću čovjek biti, al' ti me pridigni svojom rukom. Govore ljudi da anđeli dižu dušu u nebo, digni ti mene na zemlju među ljude, digni, molim te za pet rana božjih! Samo ti možeš, samo ti, ja neću druge, ja ne marim za drugu. Nemoj se smijati, nemoj se rugati! To mi je došlo od Boga u glavu, reci mi riječ, samo riječ.

– Nit se smijem, nit se rugam, grehota bi bila. Al' vam velim, Luka, okanite me se. Ja nisam svoja, zaručena sam, zlo ste me namjerili.

– Zaručena! Ti! S kim? – kriknu Luka osoviv glavu, i sva krv pojuri mu u lica.

– S Androm Pavlekovićem, komu sam se u srcu davno obećala.

– Davno obećala! A ja toga znao nisam. Oh, oh! To mi je smrt, smrt! – jecaše Luka klonuv.

– Idite, Luka, svojim putem, i Bog vam dao sreću. Ne napastujte me više. Znala sam da ćete doći, susjed Mato reko je to mojemu ocu. Vi ste računali, al' su vam računi krivi bili. Svako srce ide svojim putem, a očeva nesreća nije put k mojemu srcu. Vidite, ja se ne smijem, kako bi druga činila, ja ne zovem oca, nit vas tjeram batinom, ja vam velim samo: Zbogom! Ako imate duše, možete čovjek i bez mene biti.

To rekav, pođe djevojka u kuću, a Luka osta sam kao ono drvo što je kraj njega stajalo. "Ako imate dušu?" šapnu. "Al' je nemam, nemam, i ako sam je imao, sad sam je izgubio!". Čelo mu se smrači, divljim okom pogleda prema kući, trgnu se, stavi novce u njedra, i kao da ga đavoli gone, pojuri poljem daleko, daleko od Jelenja bez traga i glasa.

Svijet se je u čudu pitao: Gdje je Luka? Kamo je dospio? Zar ga je zemlja pojela? Badava. Toliko je godina Luka u Jelenju proživario, svako dijete, svako pseto poznavalo ga je u selu, a sad preko noći izniknu, kanda ga nikad ni bilo nije. Najviše čuđahu se njegovi dužnici, a tih je dosta u selu bilo. Kako da ne dolazi po novce, kako da ih ne tjera za dug! Nisu se dugo čudili, skoro im puče pred očima. Za malo vremena plijenio ih je gospodin Radinić, komu je Luka sve svoje obligacije prodao bio, plijenio nemilo do zadnje krajcare, da su se ljudi krvavo znojili, koješta založili, poprodali, samo da se riješe pijavice. Kolike kletve padoše tada na Lukinu glavu, koliko suza pade na njegovu dušu! Al' proljetna strn požutjela, napunilo se i klasje, a za Luku već nije u selu pitanja bilo. Kanda ga je Sava odnijela daleko, daleko. Samo jedan čovjek nije ga nikako zaboraviti mogao – Mikica Ribarić. Svi mu mudri i hitri računi pođoše po zlu.

Htio je ujesti Luku, al' nije ga htio otjerati, ta Luka davao mu je zasluge, od njega je živio, Luka je imao punu torbu novaca, na koje je Mikica vrebao. Sve mu izmaknu ispred nosa, i dođoše žalosni, vrlo žalosni dani po ćelavog pisara. Katkada prođe dan, prođoše dva, ni da je korice vidio. Kad bi mu starješina platio čašicu vina, bio je za njega svetak, a kad bi dobio koji groš, sve prođe na rakiju, jer rakija i hrani, vele ljudi. Još bi katkad zašao u grad k odvjetniku Andriću, da mu ispreša koju forintu, al' to su samo kapljice bile, mala kapljica na bijelo gvožđe. Mikica padaše sve više i više u bijedu, kao što čovjek, koji je zagazio u duboku močvaru, gazi, gazi, pa ne može izaći, i vidi pred očima gotovu smrt. Kao da je proklet, povlačio se je po selu, lice mu posivi, oči se smutiše, kaputić problijedi, a šešir požuti. Al' još nije imao mira. Kao crv kopale su po njegovu srcu riječi: "Gdje je Luka? Gdje su Lukini novci? To bi me spasiti moglo!" I potraži Ciganina Ugarkovića, neka se ogleda po svijetu i neka se raspita kod ciganskog svijeta je li Luka gdjegođer živ. Al' ni cigani ne uvrebaše mu traga. Kamo se je zatepo, upita škripajući pisar, da znam, da ga nađem – – bilo bi dobro. Al' ako je živ, doći će, mora doći. On je tu Maru u svoje srce zakopao, luduje za njom, kad mine prva tuga, mora doći da je potraži, onda – bit ću ja pošten čovjek, onda ćemo živjeti. Jedne nedjelje po podne, prije Katarinina, namjeri se pisar, žvačući staru cigaretu, na starješinu. Sukobiše se baš na kraju sela. Janku to nije milo bilo, te je nekako stiskao oči opaziv pisara, s kojim se nije rado sastajao otkako su Lukini poslovi prestali bili. Al' mu se nije oteti smio, jer ga je Mikica držao na udici radi onog šurovanja s Galovićem, pa kako je opake duše bio, mogao mu je škoditi kod magistratske gospode.

– Hvaljen Bog, Mikice! – pozdravi ga Janko – kako, kako?

– Ham! – otresnu se pisar – kao vrapcu o Božiću.

– Već te nisam vidio mjesec dana.

– Zakopao sam se u svoje smetište. Šta će mi svijet? Šta imam od njega?

– Eh, ti opet stare gusle slažeš. No 'ajde! Dođi u krčmu. Baš sam dobro kuruzu u grad prodao. Hajd' da pijemo u to ime. Hoćeš li?

– Pa me pitaš? Kada ja nisam htio piti, i u bolja vremena? Hajd'mo slobodno! Ionako pametnijeg posla nemam.

I sjedoše piti spominjući minule dane.

– Čisto mi je jezik otupio – reče pisar – ja već i ne ćutim, je l' to vino dobro ili nije.

– Eh, baš nije zlo.

– Ne znam držim ti se rakije, kume! To daje života!

– Ja ne mogu – zavrti Janko glavom – van u zimi ujutro kapljicu. Ova služba mi je svu pamet pomiješala.

– Čuj! Čuj! Šta je to? – dignu pisar glavu – kakvo je to brundalo?

– Ne znaš? Svadba Lončarićeve Mare. Svatovi idu iz grada pod guslama.

– Vidi! Vidi! – trgnu se pisar. – Nisam znao da je danas svadba. Šta tebe nisu zvali?

– Nisu.

– Kako to? Starješina si.

– Martinu ne smijem u kuću, znaš, radi našega svjedočanstva ni Mato neće da me pogleda, a Andro istjero bi me batinom. Sad su si svojta.

– Da, da! Hm, da vidimo, kakov će to biti blagoslov.

– Da to Luka vidi – nasmija se Janko.

– Čudne bi to za njega gusle bile.

– Bena! Martin da će mu dati kćer, prosjaku.

– Šta ćeš, poludio je.

– Bogzna! – zamrmlja pisar prošav rukom preko čela.

– Pazi, još ćemo ga vidjeti. Ali, pijmo radije svoju čašicu.

XI

Ondje u gori, na šumskoj čistini, gdje je nekad stajalo duplje staroga resničkoga prosjaka Mate, sjeđaše Luka, zureći u daleki svijet, koji je široko pukao bio pred njegovim očima. Nad njim sjalo je svom svojom ljepotom plavetno nebo, a s neba sipalo je toplo sunce svoje blistave zrake po cvatućoj zemlji. Ravnica i gora, vršci i dolovi, sve se je zelenjelo novim životom, onom jasnom tanahnom zeleni koja poslije zimskoga mrtvila napunja čovječje oko tolikim miljem. Po živicama, livadama, vrtovima skočiše šareni cvjetići kao radoznala djeca, gdje bijeli, gdje modri, gdje žuti, gdje rumeni. Svaki cvjetić je drhtao i disao kanda se životu veseli, svaki cvjetić htio se je za kratkog roka svoga života nagledati, naužiti toga lijepoga svijeta. Navlaš u gorskoj šumi sve je kipjelo bujnim životom. Iz sto i sto rupa prodirahu čiste kapljice padajući u jame i na kamenje mahovinom obraslo, a tanke sjajne žilice vukle se dalje među grmljem, lišćem i travom, dok ih nije primio gorski potok, da rahli skačući nizbrdice kao nestašno dijete dalje i da skoči u rijeku. Crvić vijuga se brzo po zemlji, kukac sunu zujeći od grma na grm, a šumskim pticama otvoriše se grla, da se je orila dolina i gora. Dalje u nizini provirivahu iz zelenih livada, iz mladih šumica bijela sela, po brazdama stupahu bijeli orači, gdje–gdje čula se iz dola po koja pjesma. Sve je to živjelo i živeći veselo bilo – samo Luka nije. Sjedio je sam u tom gorskom zakutku promatrajući krajinu, i bilo mu je kanda gleda u nekakovo čudno čarobno nebo, u koje koraknuti ne smije, bilo mu je kanda su mu ruke i noge svezane, da ima samo želje, al' prave volje nema. Tiha, tajna čežnja spopade njegovu dušu, ah, al' čežnja bez nade, jer cilj njegovih želja stajaše visoko, daleko od njega, toli daleko koliko zemlja od sunca. Svaki šum listića kanda mu je šapnuo: "Šta radiš, izgubljena dušo! Šta mutiš taj smijeh veselog svijeta svojim turobnim licem?" Svaki zuj kukca kanda mu kroz porugljiv posmijeh kaže: "Ej, gdje su ti krila, izgubljena dušo, poleti, ako znaš, ko i ja!" I onaj gorski potok, što je veselo kraj njega poskakivao, kanda mu je doviknuo: "Zbogom, izgubljena dušo, idem u krasni taj lijepi svijet. Reci, imaš li koga ondje da ga na tvoje ime pozdravim." Al' Luka je šutio, Luka poniknuo nikom. Bijaše sam, onako posve sam kako kržljavo stabalce u grdnoj pustari, sam kao čovjek u čamcu, komu se sred silne pučine slomilo veslo, sam kao onaj kamen, što padne s neba te se pita u čudu: "Gdje sam? Tu nije moj dom." Da ga se je bar duša sjećala, da se je bar božja duša na njegovo ime nasmjehnula i suzom ga spomenula, al' nitko, nitko, što je živ, baš nitko na zemlji. I poče razmišljati o tom što je bilo, što se zbilo, otkad je Matinu lešinu ponio tom nizbrdi-com na groblje. Činilo mu se da je prosnio san, pust, težak san, bilo mu je, kanda je u svijetu bio među živim stvorovima i da ga je java povratila u tu pustu samoću. Je l' to taj svijet, što ga je prokleo stari prosjak Mato? Ako jest, onda je starac pravo učinio, onda vragovi ne žive u paklu, već na zemlji, onda su ljudi vragovi, i pravo je da se okaniš toga zemaljskoga pakla. Al' što si ti sam? upita ga srce. Jesi li vrag, anđeo ili čovjek? Vragom nećeš da budeš, anđelom nisi, a čovjekom si istom postati htio. Da, da! Ti si ona okresnica što na nebu sine i gine, ti si ono suho lišće minule cvatnje što pod novim zelenilom leži, ti si onaj ledeni cvijet što se zimi hvata na staklo, ti bi htio nešto biti, a nisi ništa. A opet si živ, jer imaš oči da vidiš, uši da čuješ, pamet da misliš, srce, da osjećaš! Oh, srce, to je najgore zlo na ovom svijetu, ona nit, koja te s njim veže od kolijevke do groba. Da toga nije, prolazili bi živi stvorovi kraj sebe kao kamen kraj kamena, nit bi se pitalo za rod i zavičaj niti za svojtu, ne bi bilo ni jada ni uzdaha, ne bi jedno tražilo drugo, bilo bi mira, pa da na tom putu kamen tresne o kamen, ne bi bilo žaobe ni suza. Srce je kao čaša puna otrova. Badava, kad je taj otrov sladak, kad si čovjek rado pije iz njega smrt. Srce nas uči ljubiti, uči da jedno pristane uz drugo. Al' Luka je htio pristati, radio je objema rukama kao topeći se plivač da se priključi brijegu, no bacilo ga nesmiljeno natrag. Htio je postati čovjekom, al ne dadoše ljudi. No srce može i mrziti. I to je neka slast, otrovna, uništavajuća slast. No koja korist od mržnje? Zagrizneš se u se, razjedaš si srce, a duša ti je opet pusta. Luka posegnu za tim ljutim, nemilim srcem. Osjeti lisnicu, novce. Nije li to put u svijet? Sve možeš imati za novce, i jela i pila, i kuću i ženu. Jesi li poludio? Daj! Za novce možeš kupiti sve, al' kupiti, a blaženstvo se ne kupuje, ljubav nije prodajna. To je slučaj, sudbina, kako li se kaže. Za novce daje se svijet od tebe oplijeniti, da opet tebe oplijeni. To nije onaj pravi put, zato i nisi mogao postati čovjekom. Ne dolazi se zlim, već samo dobrim do dobra. To je kletva koja na tebi leži. Jesam li ja kriv da sam takav da sam tu? Nisu li oni koji su me vrgli na svijet i pri tom zaboravili, i oni koji su me gurali i turali kao pseto? To Bog zna, ljudi ne smiju suditi ljude. Za glavu, za sreću smiju, za dušu nikad.

Puste li bijahu Lukine misli! Da ih se otrese, prođe rukom preko čela. Zaludu, one niču i opet kao mladice na starom hrastu. Samo kad hrast posiječeš, korijen mu izvadiš, neće se više drvo zelenjeti; samo kad čovjeka ubiješ, ubio si i njegove misli. Lijepe se na nas kao kakova bolest i u snu nas progone. I Luka zamisli se opet.

Nisu svi ljudi vrazi, ima i pravih ljudi – ima možda i anđela među njima. Martin je prav, zdrav čovjek, svatko ga poštiva, i onaj koji ga mrzi. Rad tebe, Luka, zastiglo ga zlo, rad tebe digli se vrazi na njega, rad tebe pala je u mnogu kuću bijeda. Smiješ li mu pogledati u poštene obraze? Pak Mara! Mara! Zla li dana, huda li časa kad ti je oko na njoj zapelo! Zašto upravo na njoj? Ta ima stotinu drugih. Ne kuni dana ni časa, ne proklinji očiju. Došlo je, srce nema pameti. Ona je Luku pridignuti mogla, samo ona. Pred drugima bio je ris, pred njom krotko janje. Mara bijaše jedini put u svijet. Nije htjela, nije bilo suđeno. Nije Mara kriva, već – Luka, prosjak Luka. Sad je izgubljena navijeke, drugi ju grli i ljubi. To je Lukina smrt. Al' je barem Mara sretna. Bogzna! Godina je minula i vrh toga pol godine otkako se je Luka sa svojom tugom odbio amo u tu šumsku pustoš, a u duplje staroga prosjaka, dugo doba za nesretnika. Bogzna što se je međutim zbilo. Da nije nesretna? Jedanput, samo jedanput da ju jošte vidi. Ta i stari prosjak Mato htio je pred smrt vidjeti mjesto gdje mu je sva sreća izgorjela, htio je izdahnuti naočigled propalog blaženstva, počivati u zemlji gdje su kosti njegove pokojnice trunule. Možda je Mato samo mrzio jezikom, a srcem ljubio preko groba. U tim mislima silažaše Luka nizbrdo u dolinu, kao što mjesečnjak ide za svijećom.

Jednog dana sunčao se Mikica, pušeći ilovu lulu, pred krčmom. Nije smio zaći unutra, u džepu nije imao pare, a na vjeru mu nisu dali ništa. Vrebao je ne bi li koja duša prošla da mu plati kapljicu. Pušio je polagano, pažljivo, da ne izgori prebrzo lula, jer nije više imao ni praška duhana. Zato je pušeći štedio. Tako je imao za jedan časak još kakovu takovu zabavu, kakovu slast, tako je bar imao kamo metnuti ruke. I to je utjeha, jer nemati ni jela ni pila, nemati ni pare ni posla – pak k tomu nemati ni lule duhana, vraški je život, toga ne bi ni vrag podnio. Mikica življaše uistinu kao pauk koji živari na sreću božju te vreba neće li mu slučaj nanijeti u mrežu kakovu ludu mušicu. Kadšto pogledao bi u dno svoje ilove lule. Sve je manje bivalo duhana, sve više pepela, a kad zadnji trunak duhana izgori, utrnut će se i zadnja iskrica, ostat će sam pepeo. Čudno se stoga zamisli pisar, a te misli ne bijahu nimalo vesele. Ta vidiš, reče si, nije li život ljudski što i lula duhana? Kad je lula puna do vrha, žari se, iskri se, dimi se, da je milota. Al' od lista i soka bude sve malo–pomalo više pepela, duhan se troši, gine, a tako se troši i ljudska sila i snaga, najposlije utrne lula, pa ne ostane nego pepeo, tako umine i život pa napokon istresu ono malo praha, što je zaostalo bilo, iz velike lule svijeta. Nema te, i kanda te nije ni bilo na svijetu. Mikica se pri tom nekako strese, ćutio je da u njegovu životu iskra sve ide na manje. Zašto sam ja vraga na svijetu? upita se. Ne pitam za hasan svijeta, pitam za svoju korist. Šta imam ja dobra od toga života? Drugi uživaju, drugima je sreća dala pune ruke, nikoja ih briga ne tare, nikakov posao ih ne muči, a ja nemam ni korice hljeba. Kušao sam više puta moliti Očenaš, jer se ondje veli: "Kruh svagdanji daj nam danas", mišljah da imam pravo tražiti od Boga svaki dan taj komadić hljeba. Nadao sam se da će me Bog kakovim čudom hraniti. Prevarih se, uvjerih se da nije vrijedno moliti. Bogataši gotovo nikad ne mole, a Bog im daje i pite i pogače. Gdje je tu pravica? Idite k bijesu! Što našu glavu i mučite takvim ludorijama! Te svece, anđele, to nebo i taj raj smislila su samo bogata gospoda da nas plaše kao djecu kojoj se veli: "Djeco! Budite dobra! Ne kradite mlijeka ni sira! Božić donijet će vam zlatnih oraha." Dakako! Zlatni orasi, šuplji orasi! Luđak samo vjeruje u te bajke.

Pa i pravda! Poznam joj podstavu, poznam sve finte. Velika gospoda kradu, varaju, to se zove špekulacija, sreća, a ništa im nije, a neka tko od nas učini kakovu malu ciganiju, odmah ga zgrabi sud za kiku. Šta to? Crva jede vrabec, vrepca jede lisica, a lisicu vuk – a čovjek jede čovjeka, samo kad je dobra zgoda. Magarac je svaki čovjek koji od same pobožnosti žeđa i gladuje pak vjeruje da Petar pravo ima nositi u svojoj kesi sto talira, a Pavao ni groša, da Pavao prava nema tražiti dijel od Petra. Nisam baš pobožan i preveć dobar, kako se to u svijetu zove, al' sam lud, jer nisam dosta zlim, a to se uistinu zove dosta pametnim. Hranim se tuđim, da, al' samo tuđim krumpirom, a pametnije bi bilo tuđu slaninu jesti. I ako me uhvate, zar će mi gore biti! Ta bar ću imati gdje prespati i što založiti, a sud ne tjera čovjeka za koštu i stan. Jedna mi je masna pečenka utekla – Luka. Ej, da se te lude dočepam, puna šaka brade! Ne valja ti posao, Mikice! Zar si zato išao u školu, zar umiješ zato čitati i pisati da si ne znaš ni toliko zaslužiti koliko Ciganin? Eto vidiš pametne misli! Ciganin mi mora dati novaca, mora, pasja duša, ili će mu zlo biti.

Polako krenu Mikica prema platnenomu stanu Ugarkovića, koji je svoj šator opet k Jelenju prenio bio, pošto je istraga radi Martinove nesreće prošla bez svake pogibelji, jer se ništa nije saznati moglo. Ciganica Kata bila je pošla po svom zanatu u sela bud da kaže "srićicu", da čini čare, da liječi marvu i ljude i da pobere jaja, sirac ili da zadavi putem koju gusku ili kokoš. Mala Cigančad skakala je po grmlju ili sjedila kraj vode na zemlji praveći kuće od blata i pijeska. Ciganin Ugarković bijaše sam. Eto dobre sreće. Sjedio je pred šatorom na zemlji držeći među nogama malo nakovalo pa je kovao čavle. Opaziv pisara, dignu rutavu glavu, izbijeli zube pa će vrgnuv kladivo na stran:

– Eto u dobar čas, Mikice! Htio sam te potražiti da ti novicu kažem.

– Što je Ugarkoviću? – zapita mali.

– Ti, more Mikica, tražiš Luku, je l'?

– Da! Šta je? – reći će pisar življe. – Zbilja živ?

– Da!

– Reci gdje?

– Što mi daš ako reknem? – nasmija se Ciganin pruživ ruku.

– Šta je, šta? – škrinu pisar ljutit. – Ne luduj, kazuj! Neće ti žao biti. Sada nemam ništa.

– Eh da! To ti veliš. Bit će gaće, ali kad će?

– Nisam li ti kum? Jesam li ikad slagao kad sam obećao? Ti si ništarija, crna huljo jedna!

– Ha! Ha! Ha! Vidi ga! Kako se puri kum. Odmah prekipi lonac. Samo je šala. Pa čuj! Moja braća Cigani vidješe Luku prekjučer u gradu. Kupovao je štošta na trgu.

– Kakav je?

– Za prosjaka jeste obučen, al' nije prosio.

– Ah! Dobro! Doći će u Jelenje.

– Misliš, kume?

– Sigurno će doći. Al' gdje prebiva? Kamo je pošo?

– Ne znam. Braća su pitala, ne htjede im reći.

– Dobro, doći će. Al' čuj, kume Ciganine, sad ću ti ja reći riječ.

– Šta je?

– Daj novaca! Treba mi.

– Ja, tebi? Ho, ho, ho! Ma je l' kum poludio? Otkuda kukavici Ciganinu novaca?

– Ne šaraj! Znam ja što znam! Ti si jučer prodao Đuri kobilu.

Ciganin trznu se od ljutosti.

– Da prodao sam na priček – izmrmlja ljutito kroz zube.

– Ne cigani, kume Ciganine. Za gotove novce si prodao. Daj novaca! Gladan sam, žedan, nemam duhana.

– A ti sjedi, jedi kod nas, pa na ti moje kese.

– Neću, novaca hoću.

– Ne dam.

– Ne daš?

– Ne.

– Dobro, a ja idem k sudu pa ću pripovijedati, kakov si svat, tko je Martinu ubio marvu, tko zapalio sijeno.

Ciganin poniknu, škrinu, al' brzo planu:

– Eh, i tebe će zatvoriti, ti si me zato platio.

– Ne marim, imat ću bar hrane i stana. Šta je? Ja nemam žene i djece? Al' ti...

138

– Tko će mi to dokazati?

– Tvoje šilo što pri sudu leži.

– Šilo je šilo.

– Nije, kume – nasmija se pisar zlorado. – Ima tvojih šila dosta po selu, svako ima svoj biljeg i pri dršku malen križić. Reći će na te seljaci, čije je, reći će i braća Cigani da je šilo Ugarković kovao, samo da sebe operu.

– A ti si kum? Ti si kum? Gdje ti je duša? – planu kovač kroz plač.

– Daj ti mojoj duši mira. Želudac ne mari za kumstvo. Novaca daj!

Crni kovač grizao se od jeda. Uzdahnuv, posegnu u džep svojih hlača te iznese kesicu, otvori i poče drobne novce prekapati.

– Papira! Papira, kume! – reče pisar hladno – nisam prosjak da me Ciganin daruje krajcarom, posegni u njedra, u prsluku imaš krupnijeg novca.

Ciganin ošinu ga okom punim bjesnoće i stavi dršćući ruku na prsa.

– No, brzo! – viknu pisar lupiv ljutit nogom.

Ciganin izvadi lisnicu, stavi je među koljena, izvuče s mukom forintaču i podaje je napasniku.

– Još – odvrati ovaj strpav forintu u džep.

– Ma – škrinu kovač.

– Još četiri! – iskesi se pisar dignuv četiri prsta.

– Kugo! Šta me jedeš? Oj, žalosna majko moja!

– Nema fajde, kume! Još četiri!

– Na, jedi si, zlotvore! – dahnu kovač bijesno baciv četiri forinte.

Pisar ih pobra, pogleda prema suncu nisu li krive, zakima i stavi ih u džep.

– Tako – reče spustiv se kraj kovača na zemlju – to je zasada dosta. Vidiš, sad sam ti opet kum. Samo pametno treba.

– Vražji si kum!

– No, no, no! Sad mi daj jošte duhan–kesu, pa onda smo opet dobri prijatelji.

Ciganin baci mu kesu, pisar napuni si lulu, stavi na nju žeravku, potegnu dva–tri puta, i pošto je odbio nekoliko dimova, reći će:

– A znaš li ti, zašto pitam za Luku, zašto na njega vrebam?

– Valjda da ti da novaca.

– Eh, šta dati, ja i ne mislim na to, ja mislim uzeti.

Ciganin dignu pozorno glavu i pogleda pisara ispod oka.

– Da, da – potvrdi pisar – uzeti, kume.

– Kako?

– Čuj! Ali – boga mi moga, ako korakneš krivo, otišla ti glava. Mi ćemo praviti dobar posao, ja pol – ti pol, svakomu će dosta biti. Znaš li radi koga si podavio Martinovo blago, zapalio Martinovo sijeno? Radi Luke, da, da. Trebalo je zaništiti bogatog seljaka, da dođe u Lukine nokte, da uzme od Luke novaca, i kad bi ga Luka imao na uzici, htio ga prosjak kvačiti da mu da kćer za ženu.

– Maru! – zinu ciganin od čuda – ma Luka Maru!

– Da Luka Maru! Ha! Ha! Ha! Ja sam radio, i ti si radio, Luka je mislio da će po njega dobro izići. Nego je on luda i lopov. Pokajo se radi marve i sijena, htio je mene baciti u blato, prodao svoje obligacije za gotov novac, da si sam predobije starca i djevojku, nas dva da ostanemo vrazi, a on da bude svetac. Prevario se, znao sam da će se prevariti. Kako bi cura pošla za njega, za takovo odrpano kopile? Nasjeo je, i ja sam mu koju stotinicu istepo iz džepa. Nego sam mislio dobiti sve. Luka ima pri sebi gotovih novaca, puno novaca, na stotine, više nego si misliš.

– Ah!

– Ima, to ja dobro znam. Vrebao sam na njega, al' ujedanput izniknu. Vidiš, to mi je sve pokvarilo, sve. Dao sam ga tražiti, dao sam pitati za njega, išao sam u grad i okolo grada, nigdje, nigdje nema Luke. Sad smo ga našli. Doći će u selo, mora doći. Lud je i sada za Martinovom kćeri. Udata je, možebit zna da jest, možebit i ne zna. Svejedno. Duša mu ne da mira, nešto ga vuče ovamo, to ti dobro znam, jer kad si samo njezino ime spomenuo, zadrhtao je luđak kao šiba. Bilo je kao da ga je začarala.

– Eh, doći će ako dođe. Što ćeš ti?

– Luka nosi uvijek sve novce sa sobom, jer se boji skrivati ih. Donijet će ih u selo, Luka neće zaći ni u kakvu kuću, on ne ide stanovati pod ljudski krov. Reci, kume Ciganine, je li pravično da takva luda, takva kukavica ima toliko novaca, a mi, pametni ljudi, da nemamo groša od toga? – završi Mikica pogledav oštro kovača.

– Ma dobro je imati novaca, puno novaca, ali kako – sud – žandari –

– Kukavice! Je li te sud našao kad si Martina poharao?

– Al' odat će Luka –

– Luka! Ha, ha, ha! Luka neće ni duši reći crno pod noktom. Luka će prije, no – mahnu pisar rukom prema nebu.

Ciganin, skočiv na noge, uzmaknu i pogleda plaho pisara, zatim uzmumlja muklo:

– Ciganin krade –

– Ciganin pali – zagrohota pisar – pa zašto ne bi – – nebo! Što te svrbi takova prosjačka glava? Briga koga živi li kakov Luka, ne živi li! Ni kukavica neće za njim kukati. Nema žene, djece. Tko će dobiti novce? Tko ih nađe kad prosjak odapne. Nije li bolje da ih mi nađemo? Pa nećemo ga mi, nego će ga – šapnu – Sava. Voda je duboka, široka, voda je nijema, dosta ima tu mjesta za Luku. Odnijet će ga do vraga. No, kume! Svakomu pol. Ja sam preslab, u dva bit ćemo jači. No daj ruku! Nitko neće za njega pitati. Da! Na tvoj dijel doći će najmanje četiristo forinti!

– Četiristo forinti? – reče plaho, dignuv glavu, ciganin, koji je dosada nijem, gledajući u zemlju, stajao.

– Četiristo, ma kažem ti! – viknu pisar, brzo se ogleda i skoči na noge. – No! No! Daj! Ruku amo!

Ciganin okrenu glavu i pruži pisaru ruku.

– Eto vidiš, da si pametan. Svatko traži svoje. Zašto ne bi i mi kad nam sreća da? Ne boj se ništa, kume! Idi u grad, odmah idi pa vidi gdje je. Slijedi ga, pazi kad dođe u selo. Zbogom!

Pisar odšulja se od svoga kuma, a ciganski kovač sjeđaše dugo pred svojim šatorom gledajući u zemlju. Napokon skoči na noge i pohiti u grad.

*

Dođe noć, tiha tamna noć na selo, puna zvijezda, al' bez mjeseca svog. Mrak sterao se po drvlju i grmlju, preko kuća ljudskih. Sve kanda je zanijemilo bilo, malo kada zalaja koji pas, al' udilj šumila je Sava kroz gluhi noćni mir. Ni duše ne bijaše više na ulici, sve što je živo, bilo se je zavuklo pod svoj krov, samo su se kroz malena okna seljačkih kuća žarile luči u noći. Ugarković jošte se ne bijaše povratio iz Zagreba. Tražio je i tražio posvuda Luku, al' ga ne nađe. Rekoše mu u malenoj krčmi da je tu pio i jeo, al' da je valjda prošao u goru, no sutra da će se svakako vratiti. I odluči Ciganin čekati do sutra prenoćiti u gradu. U seoskoj krčmi čekao ga je pisar sjedeći za stolom. Jeo je, pio i pušio po volji, ta imao je novaca. Ura za urom minu, čaša za čašom plinu u Mikino grlo – al' još ne bješe Ciganina. Dva–tri puta pođe pisar pred kuću, pogleda amo, pogleda tamo, zvižnu – odnikle glasa. I opet zađe u krčmu da čeka, da pije. Poslije nije više ni izlazio. Noge bijahu mu nekako drvene, glava teška. Sve niže i niže spuštala se glava, lula se ugasi i pade na stol, glupo izvali pisar oči, zatim mu pade glava na laktove, i zamalo poče Mikica hrkati. Krčmarica malo je marila za to! Ta platio je, neka se počiva.

U to gluho, mračno doba šulja se sjena oko kuće Mate Pavlekovića; prhnu sad amo, sad tamo, iziđe sad na cestu, zakrenu opet na zavrtnicu, kanda ide za svjetlom, što iz kuće sijeva te se po kući miče. Plaho je sjena okolišala oko kuće, kao da noćni leptir oblijeće oko svijeće. Napokon, kanda je uhvatila mjesto, zaustavila se kod drvena stupa, odakle se dobro vidjeti moglo sve što u kući biva. Tajnovita sjena upre bradu na stup, i kako iz kuće minu zraka svjetla u tminu, pojavi se na stupu blijedo, turobno lice zahirena čovjeka, koji nepomično zuri u okno. Bijaše to velika soba. Na drvenu stupu do zida bješe zataknuta luč. Upravo su ljudi večerali. Za stolom sjeđahu starci Martin i Mato, a naproti njima Andrija, krepak, zdrav i mlad. Na stolu pušila se velika puna zdjela, a u boci igralo je rumeno vino. Za Androm stajaše Mara držeći na ruci crnokoso djetence. Na njenu licu ne cvjetaše više onaj cvijet djevojačkog milja, ne sijevahu

142

joj više oči vragolasto u svijet, to lice bijaše ozbiljno, mirno al'
uz to toli blaženo i zadovoljno, te oči gledahu sretno i spokojno
na sjedoglave starce, na mladoga muža, na puni stol, bilo je kao
da vidiš u crkvi sliku svetice koja noseći u srcu rajski mir, pro-
matra blaženim okom sretne ljude. A milija, ljepša bijaše sad,
gdje joj ono malo bistrooko čedance pritisnu pune rumene jabu-
čice svoje k licu, gdje uz ona dva crna Marina oka sijevahu rna-
le očice čeda, gdje se drobne, pune ručice ovinuše oko majčina
vrata, kad zatitra posmijeh oko malih usana, što ga majka napla-
ti poljupcem privinuv jače k prsima plod srca svoga. Lijepe sli-
ke, divne slike, to je blaženstvo na ovoj zemlji, što si ga ne mo-
žeš kupiti ni srebrom ni zlatom, to blaženstvo daje ti samo ruka
božja.

U tu sliku zurio je Luka, nijem, drven, kamen. Bijaše kao
brdo tvrdo, pokriveno ledom i snijegom, al' u tom brdu vri i
ključa žarka, tekuća vatra, vječit pakao. Htio je vidjeti sve, pazio
je na svaki kret, na svaki mig. Čežnja ga dovede amo, bolna, ti-
ha, čežnja, koja ne rani, ne mrzi, ne kune, već samo tuguje. Al'
kad spazi taj kraj, taj krov, ta lica, uzavre mu krv. Nadao se je
da će možebit nesreće naći, i ta nada bijaše mu utjehom, jer se je
nadao da bi od njega pomoći biti moglo. Ali prevari ga nada.
Pogleda oko kuće. Što je rad njega plamen uništio bio, podiglo
se iznova, a sad čvrsto zidano. Zaviri u kuću, ali svaka crtica te
male domaće slike pokazivala mu je sreću i mir, onu tihu spo-
kojnost, kojom prolazi ovaj život svijetom, kao što protječe bis-
tra rijeka polagano cvjetnim livadama. Ne, tu nije stan suza, nad
ovim niskim krovom prostire se bijela kreljut smiješećeg se an-
đela!

A ta sreća, taj mir bijaše nož u Lukino srce. Ta nije li ve-
dar, sjajan dan, pun sunca bez oblaka, najstrašnije vrijeme za
čovjeka, koji od žalosti pogiba? Ne tuguje li se lakše kad je ne-
bo mutno, kad bjesni bura? Sijeda brada mu se zatiskivaše u dr-
veni stup, nokti mu se zakopaše u drvo, srce ga je boljelo kao
nikad na svijetu. Sve to si je i on želio, taj mir, tu sreću. Ovako
je i on sjediti htio pod mirnim krovom, na svojoj zemlji, sa svo-
jom ženom, a sve je to tako blizu bilo, na deset koraka od njega;
jednim kričem mogao je svu tu lijepu sliku rasplašiti, al' opet je

to daleko bilo od njega kao ona zvijezda na nebu za kojom grabi ruka luda djeteta.

Sad se prekrstiše muškarci, za njima i žena. Valjda hvale Boga na božjem daru. Nehotice dignu Luka ruku da se i on prekrsti, al' nije pravo ni znao kako se čovjek krsti. Pa zašto da se zahvali, pomisli u sebi, ima li u njegovu životu časak koji ga učini sretnim, je li njegovo srce poznavalo drugo nego puste želje bez nade? Ljudi u kući sklopiše ruke na molitvu. Valjda mole da ih Bog blagoslovi kao što dosele, da od njih odvrati svako zlo. Zašto je on imao moliti, kad je u njegovu srcu zamrla svaka nada, i sve kad bi moliti htio, jadi su mu toliki da njegovoj molitvi ne bi bilo ni kraja ni konca.

Sad se vesela lica kucnuše starci i piju za zdravlje svoje, svoje djece i svojega unučeta. Za čije zdravlje da pije on, i tko pije za njega? Kako da želi svijetu zdravlje kad ga je svijet od sebe rinuo kao kužnu živinu? I šta će mu zdravlje bez sreće? Sad prihvati i žena čašu, što joj muž poda. Srknu, kimnu i vrati smiješeći se čašu. To da je bar Luki dano, da se njegova suha usnica smije dodirnuti Marine čaše! Veselo usprječi se čedo mašući ručicama, žena spusti mu glavu na muževo rame. Andro nasmjehnu se, pogladi rukom glavicu, dijete nasmjehnu se i uhvati oca za brk, starci nasmjehnuše se vrteći glavom i lupajući dlanom po stolu, i najzad nasmjehnu se Mara, pridignuv dijete, privinu ga k sebi, poljubi ga, a Luka stojeći vani gologlav na noćnoj rosi, Luka zaplače od tuge, od jada, od gnjeva, jer je vidio ljubav, a osjećati je ne smije. Luka zamrzi na to malo, nevino djetešce, kao na živoga vraga, jer je jezgrom ljubavi bilo, jer je svu kuću vezalo u jedan vijenac, koji je disao mirisom ljubavi.

Napokon digoše se ljudi da pođu počinuti. Nešta si rekoše, valjda "Laku noć". Luč se ugasi, i slika potavni.

Laku noć – rekoše si ljudi, i laka spustit će se na njih noć, miran sanak, ta slatka plaća težaka. Jednako mirno počivat će stare kosti otaca, jake mišice radinog sina, a i ljubeća majka snivat će milo o svom majušnom čedu, koje stiska, drijemljući, glavicu pod majčine ruke i polaže sitne ručice na majčine prsi. Laka noć, svima, svima je laka noć, i onoj stoki, što na stelji leži u staji, i onoj kokoši, što na grani čuči, i onomu psetu, što se je savilo u kutu, al' njemu, Luki nije laka noć, njemu je teška, strašna noć. Njegovo srce prebadaju sve muke, njegovu dušu razdiru sve strasti. Htio bi kriknuti, jauknuti! Je li on to i zaslužio? Po čemu? I uhvati onaj drveni stup pa ga poče drmati, kao da je to čovjek koji mu je skrivio sve zlo na ovom svijetu, poče ga drmati, ali stup se ne maknu, jer mu je živ korijen bio duboko uvriježen u zemlji. Luka pogleda. To ne bijaše stup, već panj izgorjela stabla, koji mu odgovori na njegovo pitanje. Duša ga zazebe i pobježe u noć.

Pod starom zapuštenom sušom, podalje od sela, klonu Luka na zemlju, umoran na tijelu i duši. Mnogu je noć tu u prijašnjem vremenu prespao bio tvrdo i bezbrižno. I ovaj put sklopiše mu se vjeđe, tijelo ležaše kao mrtvo, ali njegove misli su bdjele i u snu ga mučile. Bilo mu je da se ispunila sreća, da mjesto Andrije sjedi za stolom u Matinoj kući, a kraj njega Mara. Otkad ga je majka rodila, nije mu toli dobro i voljko bilo. Martin mu se smiješio, smiješila i Mara. Tada htjede posegnuti za vrčem da svima nazdravi zdravlje, ali pred njega stupi mali crnooki anđelić, ono malo Marino dijete, uze mu vrč iz ruke i reče: "Komu napijaš zdravlje, eno gledaj za kuću, ondje gori djedova muka, takovo ti nam napijaš zdravlje!" Poslije uspinjao se na strmo brdo, gotovo okomito. Na vrhu ga je čekala Mara. On je gazio i gazio uzbrdicu i sebi se čudio kako se ljudski stvor na to sunovratno kamenje popinjati može kao kakova mačka. Već se je bio blizu prikučio vrhu, ali preda nj stupi ono malo crnooko djetešce, baci mali kamečak na nj. Luka pade sunovratice nizbrdo, i bio bi se razletio da ga nije na svoje ruke uhvatio prosjak Mato, koji mu, nasmijav se grohotom, pogleda svojima mrtvim očima u lice i reče: "Luđače, ne rekoh li ti da su ljudi zvijeri, da su prokleti!" Najzad snivao je o pravdi. Vidio je svoju kuću. Stajala je baš na međi među nebom i paklom, pa se nije znalo pripada li nebu il' paklu. On je sam sjedio u kući da čeka sud, a pred vratima stajaše sudac – ono malo dijete. Zdesna vikahu anđeli: "Ta kuća pripada nebeskom carstvu!" – slijeva udariše vrazi kričati: "Nije istina, ta kuća stoji u paklenom kotaru!" Tad reče dijete: "Da čujemo svjedoke!" I dovedoše anđeli za svjedoke sunce, mjesec, zvijezde, vjetar i jeku. Sunce reče: "Ja sam Luku vidjelo u sve dane života. Trpio je, mučio se, htio je postati poštenim čovjekom." Mjesec i zvijezde rekoše: "Vidjesmo za tih noći njegove suze, zao čovjek ne može plakati." Još reče vjetar: "Ja sam nosio svijetom njegove uzdisaje, bijahu od srca!" Najzad ozva se jeka: "Čula sam u gori njegovo kukanje i naricanje i onijemjeh od toga." Al' i vrazi dovedoše svjedoke – pisara Mikicu i Ciganina Ugarkovića. Ciganin pokaza šilo i gubu, Mikica sve obveznice seljačke što ih je za Luku napisao bio. Bijahu pisane krvlju.

Sunce zađe, mjesec potavni, zvijezde utrnuše se, vjetar i jeka zanijemiše, plačući odletješe anđeli, a dijete osudi: "Vaše je pravo, đavoli, vi ste jači. Uzmite kuću i sve što je u njoj!" I vazda vraćalo se u snu ono malo dijete.

Jutarnja studen protrese Luku. Probudi se, al' isprva nije smio izaći iz svoga skrovišta. Plašio se je svijeta, bojao se da će svi svjedoci svijeta na njega prstom pokazati. Razmišljao je, sjedeći u kutu, o tom što je vidio, što je snivao. Sad bijaše trijezan, hladan, al' samo časak. Zakratko spopa ga zavist, ljubomor, mržnja. U njegovu srcu probudiše se opet stare zmije sikćući mu u uho: "Osveti se ljudskom rodu, ljudi nisu nego zvijeri! Ljudi su prokleti! Drugi grli žensku koju ti ljubiš, a ona, vraćajući mu cjelov, ruga se u duši tebi! Oni sjede mirno u svojoj kući, a ti obijaš svijet po vjetru i buri. Njima kuca srce lagano, a tebi prijeti razbiti rebra. Osveti se svijetu koji nema za te ni suze, ni smijeha, ni imena!" Sve jače i jače kuhala je krv u čovjeku. Osokoli se. Tad se izvuče iz zaklona. Već se je bilo jutro dobrano pomaklo, već se je rosa osušila bila. Luka pogleda prema selu, gotovo nije bilo ljudi, sve je na polju radilo. Nešta je čovjeka gonilo naprijed. Vukući se jamom uz živicu, priđe bliže k selu i baš do vrta Mate Pavlekovića, blizu onog prijelaza, gdje Mari ponudio bio sve svoje novce. Pogleda preko živice na zavrtnicu. Nešto ga spopa, oko mu sijevnu, obazre se skunjen, skoči preko živice. Nasred zavrtnice sjeđaše u zipci Marino dijete samo, posve samo. Od kuće nije bilo čuti ni glaska, valjda su ljudi za poslom bili. Nedaleko od djeteta stajao je badanj vode kojom seljaci polijevaju vrt kad u zdencu nestane vode. Luka dođe do djeteta.

– Ha! Jesi li tu, muko moja! – šapnu si zlorado čovjek. – Ti, crve, ti me najviše mučiš, truješ mi srce otimlješ san, a njima si najveća radost. Da tebe nije bilo, ne bi mi nada navijek uništena bila, ti si očit dokaz moje propasti. Da tebe nestane, da pogineš, boljelo bi ih to, ljuto boljelo. Saznali bi što znači žalost i muka, koja poput crva ruje u srcu i glavi do groba. Da, da, tako se mogu osvetiti, neće se više veseliti, neće nikada! – Dijete gledaše nepoznatog čovjeka velikim očima.

– Što si na mene izvalio oči – nasmija se Luka – u snu mučilo si ti mene, sad ću ja tebe. Čekaj! Čekaj! Kako bi bilo da te bacimo u onaj badanj, da te ondje nađu, da se naplaču. Da, dobro će biti.

Luka izvadi plaho dijete iz kolijevke, uze ga na ruku i pokroči k badnju. Ujedanput se ustavi.

– Ne bi li bolje bilo – umovaše dalje – da te ne bacim?

Znali bi da si mrtvo, vrijeme bi izbrisalo suze, došla bi druga djeca. Ne, ne, neću te baciti. Bolje će biti da te daleko ponesem u svijet, da te Ciganima dadem. Tvoji neće znati jesi li živo, jesi li mrtvo, žalost i nada neka se rvaju u njihovu srcu, to boli jače, to peče ko vječna vatra. Da, odnijet ću te, ti ćeš biti ono što sam ja, ti ćeš sve trpjeti što ja trpim. Hodi, crve.

Već htjede pokročiti, al' nehotice svrnu okom u vodu, koja se je od sunca poput ogledala ljeskala. Spazi sebe; to žuto nabrano lice, te blijede usne, te mutne, zdvojne oči, to čelo puno pečali, tu ružnu glavu. I učas pogleda dijete, a maličak raširi rumena ustašca do jamica, malene ružičaste nosnice, te drobne očice sijevnuše veselo, i djetešce nasmjehnu se prosjaku, toli milo, toli slatko, kanda je zvijezda na nebu zatreptjela. Ljudi slikaju anđele kao dječicu, ljudi ne vide anđela, al' vide djecu. Luka pogleda opet sebe, pa opet dijete. Ruke mu počeše drhtati, na to lice nagrđeno zloradim bijesom, spusti se duboka žalost, kanda mu je ruka božja izgladila obraze. Jedan jedini stvor na svijetu nasmjehnuo mu se milo, stvor koji ne zna za himbu, za presude svijeta, stvor – prilika ženi koju ljubi, stvor komu je Bog stavio rajski posmijeh na drobna ustašca, da, da, jer na tim sitnim ustima cvate još nevina ljubav za svakoga čovjeka. Pa taj stvor da Luka uništi, to dijete, koje mu tim posmijehom više učinilo dobra nego svi ostali ljudi zla? Smiješ li dobru ružu kraj puta zgaziti, jer ti milo miriše? Zato da pati čedo sve one muke koje je on pretrpio, da ga hladna srca baci u ponor, iz kojega se sam nije podignuti mogao, jer je kušao zlim postići dobro! Ne, ne, ne! jecaše njegova duša iz dubine svoje! Sam ću nositi tu kletvu, nitko drugi nek je ne nosi, nikomu na svijetu ne želim toga. Ne, crviću moj! Rasti sretno među svojima. – I srce poče mu polaglje kucati, njegovim žilama prostruji nikad neoćućena blagost. Polako donese dijete do kolijevke, stavi ga nježno u posteljicu. "Pozdravi majku svoju!" šapnu tiho, poljubi čedo u čelo, i vrela suza kanu mu iz oka na rumeno lišce dječarca kao rosa nebeska na ružicu. Zatim se trgnu i uminu naglo među živicom, sve dalje i dalje – preko polja. Koracao je lako, hrlo, kao da krila ima, smiješio se svakomu cvijetu i drvetu, iz tog šuma lišća kanda su šumila krila anđela. Oprošteno mu je, to dijete mu je oprostilo, našao je dušu svoju, a učas, kad ju je navijeke potratiti htio đavolskim činom. Bijaše toplo, a Luka putem sustao. I zađe u šumicu podalje od puta, zavuče se za grm i legnu u travu. Mirno i lako, reći bi veselo, spavao je čovjek, toli slatka sanka ne bijaše nikad osjetio. Sanak bijaše to bez sanja. Kad opet pogleda – sunce već se bilo odmaklo od podneva – bio je vedar i miran. Hrlo se dignu i pođe veselo u grad.

*

Po mraku doleti Ugarković u selo do krčme, pogleda na prozor i pokuca, spaziv pisara, tri puta polagano na staklo. Mikica izađe.

– Ti, Ugarkoviću?

– Ja.

– Šta je? Gdje si dva dana bio?

– U gradu. Tražio Luku.

– I našo.

– Pak?

– Doći će u Jelenje. Ide možda sad.

– Kako znaš?

– Morao je ovdje u selu biti dok sam u gradu tražio. Spazih ga izdaleka kako ide u grad od naše strane.

– Šta više?

– Idem ti ja, kume, za njim daleko, što bi slaba puška ponijela da me ne speti. Ja sve korak po korak za njim. On u krčmu, a ja čekaj pred krčmom, on iziđe a ja opet za njim. Pomisli, ide k popu u župni dvor.

– Ah! – začudi se pisar.

– Da, k popu. Dvije sam ure čekao dok se Luka ne pokaza na kućnim vratima.

– Onda?

– Išo iz grada opet na našu stranu.

– A ti?

– Ja sam se stranputicom šuljo da dođem prije njega da ti javim.

– Ne rekoh li ti da će doći?

– Pravo si reko.

– Ali nije moguće da je ovdje bio.

– Ma jest kad ti velim.

– Do vraga! No, svejedno! Sad ga imamo.

– Imamo, Mikice! Četirsto veliš?

– Ne fali.

– Dobro. No maknimo se odavle.

– Dođi ti za mnom da dogovorimo što treba. Sigurno će doći do Matine kuće.

Dok su se obojica odmicali od samotne krčme, zakrenu s varoškog puta čovjek pred nju i uniđe. Krčmarica stade se od čuda krstiti opaziv novoga gosta.

– Za ime Boga! Jeste li to vi, kume Luka?

– Da, Jano! Ja sam. Dobra večer.

– Da Bog da, Luka! A otkuda ste se ispuknuli? I ne pamtim više kad sam vas zadnji put vidjela. Gdje ste zaboga bili?

– U svijetu, kumo Jano. Dajte vina.

– Pak što su vam Jelenjani učinili te ste naše selo ostavili?

– Jelenjani meni nisu ništa krivi. Eh, otišo sam. Ta znate kako puhne čovjeku katkad u glavu.

– Ali čujte, Luka, svi su se ono na vas srdili kad ste svoje dužnike onomu gospodinu iz grada prodali. Dobro da ste malo igrali skrivača, no sad se opet sve stišalo. Ne bojte se ništa.

– Ne bojim se, Jano, vjerujte. Šta se je u selu zbilo otkad me nije ovdje bilo?

– He, da vidite, puno toga, proteklo i puno vremena. Kad smo se ono zadnji put vidjeli?

– Poldruga godina je i više.

– Dugo, dugo, o vi puno toga ne znate. Da, Mara Lončarević pošla za Andriju Pavlekovića.

– Znam, čuo sam u gradu.

– Nije li to pravo čudo, recite sami?

– Šta je čudo, Jano?

– Ta valjda i vi znate kako su se Martin i Mato vraški pograbili bili, jedan da drugoga otruje u žlici vode. Najedanput prevrnulo se preko noći sve. Što prije gorko i kiselo, to je sad slatko i glatko bilo. Svi smo se tomu čudili. Da, još i to: Martin dao je svoju kćer Matinu sinu.

– Kako ti ljudi sada žive, kumo Jano? – upita Luka gledajući pred sebe.

– Bogami, dobro živu, kao golubi živu. Sve je to sada jedno gospodarstvo, jedan krov. Pak se tu, bogami, radi od zore do mraka. Martina bilo je ono pred dvije godine ljuto ošinulo, ali sad se tomu ni traga ne vidi. Sve su popravili, očistili i pozidali, nanovo i bolje posagradili i marvu nabavili. Što prije drveno, sada je čvrsto zidano i crijepom pokrito. Od sve nesreće nije ostalo nego jedno ogorjelo drvo, a to su ostavili za uspomenu, neka se djeca sjećaju.

– Znam za Martinovu nesreću – reče Luka neveselo – ali recite mi kako su se ljudi pomogli?

– Nešto je dao Mato, imao je stari skupac više novaca nego se je mislilo, a i njegovo gospodarstvo dosta vrijedi, ako su čestite ruke pri njem. Dok je stara sestra gospodarila, išlo je mnogo toga po zlu, al' otkako se je Andro primio posla, niče mu sve dvostruko ispod ruke, kao da na toj kući ima osobit blagoslov. Isprvine pomagala su Martina i gospoda iz grada. Sabiralo se za njega, vele, po cijeloj zemlji, i tu je koja stotina pala. Tako se je sve za njega složilo. No najviše blagoslova nose si ljudi sami. Te gospodarice nema po cijelom kraju što je Mara. Ja sam, hvala Bogu, dosta stara, ali malo kad je Jelenje vidjelo takovu gazdaricu. Pogledajte u kuhinju, u pivnicu, u vrt, u mliječnicu, sve je to čisto kao crkva na Božić, ni zrno da bi po zlu išlo. Glava je dakako Andrija, taj čovjek kanda ima četiri ruke i dvije glave. Ljudi ga slušaju i u neprilici pitaju, a on svakomu kaže što treba, ide za ovoga i onoga i na sud i na magistrat, pa sve samo za božju hvalu i za nikakvu svoju korist. Gospoda u gradu poštivaju ga, dolaze i u njegovu kuću. Htjeli ga imati za starješinu, al' on nikako neće za tu brigu znati, koja samo zatire gospodarstvo. Otkad Andro u selu gospodari, manje dolaze amo fiškali, manje je pravde. Kad se dvojica povade, idu k njemu neka im rekne što bi pravo bilo, a kad im on veli: Ljudi, ovako il' onako, pravo je obojici; pa se izmire bez suda. I pisma im piše, a ne traži ništa, zato mu i svijet govori "pravi starješina" a Janku "farbani starješina". Najviše se ljuti na njega Mikica, jer mu Andrija posao kvari, i mnogi groš što bi taj "krivi fiškal" zapio bio ostaje seljacima u džepu.

– Ima li Andrija djece?

– Ima zdrava dječaka. Bože moj! Ali je bilo veselja u kući kad ga je Mara rodila. Kum mu je bio senator iz grada, pa je došao i na krstitke, a s njim i kapelan. Pogačarice došle čak iz trećega sela, i pilo se do kasne noći. Pak da ste starce vidjeli! Mato pjevao je cijelu večer, a sada se srdi da ne može dijete nositi, jer mu je desna ruka mrtva ostala. Martin pako hodao je po cijeloj kući amo i tamo kao muha bez glave, a sve od same teške radosti nigdje nije imao mira. Da, da, to dijete, to im je prava radost. Ne bi ga dali ni za cijeli grad.

– A šta Mikica?

– Zlo, kume Luka, zlo, od dana do dana na manje. Suši se ko stara vrba, pijan je kad i kaplje ne okusi. Čitav dan vuče se po selu kao staro, gingavo pseto uz plot. Posla nema, ljudi se opametili, a vas nema. Sve se je presušilo. Sve mu se ciganija mota po glavi, i ako ga smrt prije ne odnese, neće biti s njim dobra, bogami, neće. Katkad ulovi još kakova mršava miša, pa onda ide sve u grlo, dok ga ne ostavi i ono malo pameti što mu je piće ostavilo. Ja mu ne dam na vjeru, jer inače ne bih groša od njega vidjela. Ako vino ili rakiju zove, mora najprije platiti. No sad već i malo vina pije, dao se je na rakiju, ne može vam svoga imena potpisati ako prije ne ispije čašu žganice, tako mu rukadršće.

– A što starješina Janko? – upita Luka dalje.

– Što bih vam rekla? Janko je Janko – odvrati Jana brbljajući. – Ta vi ga poznajete dobro, a i gospoda u gradu. Nitko mu ne vjeruje. To vam je čutura koja uvijek smrdi, bila puna, bila prazna, a da se napuniti makar od crnoga Ciganina. Pridržali ga, jer ne mogu boljega naći, ter službuje kao star šepav konj, koga neće gospodar od samoga milosrđa zatući. A Jankovo službovanje i ne vrijedi groša. Nego su mu krila malo podrezali. Andro pograbio ga je radi općinskoga pašnjaka, jer je starješina sav prihod propio. Sad su gradska gospoda postavila druge odbornike.

Luka je sve te novine slušao i ne slušao te zamišljen gledao u dno čaše, koja je pred njim stajala.

– Ali valjda ćete sad kod nas ostati, Luka? – zapita ga krčmarica.

– Neću, Jano.

– Već kamo ćete?

– Daleko! Daleko odavde! – mahnu prosjak rukom.

– A zašto ste amo došli?

– Da se još jednom nagledam toga kraja.

Jana, ne razumjev tih riječi, skrenu samo ramenom i iziđe po svom poslu iz sobe. Luka se digne, kad al' u sobu Mikica stupi. Prosjak, uočiv negdanjeg ortaka, problijede, zadrhta, a Mikici zape noga na pragu. Vrebajući zaludu blizu Pavlekovićeve kuće na Luku, bio je sustao, nit se je nadao da će prosjak doći, jer da se Ciganin valjda prevario. Zato se je malo krijepiti htio od napora i ostavio Ciganina na straži u grmlju.

Prosjak dignu se malo–pomalo, zureći ukočenim očima u pisara. Bijelo njegovih očiju sijevalo je čudnovato, da ga je strašno pogledati bilo. U pravi čas čudno se potrese pisarova duša od toga pogleda, al' se brzo ohrabri i reče prosjaku drzovito:

– Dobra večer, Luka, otkuda ti! Kako je?

– Huljo! Ne pitaj me!

152

– No, no, kako to govoriš! Nekad nisi se tako kesio na mene, nekad si mi milo govoriti znao. Srdiš se na me, a ne znam zašto. Ja ti barem nisam ništa kriv.

– Ti, ti, da mi nisi ništa kriv? – škrinu Luka.

– Dabome da nisam – potvrdi pisar glavom spustiv se nehajno na klupu kraj stola. – Recimo istinu, ti si sve pokvario. Zašto si htio ići svojim putem, a izigrati mene i Janka? Ja sam sve to tako fino priredio bio, a ja kriv ako ne bi danas sjedio s Marom u svojoj kući. Mislio si da sve to bolje znaš, pak si me ostavio na cjedilu. Išao si prodati svoje obligacije, a meni ne reče ništa; pobirao si novce za kortešaciju, a meni si bacio koju kost. Misliš li da sam pas? Ej, varaš se, brajko moj. Mikica ima fin nos. Da, da, gledaj me samo. To mi je hvala bila, je l'? Nisam li rad tebe glavu stavio na kocku zatirući Martina? Je li potrebno bilo da me se otreseš kao mokar pas kišnice?

– Šuti! Šuti! Lopove! – škripaše prosjak, koji je jedva dišući od gnjeva slušao te riječi. – Kamo sreće da sam te se prije otreso ko opanak blata. Da, ostavio sam te, jer sam te se počeo bojati kao kuge. Bio bih te naplatio i pošteno, bio bih ti dao da ne pogineš, ali s tobom posla imati nikad više. Da, ja sam zadnji čovjek na svijetu, i ne cijenim se za više, ali ti i nisi čovjek, ti si nečist duh koji se samo veseli kad počini kakovo zlo, koji se smije kad drugi ljudi plaču. Mirno si Martinu dao uništiti blago, po tvojoj zamisli zapalio mu je Ciganin krov dok si pjevao, pio i u kolu skakao. Groza me je hvatala kad sam te gledao, izrode ljudski, i u duši se zakleo da ću se tvoga ortaštva ostaviti. Ti varaš, kradeš, pališ, ti bi mogao i čovjeka ubiti! – Pri tim riječima strese se pisar, ali brzo udari u smijeh.

– Oh! Oh! Vidi ga, vidi! Otkad si se ti posvetio, čista dušice? Ja kradem, varam, prešam krvavo svijet, palim, pa da je barem za mene, da imam koristi od toga! Al' ne, ja to za Luku činim, za njega se mučim, on obire mlijeko što ga nadojim, a meni ostaje jedva kapljica sirutke, pak zato se taj svetac mene plaši ko kuge, on me se hoće otresti kao blata!

– Šut'! Šut'! Huljo! – kriknu Luka stišćući pesti – da si ne ogriješiš na tebi duše. Prostak sam kao iz zemlje niko, divlji sam, kako me je majka rodila, ne znam za ikoje dobro na ovom svijetu, pak sam bludio kao slijep. Al' ti si varošanin, nosiš na sebi sukno, znaš čitati i pisati, imao si kuću, poštena oca, znaš što je dobro i pošteno, ti si imao otvorene oči, mogao si naći pravi put u božjem svijetu, a jesi li dobar, jesi li pošten? Da si bar sam za sebe ostao lopov, da nisi druge okužio? Al' ne, prilijepio si se na mene, otrovao si mi krv, moje srce... to si ti učinio, ti, varoško dijete, to te je tvoje čitanje i pisanje naučilo.

– A molim te, Luka, šta zbijaš komedije? Ako mi se hoće prodike slušati, idem u grad, ondje ima dosta popova i fratara, ti te svete meštrije ne razumiješ. Budi pri sebi, slušaj pametnu riječ. Ja sam si to predomislio. Meni te je žao. Budimo si opet prijatelji.

– Ja tebi? Radije vragu!

– Ma recimo da sam ja taj vrag. Budimo si opet prijatelji. Znam što te peče, Mara, je l'? Dakako. Ja, bogami, nisam Andriji rekao da ju ljubi. Ali sam Martina i Matu povadio, da su se grizli ko bijesni psi. Da su se opet pomirili, opet nisam ja kriv, već onaj nesretni fiškal koji je na kortešaciju došo, i mladi pop iz grada. Da, da, taj ti je najviše kriv, jer je slatkim svojim jezikom pomirio starce. Vidiš, Luka, ti su ti Maru uzeli, nisam ja. Nego ti nešta velim. Andro i Mara sad su sretni, mene to peče ko i tebe, pak daj, budimo ljudi, daj da im se osvetimo. Zašto su oni sretni, zašto mi nismo, zašto smo mi izmet ovoga svijeta? Dođi sa mnom gdje ćemo nasamu biti, gdje nas nitko ne čuje, dođi, da se dogovorimo kako da toj sreći zakrenemo vratom. Meni treba tebe, tebi treba mene. Daj ruku amo – smijaše se pisar nagnuv se na stol i pruživ Luki ruku.

Prosjak uzmaknuv, skoči.

– Na – viknu i udari pisara šakom po licu, da ga je oblila krv, te se pisar omamljen sruši na zemlju, a Luke nesta iz krčme. Prosjak izađe u hladni noćni zrak. Prsa nadimahu mu se silno, krv goraše u njegovim žilama, živci mu drhtahu. Otvorenim ustima poimao je zrak i skinu šešir da mu vjetar ohladi žarko čelo. I sad još trzaše gnjev na pisara njegovim srcem. Časak stojaše tako, nijem, gledajući prema mjesecu, koji se je u njegovim turobnim očima čudno caklio. Bilo mu je odlanulo od hlada, i blaži osjećaji spustiše se u njegovu dušu. Al, ni migom ne trenu, bio je kao stup na priliku čovjeka. Šta je taj čovjek mislio? Iz bijelog ružnog lica mogao si čitati veliko, tajanstveno pitanje. Kakov je onaj svijet u visini nad zvijezdama? Ima li ondje života i, ako ga ima, je li bolje negoli bijedno živovanje na ovoj zemlji? Ima li ondje pravice, koja kroji svim jednako pravo, il' se i ondje nekima dijeli samo milostinja? Hoće li ondje vidjeti, prepoznati svoga oca, svoju mater, hoće li se ondje svi jednako ljubiti i grliti? Sve to je u svojoj prošlosti pitala jadna Lukina duša radeći da se izvine iz okova smućenog si uma. A zvijezde zatreperiše, kanda mu namiguju: Hodi! Hodi ovamo! Noćna rosa pade na njegovo vruće čelo, i bilo mu je kao da je melem pao s neba. Uzdahnuv, spusti glavu. Gledao je oko sebe, gledao je oštro svaki stup, svako stabalce, slušao je pomno svaki glas, i šum rijeke, lavež pasa, i oštri cvrkut drobnoga šturka u travi gledao i slušao je kao čovjek koji se sprema na dalek put iz kraja u kojem je mnogo dana proboravio, pa mu se oko na svaku malicu navadilo, pa mu je svaka sitnica mila. Čovjek ide, a bogzna hoće li ga ti krajevi ikad više vidjeti! Tako i Luka. A ovamo morao je doći da se oprosti s tim krajem, koji mu je gotovo zavičajem. Ovamo vukla ga je tajna, neodoljiva sila. Sto puta bila mu je noga putem amo zapela da se vrati, al' opet mu nogu nešto turnu naprijed. Bilo mu je da ga tajna, neviđena ruka drži i ne pušta, da ga vodi ovamo u to selo možda zadnji put. Polagano koracao je Luka od samotne krčme prema kućama i dospje skoro do Marinog stana. Prozori bijahu tamni, kuća zaključana. Prosjak sjede na kamen naproti kući podupirući si laktima glavu. Dugo je gledao kuću. Kako može toliko ljudi u toli malenu prostoru toliko sreće i mira naći, a pojedinac ne može u cijelom svijetu? Sretni su, neka budu. Sreća je ionako kao san, a java je nesreća. Grijeh je nemilom rukom čovjeka trgnuti iz slatka sna. Nad krovom kuće, u staklu tamnih okana, kroz drvlje i granje sijevala je mjesečina kao čarobna osjena, činilo se da je to neko posvećeno mjesto što ga Bog rasvjetljuje u čas gluhe noći, da mu se ne primakne hudobna ruka. Samo opaka duša može rastepsti meko ptičje gnijezdo; koliko veći je grijeh raskopati mirno ljudsko pristanište, koje se ne sagradi preko noći, već ga grade kroz duga ljeta muka i briga, i suze i znoj! Da, drveni krov, koji se raspinje nad glavama poštene, tihe obitelji, koji je svjedokom da na ovom svijetu ipak srca ima, to je gnijezdo ljubavi, ognjište domaće, svet oltar, a skupe li se oko njega stari i mladi u slogi i ljubavi, vazda mu se diže dim do neba, takova je kuća i Bogu mila. Luka je sam sanjao o tom blaženstvu, i živa ga je čežnja vukla u takovo kolo. Bijaše prost, neuk, niti je umio svojih misli izreći riječima, niti bijahu njegove misli bistre zrake, već samo nejasno svjetlilo, što prodire kroz maglu, ali bijeda i muka naučila ga je osjećati. Srce bijaše mu slatko zrno u krutoj ljuski, a ljuska bješe pukla. Osjeća je živo, jer je bio nikao iz prirode zapušten, prezren, gažen, al' neokružen onom prividnom uljudbom ponešto naobražena svijeta, koja nas mjesto sjajnom bistricom duha nuđa mutnim otrovom. Zato je i osjećao jače, zato bijaše nesreća veća.

Stoga sjedio je nijem na hladnu kamenu naprama mirnoj kući, naprama nedoželjivoj želji. Sad se za kućom okrijesi zvijezda. Svijetlo zrno sunu munjimice niz to blijedo nebo ostaviv za sobom sjajnu zraku; minu zrno, minu zraka u nevid. Bilo, prošlo, sinulo, minulo. Prosjak se dignu i pogleda prema kući, kanda će ju očima blagosloviti; iz oka pade mu suza, al' pade na kamen. Luka okrenu lice i stupaše brzo prema Savi.

Lagano tekla je rijeka pjevajući čudnu ljuljanku. Po valovima prelijevala se zlatna pruga mjesečine skačući amo i tamo. Na drugoj obali sterala se ravnica, nisko grmlje, rijetko drvlje, hrpe kućarica i po koji seoski zvonik, al' sve crno na bijelom zaneblju. Podalje niz rijeku klopotahu kroz noć mlinovi, crni i oni, a u njima crvena žarka piknjica – svijeća. Luka dođe na obalu baš na malu čistinu, za kojom se je duljilo borovo grmlje. Obala bijaše tu podjedena, ovisoka, rukav Save dubok, brz. Luka pronicaše očima vodu, stojeći mirno na brijegu. Ujedanput činilo mu se da nešta u grmlju šušti. Brzo krene glavom. Sve opet zanijemi, al' začas zašušti jače, i kanda su ljudi šaptali. Luka okrenu se licem prema grmlju. Tad iznikoše iz grmlja dvije glave, dva tijela, najzad dva čitava čovjeka.

– Tko je? – viknu Luka.

Ljudi ne odazvaše se, al' brzahu prema Luki. Već bijahu nasred čistine.

– Ha! Huljo! – kriknu prosjak – otale! Daj mi mirno mrijeti.

– Ne! – viknu Mikica – prije daj novce!

– Ha! Ha! Ha! Ha! – nasmija se Luka grohotom, okrenu se k vodi, raširi ruke i baci se sunovrace u Savu.

Pisar i ortak mu Ciganin doletješe k brijegu.

– O, trista vragova! – viknu pisar hvatajući se za glavu i zureći s brijega u vodu, koja se zapjeni i sklopi nad prosjakom.

– I opet izmaknu nam ispred nosa, a novci, lijepi novci su otišli k vragu. Je li pobjesnila ta luda kukavica?

– Da, da – potvrdi Ciganin glavom i pogleda u Savu – izmaknuo Luka u drugi svijet, tu je voda duboka, derava, pak davi ko zvijer. Ode Luka, no, ovako! – doda Ciganin puhnuv preko dlana.

– Ali novci, moji novci! – škripaše bijesno pisar uništen – i njih će voda odnijeti. Kume, dragi kume! Ti si jak, skoči, uhvati ga, izbaci novce.

– Jok – zavrti Ciganin glavom – draža mi je glava nego novci. Da skočim, ne vidjeh više sunca, pojele bi me ribe. Ne idem u vodu, kume!

– Kume Ciganine! Dam ti pedeset forinti više od polovice, skoči!

– Ne idem, kume.

– Jesi čuo – planu pisar – ja ću te tužiti sudu. Skoči!

– Ne idem. Tuži, a ja ću tebe da si me zaveo, da idem s tobom ubiti čovjeka.

Pisar onijemi. Jarost i bol razdraži mu srce. Teško dišući, zatiskivaše svoje prste u suha stegna, kao da će haljinu razderati. Pod njim udaraše voda silovito u brijeg, a taj šum vode sred tihe noći činjaše mu se kao piskanje stotine ljutih zmija, koje pere otrovne zube u njegovo srce. Ljuti vrtlozi vrtjeli su se u vodi o mjesečini, a gle, iz jednog skočiše ujedanput dvije ruke i glava, al' za hip utonuše u talasima.

– Vidi! Vidi! – reče Ciganin, komu su velike oči čudno sijevale sred tamna lica, i pokaza prstom na vrtlog. – Eno Luke u vrtlogu! Sad ga već nema. Zbogom! Ode!

– Proklet bio! dahnu pisar.

– Al' čekaj! – dosjeti se Ciganin – može biti nisu novci propali, možebit će doći u naše šake.

– Kako? Kako? – uhvati pisar Ugarkovića za ruku.

– Vidiš – pokaza Ciganin prstom – to je samo rukav Save, gle, pri kraju zakreće se rijeka jako kao ključ. Onamo će izbaciti i Luku. A što je dobro, mi nismo ništa krivi.

– Da, da! – dahnu pisar – luda skočila je sama u vodu. Dobro je. Htio je novce ponijeti sa sobom k vragu. Ho! Ho! Ho! Prevario se. 'Ajd, kume! 'Ajd! Ako je sreće, naći ćemo ga, pak može i bez banka k svetom Petru il' k vragu. 'ajdmo!

Obojica krenuše uz obalu niz rijeku. Koracahu brzo gledajući pomno u vodu ne bi li opazili trag kakovoj lešini. Al' ne vidješe ništa nego zlatne pruge mjesečine u vodi, a pisaru činilo se da mu se voda titrajući ruga.

– Ma, šta mu je bilo? – zapita Ciganin putem.

– Poludio je valjda.

– Al' nije. U gradu bio je zdrave pameti. Gledao sam ga s kraja.

– Poludio, velim ti. Ne rekoh li ti što mi je govorio u krčmi?

– Eh, lud jest. Kako će zdrava glava skočiti s punim džepom novaca u vodu?

– Ženska mu je pamet pokvarila.

– Tko će se radi ženske skončati?

– Šta ti za to znaš pod tvojim šatorom?

– Koji ga je bijes ovamo tjerao da se skonča u Jelenju?

– Lud si. Ženska. Vukla ga je ovamo. Bilo mu je suđeno. To je tako.

– Pa što je novce uzeo sa sobom u vodu?

– Jer je mrzio sve ljude, jer mu zavist nije dala da se drugi pošteni pametniji ljudi naužiju njegovih krajcara. Ha! Ha! Prevarila se kukavica, ah sreća da.

– A znaš li, kume, da ima novce sa sobom? Da ih nije gdje ostavio?

– Nije. U krčmi vidio sam kako je brzo staru kožnatu lisnicu stavio duboko u njedra. U njoj je uvijek nosio obligacije i novce u torbi dok je prosjačio.

– Luda pamet! Koliko bi bio mogao pazariti.

– Sad je pazaru kraj.

Nakon pol ure dođoše na zagib rijeke, što ga je Ciganin naznačio bio. Bijelo pruđe sijevalo je čudnovato o mjesečini, a tik njega ljuljala se voda amo–tamo, ali obala bijaše prazna, samo gdjegdje ležao je crn panj posječene stare vrbe. Pisar i Ciganin sjedoše na panj. Skunjene glave zurila obojica u ljeskajuću se vodu ne bi li opazili plijen.

– Nema ništa! – zamumlja pisar kroz zube.

– Čekaj! Strpi se, kume. Mora doći.

– Ali koliko je vremena prošlo?

– Čekaj! Ne ispliva to odmah kad potone; pa se možebit gdjegod malo zadjelo. Mora doći, velim ti, ja to znam da voda sve ovamo baci. Živim, hvala Bogu dosta dugo kraj Save. Našo sam tu već kojekakvih stvari.

– Daj mi lulu i duhan! – reče pisar. Ciganin to učini, a Mikica poče silovito potezati i odbijati dim, vidjelo se da u njem svaka žilica igra. Dva–tri puta strese se od noćne rose, ali ne reče ništa.

Dvije ure čekahu tude, ujedanput zašumi Sava, voda zapjeni se silno, nešta crna pojavi se u valovima.

Obojica digoše glave. Voda zaziba se silovitije na prudinu i uzmaknu opet, a na bijelom pruđu ležaše raširenih nogu i ruku mrtvo tijelo.

– Tu je – kriknu pisar, skoči, baci lulu i posrnu k lešini, a za njim pošinu se Ciganin kao zmija.

Tik lešine zape pisaru noga, groza ga trese. Da, to bijaše Luka, pravi pravcati Luka, prije nekoliko ura živ i zdrav, sada mrtav, bez duše na pijesku. Ni tračka života ne odavaše to ukočeno, naduveno tijelo, te kao nehajno širom bačene ruke, te protegnute noge. Na glavi okrenutoj prema rijeci rosila se jošte voda, lice bijaše potavnilo, usta zinula, a u rastvorenim ukočenim očima caklila se mjesečina. Oči kanda su okrenute bile prema pisaru. Zlotvor se lecnu, pogleda mrtvog prosjaka, bijaše kao prikovan, ni dodirnuti ne smjede lešine. Al' ne preplaši se Ciganin, već kleknu kraj mrtvaca i, prodrmav ga za rame, viknu kroz smijeh:

– Oh! Oh! Luka, more! Ne boli te glava. Lud si ter lud. Bolje bilo živjeti. Ne, kume – nastavi dignuv ruku i pustiv je opet na pijesak, pa pogleda prestravljenog pisara – taj neće više pojesti ni zrna soli. Glavu za to!

Spaziv pisar kako uvela ruka klone na zemlju, ohrabri se i reče piljeći očima u Luku:

– Da, da! Voda ga je pojela. Ej, Luka! Tko je sad jači, ja ili ti? Hoćeš li me i sad prevariti? Nećeš. Htio si ponijeti novce svoje na drugi svijet. Nećeš, brajko, ne! Mi ćemo ih pojesti, a gavrani tebe. Ugarkoviću, dobro traži, u njedrima moraju biti.

Ciganin razgali mrtvacu objema rukama prsa i poče opipavati njedra, a pisar upirao se rukama u koljena nagnut nad obojicu, te je oštrim okom slijedio svaki pokret Ciganina.

– No – reče nestrpljivo – je l' šta?

– Čekaj! Al' tu je nešta.

– Je l'? Daj brzo da vidimo.

Ciganin iznese kožnatu lisnicu.

– Ha! Daj! – kriknu pisar veselo, posegnuv za žuđenim blagom.

– Oh! Oh! Kume, polako! To je moje i tvoje – izbijeli Ciganin smiješeći se zube.

Obojica čučnuše kraj mrtvaca sastaviv glavu i zureći u odrpanu lisnicu, koja bijaše dosta debela.

– Otvori – dahnu pisar.

Ciganin je razloži, a Mikica istrže brzo što je unutri bilo, i poče na koljenima drhtavim rukama premetati hartije. Sve crveni papiri, sve stare cedulje za glasovanje.

– Al' banke! banke! – zapita razjarenim glasom – gdje su banke? Ništa! To je ništa, smet! Daj lisnicu!

Mikica istrže ju crnomu kumu, posegnu unutra i na jednu i na drugu stranu, istrese lisnicu u zraku. Ništ'! Ništ'! Ništ'!

– Gdje su banke? Tu su bile! – planu pisar gotovo kroz plač.

U hip baci lisnicu daleko od sebe, kleknu do mrtvaca i dahnu.

– Tražimo! Tražimo! Sakrio ih je drugdje. Znam, mora ih imati! Mora! – riknu.

I obojica počeše svlačiti lešinu i tražiti, pretraživati svaku krpicu, svaki šav, al ništa, ništa i ništa, van na prsima o uzici crn križić od gvožđa. – Ništa – škrinu pisar i srnu na pojav križa uvis, kanda ga je guja ujela – Prokleta huljo! Reci gdje su ti novci, novce hoću, govori, govori, il' ću te – ruknu pisar dignuv šake.

– Ubiti ga nećeš, ne treba! – zavrti Ciganin glavom. – Zakopao negdje novce, izjest će ih miševi, nema za nas pazara. Daj mira! Hodi, bacimo ludog vraga u vodu da ga odnese.

– Ne, ne, ne! Neka ga gavrani jedu! – viknu pisar.

– A da! Jesi l' lud? Da ga nađu ljudi! Tko zna da se je Luka sam utopio, da smo ga mi samo utopiti htjeli? To znamo samo mi. A neće li tražiti sud tko je kriv? Nije li te vidjela u krčmi s Lukom Jana? Da, čula je da ste se svađali, oprala ti je krv kad te je Luka lupio. Lud si! Hoćeš li na robiju, na vješala?

– Makar – lupi pisar ljutit nogom – to mi je zadnje ufanje bilo pa me prevarilo.

– Oh! – izmrmlja Ciganin – neću ja! Ja sam Ciganin, siromah, pošten kovač. 'Ajd, 'ajd! Ponesimo ga tamo u široku rijeku. Kad nemamo mi ništa od njega, nek imaju ribe.

Pisar predomisli se ipak. Bijaše izmet svijeta, ali ono za vješala nije ozbiljno mislio.

Ljut i bijesan pograbi za noge Luku, koga je Ciganin već za ruke držao.

Znojeći se, mučeći se, vukli ortaci lešinu kroz grmlje i trnje do mjesta gdje Sava širokim koritom struji. Tad pograbi Ugarković mrtvaca kao slamnjaču i baci ga s obale u vodu viknuv:

– Putuj, Luka!

Nešta ljosnu, voda se zapjeni, uzvrti pa poteče dalje noseći lagano mrtvo tijelo prosjaka.

*

Godina dana bješe prošla od one noći kako se je Luka bacio u Savu. U Jelenju nije već nitko spominjao njegova imena; bilo ga je nestalo sa svijeta, kao što se u rano proljeće raspline u vodi santa leda. Isprva je dakako Jana pričala da je bio jednom u

Jelenju, al' reče, teško da će ikad vidjeti naše selo, jer je rekao da ide u daleki svijet. Na to odgovoriše ljudi: Lako njemu ići u daleki svijet kad ima novaca. Poslije već se i nije ništa govorilo. Da, bio je pošao u daleki svijet bez popudbine.

Jednog dana pripovijedao je pijani starješina, da je Mara pozvana u magistrat, da mora sama doći, a s njom otac joj Martin. Bogzna što su krivi? rekoše ljudi, a Mara se kruto čudila, jerbo nije nikad sa sudom posla imala.

Al' se je bilo čemu čuditi. Na vijećnici dođe s ocem pred suca i nađe ondje gospodina župnika.

– Čujte, dragi ljudi, što ću vam reći ovdje pred gospodinom sucem, da bude bolje vjerovano – reče župnik. – Bit će godina i više što je došao k meni prosjak Luka i reče da hoće nasamu sa mnom govoriti. Rado privoljeh. Isprva nije znao pravo govoriti, ni kako da počne. Rekoh mu neka slobodno govori i otkrije dušu svoju, jer mi duhovnici da smo od Boga za to postavljeni da sudimo duši, a da po milosti božjoj svakomu grešniku oprostimo. Luka sjede na stolac, pogleda u zemlju i reče tiho: "Velik sam grešnik, i teško mi je duši. Dulje ne mogu nositi toga bremena. Vi mislite da sam prosjak, al' nisam, jer imam puno novaca, više nego ljudi u selu znadu. Od poroda svoga sam kukavica, baš ni za šta na svijetu ne znam, za oca, za mater. To me je boljelo, htio sam biti čovjek ko i drugi ljudi, miran, dobar čovjek. I vjerovao sam tvrdo da me može izbaviti samo jedna božja duša na ovom svijetu – Mara Lončarevićeva iz Jelenja. Ne znam kako je to na me došlo, al' tako jest, i moja vjera neće se nikad okrenuti. Da je dobijem, mislio sam na sve zamke i mreže. Htio sam najprije dobiti oca joj Martina u svoje šake da mi bude dužnik pa da dobijem kćer. Došli zli ortaci, pak su me zlo naputili. Martinu poginula marva, Martinu izgorjela štala – to znate – a sve radi mene. Nisam, istinabog, to učinio, niti za to unaprijed znao, kunem se za to na raspetoga Boga, koji pada i na moju dušu. To je bilo tako priređeno da bude Martin siromah, da bude mehak, to je sve bilo radi Mare. Al' kad sam vidio živi plamen, i onu bijedu, i one suze, pograbilo me nešto za srce, i prokleo sam sebe. Htio sam sve popraviti. Davao sam Mari sav svoj novac, sebe, bio bih dao svoju dušu, svoju krv. Nije htjela, jer je drugoga ljubila, vidite, krivo ne može nikad na pravo izaći. Sad je sretna i Bog ju blagoslovio. Nego ja toga duga na svojoj duši ostaviti ne smijem. Evo ovdje u tom papiru osam stotina forinti. Moji su novci, nisu ukradeni. To ja moram Martinu dati, jer je radi mene pretrpio puno kvara. I molim milost vašu, da bi dobrotu imala to učiniti za moju grešnu dušu. Kad mine godina, a mene ne bude natrag, znajte da me nema više. Pak onda pozovite Martina i Maru k sudu i dajte im te novce i recite što sam vam reko. Molite ih u ime raspetoga Boga, neka ih prime, nek je to za Marinog sina, i da moja duša neće imati mira, ako ne prime. Želim im svaku sreću, samo nek se pomole svake godine, kad padne moj god, za moju grešnu dušu, a nek nauče i sina za mene moliti." Tako je govorio Luka, dragi ljudi. Ja sam ga opominjao i govorio iz duše, al' on, položiv novce na stol, reče mi: Zbogom i ode. Minula je godina, evo vam novce i recimo: "Bog se smilovao Lukinoj duši!"

Od onog dana mole sretni ljudi u Pavlekovićevoj kući svake godine na Lukino za prosjaka, s koga su dosta zla pretrpjeli, koji je zlo pošteno popravio, i mnogo puta miješa se u molitvu suzica...

*

Bio je krut zimski dan, zrak se je pušio od zime, sunce žarilo se kroz tu bijelu maglu kao crven razbijen kolut, po svem kraju ležao je visok, tvrdom korom pokriven snijeg, po svim barama i potočićima caklio se led, a i sama rijeka Sava tekla je pod ledom; no sav svijet se je ukrutio bio, jedva si disati mogao. U to žalosno doba bijaše nadripisar Mikica žalosniji nego ikad prije. Ljudi bjehu ga bacili iz kukavna stana, jer je mnogo stambine dužan bio; bjehu ga bacili u svijet pokloniv mu dug, a ljuta zima nije mu dala nigdje zaklona. Svijet ga je tjerao iz kuće, zima ga je tjerala u kuću. Kamo ćeš kad ne možeš nikamo? Škripajući, uhvati se za srce, da ga stisne od ljutosti, jer mu je šaptalo: "Mikice! Mikice! Sad je valjda koncu kraj! U luli tvojega života ima jedva mala iskrica, ali mnogo, vrlo mnogo pepela! Sad je bio po prilici onakav kakova ga rodi majka, to jest koji ne može hodati, stajati, koji nema što jesti, ležao je zatvoren na dlanu velikog svijeta bez pomoći. Samo nešto je imao više od djeteta – svijest, onu vječnu mučiteljicu opakih duša, koja ne miruje ni danju ni noću, ni u snu ni na javi, koja čovjeka trza od postelje i zabada mu u srce trista ljutih noževa, koja i najtvrđoj duši stavlja pred oči zrcalo istine te kao vjetar maglu raspršuje sve himbene, varave isprike i obmane. Ta svijest reče pisaru: "Tako jest, a tako mora i biti, jer si ti takov bio!" Mikica stajaše kao jakrep okružen žeravicom, komu nema drugo nego da se sam probode svojim žaocem.

– Ne! – kriknu grozeći se šakom rujnomu suncu – makar se proti meni urotio cijeli svijet, ne dam se ja.

Dršćući i cvokoćući u svom tankom kaputiću, poče gaziti duboki snijeg te se vukao jedva dišući prema savskoj obali, gdje je bio ciganski stan.

– Šta! – reče si propalica – svijet me neće primiti pod svoj krov? Svijet me je bacio na smetište. Dobro. Ne idem više pod krov ljudski. Proklet bio svaki krov, izgorio do temelja! Tu ću imati ogrjeva, hrane i novaca. Ej, Ugarkoviću! Sisat ću te ja do krvi! Misliš li, crna huljo, da ću se sam trapiti, da će se samo moje srce na ražnju peći, a ti da ništa ne ćutiš?

Pomalo propadajući u snijeg, dovuče se pisar do grmlja. Tu se ustavi, uzdahnu, puhnu u crvene, ukočene ruke i zađe u vrbinje. Korak po korak napredova razgrćući glavom, rukama i laktima smrznuto šiblje, kruto inje; gotovo da se je znojio. Sad iziđe na čistinu do rijeke. Široko se je sterao snijeg, a vodu pokrivao je gust led. Žalosne li pustinje! Pisar pogleda dalje. Šta! Sve je prazno, sve! Cigana nema. Još se vidi trag gdje im je stajao šator, još je mrtav ugljen njihova ognjišta, al' njih nema te nema. Oh! uhvati se pisar za glavu, dakle ni za Ciganina nisam, i te hulje bježe od mene. Glava zavrti mu se, i sred te ljute zime gorjela mu je krv kao živa vatra. Široka pustinja zijevala je na nj kao orijaška gladna zvijer, gotovo da ga proždere. Očajanje stiskalo mu je dušu, pokroči, da se sunovrati u vodu, da prođe za Lukom, al' voda bijaše smrznuta, ni ova ga nije htjela. Mraz ga potrese. Pogleda prema nebu, već je sunce zalazilo. Skoro će mrak doći, a s njime one crne dugačke sjene, koje gmižu po tlu kao ogromne nemani. Neće li među njima Luka biti? Neće li ga gledati ledenim očima, uhvatiti ledenim rukama, neće li ga zadaviti? Brzo okrenu se pisar na peti i poče brzati prema selu. Letio je kao lud. Svaki panj, svaka grana pričini mu se utvarom. Lice mu je gorjelo od studeni, mraz se zabadao u njegove prste poput iglica, tijelo mu se kočilo, al' je brzao, da bar živo srce donese u selo. Bijaše gladan, bijaše žedan. Od gladi mu je gorjela utroba, od žeđe mu se stezalo grlo. Da mu se je tkogod putem namjerio, bio bi ga radi korice hljeba, radi dvije–tri kapljice rakije zadavio. Dođe i u selo, a noge mu nisu znale drugoga puta nego do krčme. Ta ondje ima jela i pila, možebit bi se i načina našlo da se čovjek toga dočepa. Uniđe, sjedne za stol. Bilo je tu više seljaka, al' nitko ga ne pogleda, ni krčmarica Jana. Sjedio je tu, kano da ga i nema. Među seljacima stajao je kramar iz grada. Blizu je Božića. Kramar prodaje vrpce, trepetljike, kupove cvijeća, svetaca od papira za Božić, al' kupuje i stare robe, perja, kosti, zečjih ili lisičjih koža, starih čizama i haljina. Široko razlagao je robu na stolu hvaleći je i preklinjući se da nema ni pare dobitka, kako je jeftin. Seljaci gledahu, obraćahu te sitne stvari klimajući glavom, kopajući rukama po džepovima ne bi li se našla krajcara. Mikica gledaše sve to sa strane. Da pobjesni od žeđe. Ujedanput minu mu misao glavom. Pogleda svoj kaput. Bijaše, istinabog, zadnji, ali ne bijaše loš. Odvjetnik Andrić bio ga je poklonio pisaru, al' pri tom i rekao neka ne dođe više pred njegov prag. Mikica skoči, svuče kaput, pokroči kramaru i viknu:

– Što mi daješ za taj kaput?

Svi se zapanjiše od čuda, kramar opipa kaput, pregleda šav i postavu pa reče mirno:

– Forintu.

– Daj novce – viknu pisar mrko, a kad mu kramar baci na stol forintaču, kliknu Mikica veselo:

– Oj Jano! Rakije! Veliku bocu rakije! Za forintu rakije!

Jana donese bocu, ali prije uze forintu. Pisar nagnu piti i piti, da mu je grlo preusko bilo. Krv mu se užge, glava zavrti. Mrmljajući poče šakom lupati po stolu i vikati:

165

– Ha! Ha! Ha! Do vraga cijeli svijet. Svi, svi ste lopovi što vas je rodila majka, samo ja, ja sam pošten i pametan! Svi ste lopovi! Seljaci dugo mirovahu na psovke pisarove, al' napokon se obore na pijanicu, i začas odleti pred vrata u snijeg.

Drugog dana nađoše pisara sjedeći pod raspelom. Bijaše mrtav, bješe se smrznuo.

– A joj, joj! Mikice, gdje ti je pamet bila! – izmuca na taj glas pijani starješina.

*

Tiho teče Sava krajem uz vrbinje, gdje su nekad ciganski šatori stajali, i tekući šumi tajno i muklo, tiho teče Sava i šapće još i danas kroz noć pjesmicu o prosjaku Luki koji je htio postati čovjekom.

AUGUST ŠENOA

Hrvatski književnik August Ivan Napomuk Eduard Šenoa rođen je 14. studenog 1838. u Zagrebu. Obitelj Šenoa bila je germanizirana obitelj češko-slovačkog podrijetla. Otac mladog Augusta bio je Čeh, a majka Slovakinja. U roditeljskom je domu stekoa prvu ljubav prema umjetnosti jer otac je rado posjećivao koncerte i kazalište, a majka je voljela književnost. Otac Vjekoslav (pravim imenom Alois Schönoa) bio je bio je slastičar zagrebačkih biskupa Alagovića i Haulika, koji nikada nije dobro naučio govoriti hrvatski, a i sam Šenoa kao dječak svoje je prve pjesme pisao na njemačkom jeziku.

Mladi će Šenoa maturirati (1857.) na zagrebačkoj gornjogradskoj gimnaziji i upisati se na Pravoslovnu akadmeiju. Od listopada 1859. studij će nastaviti u Pragu gdje će ostati sve do 1865. Iz Praga odlazi u Beč gdje radi u redkacijama listova Glasonoša i Slawische Bläter. U Zagreb se vraća 1866. i radi u redakciji lista Prozor. Dvije godine kasnije (28. ožujka 1868.) postaje gradski bilježnik, a 20. lipnja iste godine vjenačo se sa Slavom Ištavnić. Otprilike mjesec dana kasnije (24. kolovoza 1868.) imenovan je umjetničkim ravnateljem Hrvatskog zemaljskog kazališta, a 1870. postati će dramaturg u istom kazalištu.

Njegov prvi roman Zlatarovo zlato objavljen je 1871. Dvije godine kasnije (1873.) postao je gradski senator te stoga napušta kazalište. Godinu dana kasnije (1874.) započinje uređivati vodeći hrvatski književni časopis Vijenac što će raditi sve do svoje smrti. U braku sa Slavom Ištavnić imati će dva sina (Branimir i Milan). Branimir će (1879.-1939.) postati slikar, gravar i dugogodišnji nastavnik Umjetničke škole u Zagrebu. Dok će Milan (1869.-1961.) krenuti očevim stopama pišući drame, pripovijetke i romane, no, prvenstveno će biti geograf i profesor zagrebačkog Sveučilišta.

Franjo Marković navodi u svojoj studiji iz 1892. da je Šenoa ležeći bolestan i diktirajući Kletvu maštao o idućem proljeću što ga je namjeravao provesti u Italiji. Vjerovao je u život i radovao mu se još nekoliko dana prije smrti, a onda je najednom predosjećajući kraj, zavapio: "Ne dajte mi umrijeti, imam još toliko toga za napisati!" Ostavio je u rukopisima natuknice za 40-ak nenapisanih pripovijesti i romana, a posljednja riječ koju je izgovorio diktirajući Kletvu, dan prije smrti, bila je: "Hrvat".O Augustu Šenoi Matoš je imao izrazito visoko mišljenje: "Šenoa je najzagrebačkiji sin, Orfej koji je dao glas i riječ tome kamenju da progovara narodnom dušom." Literarni povjesničar Slavko Ježić o Šenoi je rekao: "S njime počinje moderna hrvatska književnost." August Šenoa preminuo je 13. prosinca 1881. u Zagrebu.

Made in the USA
Columbia, SC
15 January 2020